청부 살인자의 성모

La Virgen de los Sicarios

세계문학전집 405

청부 살인자의 성모

La Virgen de los Sicarios

페르난도 바예호

송병선 옮김

민음사

차례

청부 살인자의 성모 7

메데인 근교에 사바네타라고 불리던 조용하고 평화로운 마을이 있었어. 내가 익히 잘 알던 곳이었지. 그곳과 가까운 곳에서 어린 시절을 보냈거든. 엔비가도에서 오는 길 한쪽에 또다른 마을이 있었는데, 사바네타와 그 마을 중간에 있는 산타 아니타 농장이 내가 어린 시절을 보낸 곳이었어. 엔비가도에서 오는 길 왼쪽에 있는 농장이었지. 그러니 내가 그곳을 잘 아는 건 너무나도 당연한 일이야. 그곳은 그 길의 끝에, 그러니까 오지 중의 오지에 있었어. 그 너머로는 아무것도 없었어. 그곳에서 세상은 내려가기 시작했고, 둥글게 변해 빙빙 돌기 시작했어. 나는 우리가 안티오키아의 하늘에서 보았던 것 중에서 가장 큰 풍등을 띄웠던 그 날 오후에 확인했어. 그건 120개의 주름으로 이루어진 엄청나게 큰 마름모꼴이었고, 파란 하늘을 배경으로 눈에 흰히 띄도록 빨간색으로, 정말로 빨갛고 빨갛게 칠해져 있었어. 당신들은 그것이 얼마나 큰지 믿을 수 없을 거야. 그런데 당신들이 그 풍등에 관해 무얼 알지? 그게 어떤 건지 알아? 그것들은 마름모꼴이거나 십자가 형태, 혹은 공 모양인데 얇고 무른 창호지로 만들어지고, 그 안에는 조그만 촛불이 하나 켜져 있어. 그 촛불이 풍등을 연기로 가득 채워 하늘로 올라가게 해. 사람들은 연기가 그들의 영혼이며, 조그만 촛불은 그들의 마음이라고 말해. 풍등이 연기로 가득해져서 줄을 세게 끌어당기기 시작하면, 풍등의 줄을 붙잡고 있던 사람들, 그러니까 우리는 줄을 놓아 풀어줘. 그러면 풍등은 마치 예수의 성심처럼 고동치면서 불타는 가슴으로 하늘로 날아올라. 당신들은 그가 누군지 알아? 우리는 보통 거실에 그를 하나 정도는 가지고 있어. 안티오키아주의 주도 (州都) 메데인의 페루 거리에 있는 집 거실에도 한 개가 있었어. 그곳은 바로 내가 태어난 집인데, 그 거실에서 어느 날 나는 왕관을 쓰게 되었어. 당신들은 이게 무슨 말인지 모를 거야. 그래서 말해 주는데, 그 말은 성직자가 내게 축복을 베풀어 주었다는 말이야. 우리 조국 콜롬비아 역시 그를 받들고 있어. 그는 바로 예수이고, 손가락으로 가슴을 가리키고 있으며, 상처 입은 가슴에서는 심장이 피를 흘리고 있어. 새빨갛고 조그만 핏방울들은 마치 풍등 안에 환히 켜진 양초 같아. 하지만 그건 영원히 콜롬비아가 흘릴 피야. 처음과 같이 이제와 항상 영원히, 아멘.

그런데 내가 왜 당신들에게 풍등과 사바네타에 관해 말하고 있었을까? 아, 그래, 그 커다란 풍등은 바람에 실려 올라가고 또 올라갔고, 그렇게 독수리들을 저 뒤와 저 아래에 남겨 놓으면서 사바네타를 향해 갔어. 우리는 자동차를 쫓아 달려갔어. 그러다가 '부르릉!' 시동을 걸고서 우리 할아버지의 허드슨 자동차를 타고 도로를 따라 풍등을 쫓아갔지. 아, 아니야. 그것은 우리 할아버지의 허드슨이 아니라, 우리 아버지의 고물 자동차였어. 아 그래, 맞아, 허드슨을 타고 갔어. 이제는 모르겠어, 너무 오래전의 일이라, 기억도 나지 않아……. 나는 우리가 이 구멍 저 구멍을 피해 달리고 있었다는 사실을 기억해. 털썩! 쿵! 털썩! 쿵! 낡고 망가져 버린 도로를 달리면서 차 안은 완전히 엉망이 되었어. 나중에 콜롬비아가 우리를 엉망으로 만든 것처럼. 좀 더 정확하게 말하자면, '그들을' 엉망으로 만들었어. 나를 그렇게 하지는 않았기 때문이야. 나는 여기에 살지 않았고, 나중에, 수십 년이 지난 후에 늙은 몸으로 죽기 위해 돌아왔거든. 풍등은 사바네타에 도착하자 반대편으로 땅바닥을 한 바퀴 획 돌더니 사라졌어. 그 커다란 풍등이 어디로 가버렸는지 아무도 몰라. 중국이나 화성으로 갔을 수도 있고, 아니면 타버렸는지도 몰라. 그 종이는 얇고 주름 잡혀 있어서 쉽게 불붙거든. 조그만 양초의 불꽃만으로도 충분해. 하나의 불꽃이 나중에 콜롬비아를 불태우고 '그들'을 불태우는 데 충분했던 것처럼. 그 불꽃, 이제는 아무도 그것이 어디서 튄 것인지 몰라. 그런데 콜롬비아는 이제 내 땅이 아니라 남의 땅인데, 왜 내가 콜롬비아를 걱정하는 거지?

콜롬비아로 돌아오자, 나는 알렉시스와 함께 사바네타로

갔어. 그와 함께 순례 중이었거든. 알렉시스, 아, 그래, 그게 그의 이름이야. 그 이름은 예쁘지만, 그건 내가 붙인 게 아니라 그의 어머니가 붙여준 이름이야. 가난한 사람들은 습관적으로 자기 아이들에게 부자나 마구 펑펑 돈 쓰는 사람, 혹은 외국 스타일의 이름을 붙여 줘. 가령 타이슨 알렉산더, 혹은 페이버나 에더 또는 월퍼나 롬멜, 그리고 예이손 등등의 이름을 들 수 있어. 나는 사람들이 어디서 그런 이름을 가져오는지, 혹은 어떻게 그런 이름들을 만들어 내는지 몰라. 이것들, 그러니까 쓸모도 없고 바보 같은 외국 이름이나 억지로 만들어 낸 우스꽝스러운 이름은 가난한 삶 속에서 자기 아이들을 조금이라도 남보다 낫게 만들어줄 수 있는 유일한 것이야. 그건 그렇고, 나는 그런 말을 처음 들었을 때 무척이나 어리석은 행동이라고 생각했지만, 지금은 그렇게 여기지 않아. 그것들은 피로 얼룩진 청부 살인자들의 이름이거든. 그건 탄알과 거기에 장전된 증오보다 더 단호하고 분명해.

물론 당신들에게는 청부 살인자가 무엇인지 설명할 필요가 없어. 아마도 우리 할아버지는 그런 설명을 요구할 테지만, 이미 오래전에 세상을 떠나셨어. 불쌍한 우리 할아버지는 고가 철도가 무엇인지, 청부 살인자들이 누구인지 알지도 못한 채, 빅토리아 담배를 피우며 세상을 떠났어. 틀림없이 당신은 그게 무슨 담배인지 전혀 들어보지 못했을 거야. 빅토리아는 노인네들의 '바수코'야. 바수코라는 건 정제되지 않은 코카인인데, 오늘날 젊은이들은 왜곡된 현실을 더 왜곡해서 보려고 그걸 피우지. 그렇지? 내가 틀리면 고쳐주도록 해. 할아버지, 혹시라도 영원의 또 다른 끝에서 내 말을 들을 수 있다면, 나는 청부 살인자가 누구인지, 어떤 사람인지 말해 주겠어요. 그건 위탁받아 살인하는 아주 젊은 청년이에요. 심지어 어린아이일 때도 있어요. 그럼 다 큰 남자들은 아닐까? 그래. 청부 살인자들은 일반적으로 어른 남자들이 아니야. 여기서 청부 살인자들은 십 대 아이이거나 아주 젊은 청년이야. 열두 살, 열다섯 살, 아무리 많아도 열일곱 살을 넘지는 않아. 나의 유일한 사랑인 알렉시스처럼 말이야. 그는 순수하고 맑으며 헤아릴 수 없이 깊은 초록색 눈을 가지고 있었어. 우리나라 푸른 목초 지역의 모든 초록색 눈을 뒤져도 그처럼 아름다운 눈은 없었을 거야. 알렉시스의 눈에는 순수함이 서려 있었지만, 그의 마음은 상처 입고 아팠어. 그리고 어느 날, 그러니까 그가 가장 원했을 때, 그리고 가장 예상하지 못했을 때, 그는 살해되었어. 우리는 모두 그렇게 죽고 말 거야. 그러면 우리의 재는 모두 같은 묘지로, 그러니까 같은 평화의 들판으로, 즉 낙원으로 가게 될 거야.

오늘날 사바네타의 수호 성모는 도움의 성모 마리아지만, 내가 어릴 적에는 그렇지 않았어. 그때는 카르멜산의 성모였고, 교구 이름은 산타 아나였어. 내가 그리 많이 알고 있지는 않지만, 어쨌든 내가 이해하는 한에서 도움의 성모는 살레지오회 신부들의 성모야. 하지만 사바네타 교구는 수도회가 아닌 교구 사제들이 이끄는 곳이야. 그런데 어떻게 도움의 성모가 그곳에 오게 된 것일까? 음, 나도 몰라. 내가 콜롬비아로 돌아오자, 그곳이 그 성모를 높이 받들고 있다는 걸 알았어. 원쪽 제단에서 성당을 관장하면서 기적을 행하고 있었어. 매주 화요일 메데인의 각 지역에서 수많은 인파가 사바네타로 와서 성모에게 기도하고, 빌고, 또 빌고 또 빌었지. 가난한 사람이 가장 잘 알고 있는 게 아기 갖는 법과 더불어 비는 법이야. 이런 떠들썩한 순례자 행렬 속에는 빈민가의 아이들, 그러니까 청부 살인자들이 있어. 그 당시 이미 사바네타는 조그만 시골 마을이 아니었고, 이미 메데인의 한 동네가 되어 있었어. 그도시가 그곳까지 덮쳐 삼켜 버린 거야. 그런 동안 콜롬비아도 우리 손으로 통제할 수 없는 나라가 되어 있었어. 거리를 두고 멀리서 보면, 이곳은 지구상에서 가장 범죄가 잦은 나라였고, 메데인은 증오와 원한의 수도였어. 미안하지만, 이런 것들은 말로 설명되는 게 아니라, 그냥 알려지는 것이야.

　나는 알렉시스 때문에 사바네타로 돌아왔어. 우리가 처음 만났던 밤과 그다음 날 아침까지 나는 그와 함께 있었어. 순례는 화요일이라서 우리는 월요일에 만나야 했어. 나의 머나먼 시절의 친구였던 호세 안토니오 바스케스의 아파트였어. 메데인이 확장하면서 '대홍수 이전', 그러니까 태곳적의 메데인은 사라지고 말았는데, 그는 그 과거의 메데인에서 살아남은 사람이야. 나는 그의 이름을 여기서 언급하지 말아야 하지만, 그렇게 하지는 않겠어. 그 이유는 단순한데, 이름을 말하지 않고는 이야기를 들려줄 수 없기 때문이야. 그럼 성(姓)을 말하지 않고는? 성이 없어도 당신은 다른 사람들과 혼동하지 않을 테지만, 나중에 다른 이유로 당신은 살해될 수도 있어. 호세 안토니오는 내게 알렉시스를 소개하면서 이렇게 말했어.

"이제 자네에게 이 아름다운 사람을 선물로 주겠네. 이미 죽인 사람만 족히 열 명은 될 거야."

알렉시스는 웃었고, 나 역시 웃었어. 물론 나는 그의 말을 믿지 않았어. 아니 아마도 믿었을 거야. 그런 다음 그는 청년에게 말했어.

"이 사람을 데려가서 나비의 방을 보여 주게."

'이 사람'은 바로 나였고, '나비의 방'은 아파트 안쪽에 있는 구석방이었어. 이왕 말이 나왔으니 말인데, 괜찮다면, 발자크와는 달리 장황하지 않게 그 방으로 가는 길을 짧고 빠르게 설명해 주겠어. 발자크가 결코 꿈꾸지 못했을 정도로 가구와 오래된 시계들이 가득한 방이었어. 시계들과 또 다른 시계들, 오래된 시계들과 낡고 망가진 시계들이 벽과 테이블에 널려 있었어. 수십 개의 시계가, 아니 수 톤에 달하는 시계들이 각각 다른 시간을 가리키며 멈춰 있었어. 마치 영원을 비웃고 시간을 비웃는 것 같았어. 그 시계들은 메데인 주민들보다 더 엉망진창이었어. 그런데 내 친구는 왜 시계에 집착하는 것일까? 그건 아무도 몰라. 하지만 분명한 것은 젊은 청년들이 세월에 대한 강박 관념을 치유해 주었다는 사실이야. 그들은 그의 아파트를 드나들었지만, 그는 평생 그 아이들에게 손을 대지 않았어. 나는 아직도 그처럼 완벽한 경지에는 이르지 못했지만, 그와 비슷한 경지에 가까이 있는 게 하나 있어. 그건 나도 죽어서 구더기의 밥이 될 시간이 가까웠다는 거야. 다시 말하면, 그 호세 안토니오의 아파트로, 그리고 공동묘지의 비석에 새겨진 날짜처럼 멈춰 있는 시계 사이로, 무한하게 많은 살아 있는 젊은 청년들이 돌아다녔어. 그러니까 오늘은 살아 있지만, 내일은 죽을 사람들이라는 말이야. 그게 세상의 법칙이지만, 그들은 살해당할 사람들이야. 늙음이라는 불명예와 치욕을 모른 채, 극악무도한 단칼이나 자비로운 총알로 젊은 청부 살인자들은 살해될 거야. 그렇다면 그들은 그곳에서 무엇을 하려고 했을까? 일반적으로 아무것도 하는 일이 없었어. 집 밖에서 지겹고 따분해지면, 집 안에서 지겹고 따분하게 있으려고 오는 거야. 그 아파트에서는 아무도 술을 마시지 않았고 담배도 피우지 않았어. 마리화나도 피우지 않았고, '바수코'도 하지 않았어. 그런 종류는 아무것도 하지 않았어. 그건 사원이었어. 아니, 그것도 아니었어. 메데인 대성당 혹은 바실리카에 가면 회중석 뒤에서 마리화나를 피우는 불량배들을 볼 수 있기 때문이야. 연기 냄새로 잘 구별해야 해. 그리고 절대로 향냄새와 혼동하지 말아야 해. 그건 그렇고, 조용히 있는 수많은 시계 속에서 성난 텔레비전 한 대가 고함을 치면서 연속극을 보여 주고 있었어. 그리고 연속극과 연속극 사이에는 야단법석을 떠는 뉴스가 나왔어. 오늘 모모 씨가 살해되었고, 어젯밤에는 몇 명이 살해되었다는 뉴스였어. 그리고 두 명의 청부 살인자들이 모모 씨를 죽였다는 소식도 있었어. 그럴 때면 아파트에 있던 청부 살인자들은 아주 심각한 표정을 지었어. 그런데 이런 염병할 뉴스! 이건 늦어도 한참 늦은 뉴스잖아! 그런데 세상의 법칙은 계속 그렇게 될 거야. 그건 죽음이 항상 뉴스보다 더 빠르기 때문이야.

호세 안토니오는 무엇 때문에 젊은 청년들, 그러니까 범죄자들이 그의 집을 드나들게 했을까? 그들이 그를 훔치게 하려는 것이었을까? 그들에게 살해되려는 것이었을까? 아니면 그의 아파트가 일종의 매음굴이었을까? 맙소사, 그건 말도 안 되는 소리야. 호세 안토니오는 내가 알고 있던 사람 중에서 가장 관대하고 아량이 넓은 사람이야. 나는 그의 인품에 관해 말하는 것이지, 그의 인물이나 그의 존재 방식에 관해 말하는 게 아니야. 그건 그가 그런 사람이기 때문이야. 다시 말해서, 소설 속에서나 있는 사람이지 실제 현실에서는 절대로 발견할 수 없는 사람이야. 실제로 그곳의 가장 소중한 것이 젊은 소년들인데, 그런 사람이 아니면 누가 그 아이들을 선물로 주겠다고 생각할까? 그는 이렇게 말해.

"이 애들은 그 누구의 소유도 아니야. 그들을 필요로 하는 사람들의 것이야."

그걸 말로만 한다면, 그건 공산주의야. 하지만 실천으로 옮겼기에, 그건 자비의 행동이었어. 교리 문답에 나오지 않았던 열다섯 번째 선행으로, 목마른 사람에게 마실 것을 주거나, 아니면 죽어 가는 사람을 평화 속에서 죽도록 도와주는 것보다 훨씬 훌륭하고 가장 고귀한 행위야.

"이 사람을 데려가서 나비의 방을 보여 주게." 그는 알렉시스에게 말했고, 알렉시스는 웃으면서 나를 데려갔어.

그 방은 화장실과 침대가 갖추어진 작은 방이야. 침대는 네 벽에 둘러싸여 있었는데, 그것들은 내가 전 세계를 돌아다니면서도 보지 못했던 것을 조용하게 지켜보았어. 그런데 이 네 개의 벽들이 보지 못한 것은 바로 나비들이야. '나비의 방'이라고 불리지만, 거기에는 그 어떤 나비도 없기 때문이야. 알렉시스는 내 옷을 벗기기 시작했고, 나는 그의 옷을 벗기기 시작했어. 그는 마치 오래전부터 나를 알고 있었던 것처럼, 마치 내 수호천사라도 되는 것처럼, 해맑고 거리낌 없이 옷을 벗겼어. 나는 여러분들에게 포르노적인 묘사는 안 할 거야. 그럼 계속 이야기할게. 우선 우리가 타고 있던 택시로, 100년 전부터 이곳저곳에 웅덩이가 패 망가져 버린 길을 따라 사바네타로 가보도록 하지. 콜롬비아는 변하지만, 줄곧 똑같아. 이것이 오래된 재앙의 새 얼굴이야. 정부에 있는 이런 돼지 같은 놈들은 그토록 중요한 도로, 내 인생의 한복판을 가로지르는 도로에 아스팔트를 깔 능력도 없단 말인가? 고노레아들! ('고노레아'는 코무나 빈민굴에서 가장 심한 욕인데, 코무나가 무엇인지는 나중에 설명해 줄게.)

나는 길에서 무언가 범상치 않은 것을 눈치챘어. 똑같이 생긴 집들이 죽 늘어선 새로운 동네들 사이로, 내 어릴 적의 낡고 오래된 작은 시골집 몇 채가 예전과 똑같은 모습으로 서 있었던 거야. 그리고 이 세상에서 가장 마술적인 장소인 '봄바이' 술집이 있었어. 한쪽으로 가솔린펌프, 그러니까 주유소가 있었어. 주유소는 이미 사라지고 없었지만 술집은 그대로 남아 있었어. 대들보가 받치고 있는 지붕은 과거와 똑같았고, 회반죽 벽돌로 만든 흰 벽도 똑같았어. 가구는 지금의 것이었지만, 그런 건 전혀 중요하지 않아. 그곳의 영혼은 계속 그 안에 있으니까. 나는 그것을 내 기억과 비교했는데, 그대로였어. '봄바이'는 그대로였어. 내가 어린아이, 청년, 어른, 늙은이였더라도 항상 나였던 것처럼. 이제는 지겨워진 원한과 증오도 그대로였어. 증오와 원한은 기억하려고 하지 않기 때문에 모든 불평과 불만을 잊어버려.

그 시골집들 가운데 구유가 있던 집이 아직 남아 있는지는 모르겠어. 12월에 이 가난한 땅의 마구간, 그러니까 구유로 오신 아기 예수를 기념하는 풍습이 만들어진 이후, 사람들이 만든 것 중에서 가장 아름다운 구유가 있던 집이야. 우리가 산타 아니타 농장에서 나와 사바네타로 걸어갈 때면, 도로를 따라 줄지어 있던 조그만 시골집들은 구유를 장식하고서 대문을 향해 있던 방의 창문들을 활짝 열어서 우리에게 그 구유를 보여 주었어. 그러나 지금 내가 말하는 조그만 시골집의 구유보다 아름다운 것은 없었어. 그 구유는 앞방과 뒷방, 그러니까 두 개의 방을 차지했고, 놀라운 것들로 가득했어. 호수에서 헤엄치는 오리들, 양 떼들, 목동들과 암소들, 조그만 집들과 조그만 도로들과 호랑이, 그리고 산 위에, 그러니까 산꼭대기에 12월 24일에 아기 예수가 태어날 구유가 놓여 있었어. 하지만 때는 12월 16일이었어. 다시 말해서 9일 기도가 시작되고, 가장 행복한 날, 아니 가장 행복한 밤이 되려면 정확히 여드레가 지나야 하는 날이었지. 그 여드레 동안 기다리면서 끝없는 행복을 느꼈어. 이봐, 알렉시스, 네가 나보다 나은 점이 하나 있어. 너는 젊고, 나는 곧 죽을 몸이라는 사실이 그것이야. 하지만 불행하게도 너는 내가 경험했던 행복을 절대로 경험할 수 없을 거야. 행복은 텔레비전과 카세트 라디오, 펑크광과 록 마니아, 그리고 축구 경기로 가득한 네 세상에서는 존재할 수 없거든. 인류가 텔레비전 앞에 오래도록 궁둥이를 붙이고 앉아서 스물두 명의 유치한 어른들이 공을 차는 걸 지켜본다면, 희망은 없는 거야. 희망은 불쾌하게 만들고, 유감스럽게 하며, 사람들의 엉덩이를 걷어차고 싶은 마음을 갖게 해. 그렇게 사람들을 영원의 절벽으로 곤두박질치게 만들어서 지구에서 떠나게 하고 결코 못 돌아오게 하려고 해.

하지만 내 말에 신경 쓸 필요는 없어. 나는 네게 12월이나 산타 아니타 농장, 구유와 사바네타처럼 아름다운 것에 관해 말하고 있으니까. 내가 말하는 조그만 집의 구유는 엄청나게 컸어. 우리의 눈은 수천 가지 세세한 장식품 사이에서 길을 잃었지. 어디서부터 시작해야 할지 모르고, 어디로 가야 할지도 모르고, 어디서 끝내야 할지도 몰랐거든. 구유 안에 들어가 있는 도로변의 작은 집들은 사바네타 도로변의 집들과 비슷했어. 조그만 기와지붕과 대문이 있는 시골집들이었지. 그것은 마치 집 안의 현실이 집 밖의 현실을 포함하는 것과 같지만, 그 반대는 아니야. 사바네타로 가는 길에는 구유를 만들어 놓은 조그만 집이 있는데, 그 구유에 사바네타로 가는 또 다른 길이 있는 것과 같아. 하나의 현실에서 다른 현실로 옮겨가는 것은 '바수코'를 흡입하면서 꾸는 그 어떤 꿈보다 훨씬 더 환각적이야. '바수코'는 영혼을 무디게 하고, 그 어느 것에도 영혼을 열지 않아. '바수코'는 사람을 바보로 만들어.

이봐, 알렉시스. 난 당시에 여덟 살이었고, 그 집의 현관 앞에 서 있었어. 창살이 쳐진 창문 앞에서 구유를 보면서, 내가 늙었을 때의 모습을 보았고, 내 앞에 놓인 내 모든 삶을 보았어. 너무나 두려운 나머지, 나는 머리를 마구 흔들면서 그곳을 떠났어. 별안간, 그리고 단숨에 나는 심연으로 떨어지지 않을 수 없었어. 하지만 이런 말은 그만하고, 사바네타로 걸어갔던 그 밤의 이야기를 계속하겠어. 우리 모두가, 그러니까 우리 부모님과 삼촌들, 사촌들과 형제들 모두가 가고 있었어. 밤은 따스했고, 따스한 밤 속에서 믿을 수 없을 정도로 별들이 깜빡거리면서 반짝였어. 그들은 자기들 눈 앞에 펼쳐지는 장관을 믿을 수 없었어. 여기 아래에, 그러니까 조그만 도로를 따라가도 너무나 많은 행복이 존재할 수 있다는 사실을 믿을 수 없었던 거야.

택시는 '봄바이' 앞으로 지나가더니 웅덩이 하나를 피했고, 그런 다음 더 많은 웅덩이를 피하고서 사바네타에 도착했어. 온갖 자동차들이 마을을 가득 채우고 있었어. 경건하고 따분하며 위선적인 화요일의 순례였지. 그들은 무언가를 부탁하러 온 사람들이야. 왜 그토록 열광적으로 빌고 또 비는 것일까? 이곳은 내가 태어난 곳이 아니야. 난 이 거지 근성을 지닌 인종이 부끄럽고 창피해. 밀려드는 군중 속에서, 촛불이 탁탁거리며 타오르고 사람들이 기도문을 중얼거리는 가운데 우리는 성당으로 들어갔어. 나지막한 기도 소리가 마치 벌집의 벌들이 윙윙거리는 소리처럼 하늘로 올라가고 있었어. 성당 밖의 불빛이 스테인드글라스로 스며 들어와서 우리에게 색색의 이미지로 잘못된 수난 광경을 보여 주었어. 그러니까 채찍질 당한 그리스도, 쓰러진 그리스도, 십자가에 못 박힌 그리스도를 보여 주었던 거야. 할아버지와 할머니들로 이루어진 재미없고 지루한 무리 속에서 나는 젊은이들과 청부 살인자들을 찾았고, 실제로 그들은 그곳에 떼 지어 우글거리고 있었어. 갑작스러운 젊은이들의 이런 믿음을 보자, 나는 소스라치게 놀랐어. 나는 성당이 공산주의보다 더 파산 상태에 있다고 생각했는데……. 하지만 말도 안 되는 소리야! 절대 그렇지 않았어! 성당은 살아있고 숨 쉬고 있어. 인류가 살아가려면 신화와 거짓말이 필요해. 만약 누군가가 그대로 드러난 진실을 본다면, 아마도 자기 머리에 총을 쏴 버릴 거야. 알렉시스, 바로 그런 이유로 네가 옷을 벗을 때, 그러니까 네 바지를 벗을 때 권총을 떨어뜨렸지만 나는 그걸 줍지 않은 거야. 만일 그랬다면, 그걸 내 심장에 가져가 방아쇠를 당겨 버릴지도 몰랐거든. 난 네가 불을 붙여 준 희망의 불꽃을 꺼뜨리지 않을 거야. 이 초에 불을 밝혀서 성모님께 바치고 기도하고 청하도록 하자. 그게 바로 우리가 온 이유니까.

"사랑하는 성모님, 도움의 성모님이시여, 저는 어렸을 때부터 당신을 알고 있나이다. 제가 어렸을 때부터, 그러니까 제가 살레시오회 학교에서 공부했을 때부터 당신을 잘 알고 있나이다. 또한 성모님은 이런 경박한 사람들보다 제게 더욱 소중하신 분이십니다. 제발 제 부탁을 들어 주소서. 당신 앞에서, 그러니까 제 옆에서 당신에게 기도하는 이 아이가 저의 마지막이자 저의 진정하고 유일한 사랑이 되게 해주소서. 제가 그를 배신하지 않도록 해주시고, 그가 저를 배신하지 않도록 해주소서. 아멘."

그런데 알렉시스는 성모에게 무엇을 부탁하려는 걸까? 사회학자들은 청부 살인자들이 실수하지 않게 해달라고 도움의 성모에게 기도한다고, 그들이 총을 쏠 때 목표물에 정확히 명중하게 해달라고 기도한다고, 그리고 거래가 잘 끝나게 해달라고 기도한다고 말해. 그런데 그들이 어떻게 알았을까? 그들이 도스토옙스키이거나 아버지 하느님이라서 다른 사람의 마음으로 들어갈 수 있는 것일까? 사람은 자기가 생각하고 있는 것도 무언지 모르는데, 다른 사람이 생각하는 것을 어떻게 알겠어! 사바네타의 조그만 성당 입구에는 십자가에서 내려진 그리스도가 있어. 그리고 가운데 제단에는 성녀 안나가 성 요아킴(복되신 동정 마리아의 어머니와 아버지)과 함께 있고 내 어린 시절의 성모님이 있어. 그리고 오른쪽 제단에는 교구의 옛 여왕이셨던 카르멜산의 성모님이 있어. 그러나 모든 꽃과 모든 기도, 모든 초와 모든 탄원, 모든 시선과 모든 심장은 왼쪽 제단, 그러니까 카르멜산의 성모님을 대체한 도움의 성모님 제단을 향하고 있어. 도움의 성모님의 자비와 은총에 힘입어, 옛날에는 멋없고 생기 없던 이 사바네타의 조그만 성당은 이제 활기가 넘치고, 꽃과 기적으로 충만해 있어. 도움의 성모는 내 수호 성모이며, 내 어린 시절의 성모이고, 내가 가장 사랑하는 성모인데, 그 성모가 바로 그런 기적을 행하는 거야.

"저를 오래전부터 잘 알고 계신 성모님, 제 삶이 시작했던 것처럼 끝나게 해주소서. 그 누구도 모르는 무한한 행복 속에서 마무리되게 해주소서."

서로 다른 여러 종류의 목소리가 중얼거리는 가운데서 내 영혼은 마치 밧줄에 매여 있지 않은 불 켜진 풍등처럼 높은 곳을 향해 올라갔어. 이 초라하고 비참한 땅에서 멀리 떨어진 하느님의 무한한 왕국을 향해 올라가고 또 올라갔지.

나는 그의 셔츠를 벗겼고, 그는 신발을 벗었어. 나는 그의 바지를 벗겼고 그는 양말과 팬티를 벗었어. 그는 세 개의 스카풀라[1]를 얹고서 벌거벗은 채 서 있었어. 청부 살인자들이 갖고 다니는 스카풀라지. 하나는 목에, 다른 하나는 팔뚝에, 그리고 다른 하나는 발목에 있었어. 하나는 일을 맡게 해달라는 것이고, 다른 하나는 총알이 목표물을 빗나가지 않게 해달라는 것이며, 마지막 하나는 돈을 받게 해달라는 것이야. 여기저기를 다니면서 확인하는 사회학자들에 따르면, 바로 그거라고 말해. 난 묻지 않아. 나는 내가 보고 잊는 게 뭔지 알아. 그렇지만 내가 절대 잊을 수 없는 것은 바로 눈이야. 바로 그의 초록색 눈인데, 나는 그 눈 뒤로 그의 영혼을 짐작해보려고 했지.

"받아." 우리가 일을 끝내자, 나는 그렇게 말하면서 지폐 한 장을 주었어.

그는 그걸 받고 집어넣고서 옷을 마저 입었어. 나는 방에서 나왔고, 그가 옷을 입게 내버려 두었고, 내친김에 내 지갑을 내 웃옷에 넣어두었고 그 웃옷을 침대에 놓아두었어. 그가 원하는 만큼 돈을 가져가도록 했던 거야. 나는 생각했어. "내 건 모두 네 거야. 심지어 내 신분증까지도 그래." 나중에 지갑의

---

1) 전형적으로 두 개의 작은 천 조각, 목재 또는 얇은 판 모양의 종이로 구성되어 있고, 종교적 그림이나 문구가 쓰여 있으며, 두 개의 천 조각이 끈으로 연결되어 있다. 카르멜산의 성모 스카풀라가 가장 유명하다.

돈을 다시 세어 보았는데, 놔둔 돈이 그대로 남아 있었어. 그러자 나는 알렉시스가 이 세상의 법칙과는 어울리지 않는다는 사실, 오래전부터 하느님을 믿지 않았던 나는 만유인력의 법칙도 믿지 않게 되었다는 사실을 깨달았어. 다음날 우리는 사바네타로 갔고, 이후 그는 죽을 때까지 줄곧 나와 함께 머물렀어. 그리고 마침내 이런 끔찍한 삶을 그만두고 끔찍한 죽음의 세계로 들어갔어. 코무나에서 말하는 것처럼 '끝으로' 간 거지.

이봐, 잘 생각해 봐. 젊었을 때 내게 주지 않았던 것을 지금 준다는 것은 엉뚱한 운명의 장난이라고 생각하지 않아? 알렉시스는 지금이 아니라 내가 스무 살이었을 때, 그러니까 머나먼 과거에 내게 왔어야만 했어. 그러나 수많은 세월이 지난 후 그날 밤, 멈춘 시계로 가득한 그 아파트에서 우리가 만나도록 계획되어 있었지. 내 말은 우리가 만나야만 했던 시간보다 한참 후의 일이란 소리야. 내 인생의 줄거리는 부조리한 책과 같아. 그러니까 먼저 나와야 할 것이 나중에 나오지. 이런 책을 쓴 사람은 내가 아니고, 그것은 이미 쓰여 있었어. 나는 단지 우유부단하게 한 장 한 장씩 실천에 옮기고 있었을 뿐이야. 나는 최소한 마지막 페이지라도 내 손으로 단숨에 써 내려가고 싶다는 꿈을 꾸지만, 꿈은 꿈일 뿐이야. 아마 그것조차도 가능하지 않을 것 같아.

내 아파트는 테라스와 발코니로 둘러싸여 있어. 사방에 테라스와 발코니가 있지만, 안에는 침대와 몇 개의 의자, 그리고 내가 글을 쓰는 테이블을 제외하고는 아무것도 없어. 아파트를 보자 알렉시스는 말했어.

"이게 뭐예요! 여기에는 음악도 없어요?"

나는 그에게 카세트 라디오를 사 주었고, 그는 카세트테이프 몇 개를 샀어. 그리고 나는 한 시간 동안 귀청이 떨어질 것 같은 소리를 참았어.

"넌 지금 이런 쓰레기를 음악이라고 하는 거야?"

나는 카세트 라디오의 플러그를 뽑아 그걸 들고 발코니로 가서 허공으로 던져 버렸어. 5층 아래 아스팔트 바닥과 부딪치더니 비로소 조용해졌어. 알렉시스는 너무나 극악무도한 범죄라고 생각했는지, 씩 웃더니 나보고 미쳤다고 말했지. 그러면서 자기는 음악 없이는 살 수 없다고 덧붙였어. 하지만 나는 살 수 있었어. 게다가 그런 건 음악이 아니었어. 그에게 그것은 '낭만적'인 음악이었어. 난 그게 낭만적이라면, 쇤베르크의 음악도 그렇게 여겨질 거라고 생각했어.

"이봐, 그건 음악도 아니고 그 어떤 것도 아니야. 흰 벽을 보는 법과 침묵을 듣는 법을 배우도록 해."

그러나 그는 그런 소음, 그러니까 '음악' 없이는 살 수 없었고, 나는 그 없이 살 수 없었어. 그래서 다음날 나는 또 다른 카세트 라디오를 사서 한 시간 정도 그 시끄러운 소리를 참고 들었어. 그러다가 결국 폭발해서 그 괴물의 플러그를 뽑아 다시 발코니 아래로 던져 버리려고 했어.

그때 알렉시스는 "안 돼요!"라고 소리치면서, 십자가에 못 박힌 그리스도처럼 양팔을 벌려 내 행동을 저지하려고 했어.

"이봐, 우리는 이렇게 살 수 없어. 난 이걸 도저히 참을 수 없어. 차라리 네가 '바수코'를 피우는 편이 낫겠어. 하지만 조용히, 아주 조용히."

그러자 그는 싫다고, 한 번도 '바수코'를 피워본 적이 없다고 말했어. 그러자 나는 대답했어.

"난 편견을 갖고 있지 않아. 문제는 내 귀가 그리 좋지 않다는 것이지."

나중에 나의 비이성적인 행동을 이상하게 여기면서 그는 내게 여자를 좋아하느냐고 물었어. 나는 그럴 때도 있고 아닐 때도 있다고, 그건 상황에 따라 달라진다고 말했지.

"무슨 상황이요?"

"여자의 오빠들에 따라 달라져."

그는 웃었고, 내게 진지하게 말해달라고 부탁했지. 나는 진지하게 그건 생리 기능과 관련되었던 것이라고, 내가 잠자리를 한 여자는 단지 두 명뿐이라고, 여자들이 좋았지만 거기서 끝났다고, 그 이상으로 나아가지는 못했다고 설명했지. 그건 내가 여자들이란 영혼이 없는 존재들 같다고 여기기 때문이라고 덧붙였어. 그들은 속이 텅 빈 코코넛이었어. 그런 이유로 여자들을 사랑할 수 없었어.

"그건 내가 수프라히오 학교에서 살레시오 수도회 신부들에게 배웠기 때문이야. 그들에게서 나는 여자들과의 육체관계는 수간의 죄라고 배웠어. 수간의 죄란 어느 종(種)의 생식기와 다른 종의 생식기가 서로 교접하는 것을 일컬어. 예를 들면, 당나귀가 소와 교접하는 거야. 알겠지?"

나는 그가 내게 알았다고 대답하리라는 것을 알았어. 그래

서 그가 그렇게 대답하지 못하도록 그에게 여자들을 좋아하느
냐고 물었어.

"아니에요."라고 대답했어. 아주 단호하게 대답했어. 너무 뜻
밖이어서 나는 어찌할 바 몰랐어.

그건 언제라도 '아니에요.'라는 말이었어. 현재와 과거뿐만
아니라, 미래에도 그럴 것이며, 영원히 그럴 것이라는 말이었
어. 그러니까 그는 그 어떤 여자와도 잠자리하지 않았고, 그럴
생각도 하지 않았어. 알렉시스는 예측할 수 없는 사람이었고,
심지어 나보다 더 극단적이었어. 그 초록색 눈 뒤에 있는 게
바로 그것, 그러니까 여자에게서 오염되지 않은 순수함이었어.
당신이 무슨 생각을 하든지 난 그걸 얕볼 생각도 없고 관심을
두고 싶지도 않지만, 그게 바로 내가 주장하는 바이고, 절대
적인 진실이야. 내가 사랑에 빠진 이유가 바로 그것, 그러니까
그의 진실함이었어.

나는 알렉시스와 보낸 처음 며칠 동안의 일을 아주 잘 기억
하고 있어. 예를 들어 보겠어. 나는 아침에 귀청이 떨어질 것처
럼 시끄러운 아파트에 그를 놔두고서 소음 차단 귀마개를 사
러 나와서 길 아래에 있는 약국으로 갔어. 돌아오는 길에 산
후안 거리를 건너는데, 나는 강도질을 목격했어. 신호등 앞에
멈추어 늘어선 많은 차 속에 기름투성이의 어느 남자가 보였
어. 돼지처럼 추잡한 그 인간이 권총을 손에 쥐고 어느 청년
이 운전하는 지프차를 습격했어. 청년은 잘생긴 부잣집 아들
인데, 나도 그런 부잣집 아이들을 좋아하지. 그러자 청년은 열
쇠를 빼고서 지프에서 뛰어내려 마구 내달리기 시작하면서 멀

리서 그 추잡한 인간에게 소리쳤어.

"이 개새끼야, 다음에 보면 가만두지 않겠어!"

그 남자는 차를 가져갈 수 없자 분노가 치밀었어. 열쇠가 없었기 때문이야. 그리고 강도질이 실패했고 개새끼 취급을 받았고 놀림을 당했기 때문이지. 그래서 총을 쏘아대며 그 청년을 뒤쫓기 시작했어. 그런데 청년이 그 총알 하나에 맞고 말았어. 청년이 쓰러지자, 그 남자는 청년의 몸에 올라타더니 다시 총탄 몇 발을 쏘아 확인 사살했어. 교통이 마비되고, 경적과 고함으로 혼란스러운 가운데 살인자는 유유히 사라졌어. 인권을 너무나도 중시하는 주요 신문과 방송 매체들은 그를 살인 '용의자'라고 부를 거야. 이것은 여기서, 그러니까 법과 헌법의 나라인 이 민주주의 국가에서는 형을 선고받기 전까지는 그 누구도 유죄가 아니며, 재판을 받지 않으면 형을 선고받지 않고, 체포되지 않으면 재판을 받지 않으며, 체포는 곧 석방을 의미해...... 콜롬비아의 법은 불처벌이 원칙이고, 범죄자이면서도 처벌받지 않은 첫 번째 인간은 바로 대통령이야. 이 시간에 그는 아마도 나라건 일터건 모두 엉망진창으로 만들어 놓고 있을 거야. 어디에 있느냐고? 일본, 멕시코...... 멕시코에서 그는 특강을 하고 있어.

그 살인 용의자에 관해서는 단지 '용의자'라는 말만이 산후안 거리의 공기 속에서 미묘하게 떠다니다가, 마침내 그런 '용의'는 자동차들의 스모그 속으로 사라져 버렸어. 아니면 수 세기 전부터 문법 학자들의 땅이었던 이 나라에서 정확한 단어 선정에 집착하는 사람이라면, '추정'이라는 말을 선호할 거야. 이 봐 친구, 도둑놈들에게 이곳은 세상에서 가장 좋은 왕국이야. 이곳보다 더 좋은 나라는 없어. 그다음이 먼지와 구더기들이 좋아하는 곳이야. 그러니 도둑질이 최고야. 특히 정부 안에서 도둑질하는 게 가장 좋은데, 그게 가장 안전하기 때문이야. 그리고 천국은 멍청이들이나 가는 거야. 이봐, 내 말 잘 들어. 만일 어떤 놈이 널 정말로 괴롭힌다면, 여기에는 청부 살인자들이 넘친다는 걸 명심하도록 해. 실업자들도 마찬가지야. 그리고 모든 건 지나가기 마련이고, 결국 끝난다는 사실을 기억해. 너와 나, 우리 어머니와 네 어머니, 모두 말이야. 우리는 모두 죽기 마련이니까.

내가 그 사건을 들려주자, 내 아이인 알렉시스는 말했어. "그 녀석은 그런 행색을 한 놈에게 열쇠를 주어야 했을 거예요."

아니, 아무 말도 하지 않았다고 하는 편이 나을 것 같아. 그는 우리가 믿어야만 하는 전문가처럼 진단했을 뿐이거든. 그런 동안 나는 그의 말에 사로잡혀 꿈꾸었고, 옆길로 빗나가면서 루피노 호세 쿠에르보[2]를 생각했고, 그때부터 얼마나 많은 강물이 휩쓸려 내려갔는지도 상상했어. 내 아이는 '그 녀석'으로 그 청년을 지칭했고, '그런 행색을 한 놈'으로 강도를 의미했어. 그리고 '주어야' 대신에 '주어야만'을 썼어야 했어. 그러니까 열쇠를 주어야만 했다고 말해야 했어. 내 오래된 친구인 루피노 호세 쿠에르보는 내가 젊은 시절에 자주 접했던

---

2) Rufino José Cuervo(1844~1911). 콜롬비아의 문법 학자로 라틴 아메리카 대륙에서 스페인어의 통일성을 유지하는 게 좋다고 주장했다.

문법 학자야. 그는 100년 전에 이미 '해야만 한다'와 '해야 했을 것이다'라는 말은 다르다는 사실을 보여주었거든. 앞의 말은 의무이지만, 뒤의 말은 의심이나 추측이기 때문이지. 여기서 두 개의 예를 들어보겠어. 하나는 이거야. "그의 형제들이 공공사업 계약으로 부자가 되고, 대통령도 그걸 허락하기에 그 역시도 도둑놈일 거야." 그러니까 나는 무언가를 단언하지 않지만, 그 무언가가 무엇이든지 내가 믿고 있다는 것처럼 묘사하고 있어. 그리고 믿는 것으로 보이기에, 비방이나 중상모략 따위는 없지. 그렇지 않아, 검사 선생? 그들이 우리 모두를 죽이려고 혈안이 되어 있는데, 우리가 별것 아닌 일 갖고 감옥에 갈 수 있나? 그리고 '해야만 한다'라는 말은 반드시 해야 하는 걸 의미해. 예를 들어 내가 "법은 죄를 응징해야만 한다."라고 말할 때 그렇지. 하지만 어떤 법이라는 말일까? 도대체 어떤 범죄를 응징해야 한다는 것일까? 이 세상에 태어났는데 정부에 자리를 잡지 못한 것, 말하는 대신 훔치며 다니지 않는 것이 내가 지은 죄가 아닐까? 정부에 있지 않은 사람은 존재하지 않으며, 존재하지 않는 사람은 말하지 않아. 그러니 입을 닥치는 수밖에!

솜 귀마개는 소리를 막는 데 아무 소용이 없어. 디스코 음악이나 헤비메탈 음악을 귀 안으로 마구 들어오게 놔두거든. 아니, 그 소리를 들여보내는 게 아니라 뼈, 그러니까 관자놀이 뼈가 진동하고, 그 떨림이 뇌에 구멍을 뚫는 것인지도 몰라. 그래서 알렉시스가 카세트 라디오를 좋아하고 내가 그를 사랑하는 문제는 해결책이 없어. 아무런 해결책도 없이 나는 혼자 거리로 나가. 내가 태어났던 그대로 홀몸으로 위험을 무릅쓰고 성당을 찾아가.

검사 선생, 나는 콜롬비아의 기억이며 양심이네. 내 뒤에는 아무것도 없어. 내가 이곳에서 죽으면, 그건 콜롬비아의 죽음이 될 것이고, 나라는 통제력을 상실하고 엉망진창이 될 거야. 당신이 검찰 총장인지 그냥 검사인지 모르겠지만, 내가 죽음을 무릅쓰고 거리를 다닌다는 사실을 명심하도록 해. 그리고 새 헌법이 당신에게 부여한 권력으로 나를 지켜주게.

도대체 어떤 성당이 열려 있겠어! 그건 빌어먹을 악마도 몰라! 습격받지 않도록 항상 문을 잠가 놓고 있거든. 이제 메데인에는 우리가 있을 평화의 오아시스가 단 하나도 남아 있지 않아. 사람들 말에 따르면, 세례식, 결혼식, 장례식, 매장식을 할 때도 성당을 습격하고 있어. 그러면서 미사가 한창 열리고 있을 때나, 아니면 묘지에 도착할 무렵에 죽은 사람과 함께 가는 산 사람들을 죽이지. 그리고 비행기가 추락하면 시체들이 소지하고 있던 것을 모조리 빼앗아. 또한 자동차 사고가 나면, 자비의 손길로 택시에 태워 병원에 데려가도록 호의를 베풀면서 지갑을 몰래 빼내. 메데인에 있는 35000대의 빈 택시들이 그런 약탈에 참여하고 있다고들 말하지. 자가용 숫자만큼의 택시가 있는 꼴이야. 그러니 버스로 여행하는 게 최고의 방법이라고 말하기도 하지만, 그것 역시 맞는 말은 아니야. 승객들을 약탈하니 그것도 그리 바람직하지는 않아. 어딘지는 잘 모르겠지만, 어느 작자가 총격을 받았는데 병원에서 그 작자를 확인 사살했다는 말도 있어. 여기서 유일하게 확실한 것은 죽음뿐이야.

앞서 지적한 35000대의 택시는 마약 밀매로 벌어들인 달러로 사들인 택시들이야. 콜롬비아는 아무것도 수출하지 않으니, 그게 아니면 어디서 달러를 손에 넣을 수 있겠어? 그리고 수출할 게 없는 이유는 아무것도 생산하지 않기 때문이야. 유일한 생산품은 바로 살인자들인데, 그들마저도 아무도 고용하지 않아. 이 택시들은 하나도 빠짐없이 라디오를 켜고 다니면서 축구 경기나 바예나토3) 음악을 틀고 다녀. 혹은 어제 서른다섯 명이 살해되었는데, 이것은 기록보다 열다섯이나 적은 숫자라는 희망적인 뉴스를 틀고 다니지. 그러나 유탄이 목을 지나갔던, 다시 말해 관통했던 어느 병사는 언젠가 군인들이 메데인에서 170명이 넘는 사람들을 죽였고, 그 주말만 하더라도 300명을 죽었다고 확신했어. 아마 하느님만 그 사실을 제대로 알겠지. 저 위에서 세상을 내려다 보고 계시니 말이야. 여기 아래에 있는 우리가 할 수 있는 유일한 일은 시체들을 거두는 일뿐이야. 누군가 택시 운전사에게 "부탁이니 저 라디오 소리를 조금 줄여 주세요. 너무 큽니다."라고 말하면, 그 개자식(세르반테스가 말하듯이)은 더 크게 틀어. 그리고 만일 다시 입을 열어 불평하면, 이 삶의 문제들과 영원히 작별하게 되는 거야! 내일이면 구더기들이 함부로 떠든 혀를 먹으며 축제를 벌이게 돼. 그건 그렇고, 당신은 택시 운전사들이 빈 택시

---

3) 콜롬비아의 대표적인 민속 음악. 콜롬비아의 카리브 해안에서 유래하며, 바예나토는 '계곡에서 생겨난'이란 뜻을 지닌다.

로 다니는데 왜 손님들을 그토록 함부로 대하는 것이냐고 따질지도 몰라. 그건 그래야만 일이 생기기 때문이야. 어느 현자는 "노동이 인류를 타락시킨다."라고 말했지. 그럼 버스로 다니는 건? 음악 소리를 듣지 않고 버스를 타고 다닐 수 있을 것 같아? 그렇다면 그것은 산소 없이 숨을 쉴 수 있는 것이나 마찬가지야.

알렉시스 인생의 공백, 그건 내 공백보다 더 채울 수 없을 정도로 커. 심지어 쓰레기 청소부도 그걸 채워주지 못해. 그냥 가만히 있지 않고 무언가를 해야 할 것 같아서, 나는 카세트라디오 다음에 위성 안테나를 갖춘 텔레비전을 샀어. 그건 지구뿐만 아니라 은하계의 모든 방송 채널을 포착해. 이제 내 사랑스러운 아이는 온종일 텔레비전 앞에서 시간을 보내면서 시시각각 채널을 바꿔. 그리고 자기 변덕에 따라, 그리고 나침반이 어느 점을 가리키는지에 따라 위성 안테나를 돌리고 또 돌리면서 어느 채널을 잡는지 보다가 다시 채널을 바꿔. 그는 단지 만화 영화에서만 채널을 멈춰. 철썩! 심술궂은 고양이 한 마리가 다른 고양이 위로 떨어졌고, 그 고양이를 찌부러뜨리면서 마치 이 타자기의 롤러로 부드럽게 들어가는 얇은 종이처럼 만들어버렸어. 영어나 프랑스어, 혹은 일본어나 그 어떤 말도 모르면서 그는 폭력의 보편적 언어만을 알아들어. 그것이 그의 흠 없는 순수성의 일부를 이루고 있어. 나머지는 모두 그의 머릿속에서 윙윙거리는 의미 없는 말일 뿐이야. 그는 제대로 된 스페인어를 말하지 않고, 대신 속어나 은어를 말해. 가난한 동네의 속어나 은어는 근본적으로 안티오키아 지역 언어로 이루어진 오래된 자산이지. 그게 바로 내가 들떴을 때 말했던 언어였어. 그리스도가 아람어를 말했듯이 말이야. 이미 철거된 과야킬 동네에서 말했던 오래된 은어, 그러니까 이미 죽은 그곳의 싸움꾼들이 사용했던 말들이 이것저것 살아남았어. 그리고 마침내 일련의 단어들과 새롭고 추한 표현들이 살아남아서 오래된 몇몇 개념을 지시하게 된 것이야. 죽인다거나 죽는 것, 죽음, 권총 혹은 경찰과 같은 것들이지. 예를 하나 들어볼게. "좋아, 그러면 바람이야 가방이야?" 그가 무슨 말을 했는지 알아? 그건 "안녕, 이 개새끼야."라는 말이야. 바로 흉악범들의 인사말이지.

알렉시스의 텔레비전 때문에 결국 나는 거리로 쫓겨나고 말았어. 내 생각인데, 알렉시스는 내가 함께 있는 걸 필요로 하지 않았어. 하지만 난 하느님이 없을 때는 그가 필요했어. 이런 지옥과 같은 두 극단적인 상태 사이에서 어쩔 줄 몰라 하면서 메데인과 그곳 거리를 배회하다가, 그리고 고통에 시달리는 영혼들 사이로 열린 성당을 찾다가 나는 그만 총격전에 휘말리게 되었어. 나는 좁은 후닌 거리를 걸어서 성당 방향으로 갔고, 전혀 뜻하지 않게 공원 부근에서 당황해하는 군중 사이로 앞서가고 있던 엉덩이가 펑퍼짐한 여자 한 명을 보았어. 그때 '탕!' 소리가 났어. 총격전이 불을 뿜은 거야. 두 폭력 조직이 총질하며 싸우기 시작했던 것이야. 총알이 사방에서 날아왔고, 차 앞 유리가 깨졌으며, 행인들은 마치 귀신 들린 듯이 소리를 지르며 우르르 쓰러졌어. "바닥에 엎드려! 바닥에!"라고 소리쳤어.

바닥에 엎드리라고? 나 말이야? 절대 그럴 수는 없어! 나는 명예와 체면이 있어서 그런 행동은 하지 못해. 그래서 내 귓가에는 마치 전기면도기의 날처럼 윙윙거리며 날아오는 총알 소리가 들렸고, 나는 그 총알들 사이로 계속 길을 걸어갔어. 그러면서 오래된 시구를 생각했어. 그게 누구의 시더라? "아, 죽음이여, 화살에 실려 조용히 오라."라는 시구였어. 나는 아무런 상처도 입지 않고 멀쩡하게 그곳을 지났고, 뒤를 바라보지 않은 채 계속 걸어갔어. 호기심이란 악당들의 나쁜 습관이거든.

나중에 나는 알렉시스에게 말하면서, 평소 내 버릇처럼 여러 언어를 섞어 썼고 은어를 사용했어.

"오늘 시내에서 두 폭력 조직이 맹렬히 총을 쏘며 싸웠어, 넌 텔레비전 앞에만 붙어 있는 바람에 좋은 구경거리를 놓친 거야."

그는 내 말에 관심을 보였고, 나는 아주 자세하게, 심지어 내가 보지 않은 것까지 말해 주었어. 나는 후닌 거리에 시체들이 널브러져 있다고 그 광경을 묘사했지. 그러자 마치 나 자신이 루이스 씨에게 자기와 잠잔 모든 여자에 관해 으스대는 돈 후안처럼 느껴졌어. 그런 다음 내가 어떻게 빠져나왔는지 이야기했지. 내가 어떻게 탄알이 난무하는 가운데서 몸을 숙이지도 않고 얼굴색 하나 변하지 않으면서 서두르지 않고 아무런 상처도 입지 않고 통과했는지 말해 주었어.

"너 같으면 어떻게 했겠어?"라고 나는 그에게 물었지.

그러자 그는 "내뺐겠지."라고 대답했어.

도망친다고? 줄행랑친다고? 그건 내가 절대로 하지 않았던 행동이었어. 결코 말이야. 죽음은 내가 시키는 대로 하는 심부름꾼이거든.

　알렉시스 때문에 내가 겪어야만 했던 이런 고통, 그러니까 낮에는 소음을 피해 탈출하면서 줄곧 그를 생각하는 것에 대해 그 어떤 보상이라도 주어졌다고 생각해? 그래. 그 보상이란 밤에 이루어진 우리의 사랑이야. 열정으로 불타오르는 우리의 밤이지. 밤이면 나는 내 수호천사를 꼭 껴안았고, 그도 있는 힘을 다해 나를 껴안았어. 나는 잘난 체하지 않고 주제넘지도 않게 그가 얼마나 나를 사랑했는지 여기에 적어 두어야 해. 남의 불행 앞에서 자신의 행복을 드러내는 건 그다지 자비로운 행동이 아니라는 걸 난 알고 있어. 그리고 뚱뚱하고 새침 떠는 여자를 데리고 죄수처럼 갇혀 사는 유부남에게, 텔레비전을 보면서 하염없이 보내면서 먹어 대는 다섯 명의 아이가 있는 유부남에게 방탕한 자유연애에 관해 자세히 이야기하는 것도 파렴치한 행동이라는 걸 알고 있지. 그렇지만 텔레비전은 혼자 떠들도록 놔두고, 우리 이야기를 계속하면서 거지에게 우리의 돈을 보여 주도록 하겠어. 그게 어때서? 가난한 사람들은 가난하고 그리스도는 진리를 위해 죽었어! 그래서 우리는 조용하고 따스한 밤에 여름의 열기를 느끼며 우리 사랑의 벽난로를 활활 불태우고 있었어.

　나는 그에게 "얘야, 창문 좀 열어 줘. 바람 들어오게."라고 부탁하곤 했어.

　그러면 내 아이는 『천 하룻밤 이야기』의 신기루처럼 벌거벗은 몸으로 일어났고, 엉뚱한 상상력을 발휘해 세 개의 스카풀라를 걸치고는 발코니를 열었지. 그러나 바람은 들어오지 않았어. 산들바람이 불지 않았기 때문이야. 하지만 음악은 들려왔어. 이웃집 히피의 귀청이 떨어질 듯한 소음과 그의 친구들인 괴짜 인간들이 있었지.

그러면 나는 "그 빌어먹을 헤비메탈 음악이 이미 우리의 밤을 망쳤어."라고 투덜댔어.

"그는 헤비메탈 족이 아니야." 언젠가 내가 거리에서 그를 손가락으로 가리키자, 알렉시스가 내게 설명했어. "그는 펑크 족이야."

"그가 뭐거나 상관없어. 나는 이 개자식을 죽여 버리고 싶어."

"내가 대신 죽여 줄게." 알렉시스는 기껍게 말하면서, 나의 가장 하찮은 변덕도 항상 세심하게 배려했어. "내게 맡겨. 다음번에 그러면 쇳덩이를 꺼낼게."

여기서 쇳덩이란 권총을 의미해. 처음에 나는 칼이라고 생각했지만, 아니었어. 그건 권총이야. 아 참, 난 내 아이의 사랑스러운 말을 잘못 옮겼어. 그는 "내가 대신 죽여 줄게."라고 말한 게 아니라, "내가 박살 내줄게."라고 말했어. 그들은 죽인다는 동사를 절대로 사용하지 않아. 대신 동의어를 사용하지. 그들은 수많은 동의어를 사용해서 그 말을 해. 아마도 아랍인들이 낙타를 지칭할 때 쓰는 말보다 더 많을 거야. 그러나 앞서 예고한 것을 계속 말하는 대신, 그리고 내 아이가 쇳덩이를 꺼낸다는 말을 하기 전에, 그가 내게 이야기한 건데, 지금 당신들에게 말해줄 테니 잘 들어봐. 어느 날 동네에서 그는 '창곤

(changón)' 세례를 받았어. '창곤'이 뭔지 모르는 사람들은 그게 뭐냐고 물을 거야. 나도 그걸 몰랐고, 그래서 마찬가지로 물어봤어. 내 아이가 설명한 바에 따르면, 그건 총신을 잘라낸 엽총이었어.

"그런데 왜 자르는 거야?"

그랬더니 총알이 넓은 영역으로 마구 발사되어 주변에 있는 사람이 누구이건 타격을 주기 위해서야. 그렇다면 탄알은? 그들이 사용하던 탄알이 납탄이라고 생각해? 그래, 그랬지. 내 아이의 몸에는 이런 세 개의 탄환이 몸에서 나가지 않은 채 박혀 있었어. 하나는 목에, 다른 하나는 팔뚝에, 그리고 나머지는 다리에 박혀 있었어.

"네가 바로 거기에 스카풀라를 걸치고 있었던 거야?"

"아, 그래."

"그걸 걸치고 있었을 때 네게 총을 쏜 거야?"

"음, 그래."

"그걸 걸치고 있었다면, 스카풀라가 소용이 없다는 말이군."

그러자 그는 아니라고, 그건 도움이 되었다고 말했어. 그게 없었더라면, 심장이나 머리에 납탄이 박혔을지도 모른다고 했어.

"아, 알겠어……."

그 누구도 그런 하느님의 논리에 왈가왈부할 수는 없어. 그건 확실해. 그게 무엇이든지 말이야. 벌거벗고 세 개의 스카풀라를 걸친 내 아이를 보자, 나는 황홀해서 몸을 떨지 않을 수 없었어. 이 귀여운 천사는 내가 내면에 지닌 1000개도 넘는 모든 악마를, 그러니까 내 개성이라고 볼 수 있는 것을 모두 한순간에 폭발시키는 힘이 있었어.

나는 즉시 계단을 내려가 거리로 나가서 저울, 그러니까 체중계를 샀어. 그러고는 계단을 다시 올라가 벌거벗은 그의 무게를 재고서, 탄알 무게로 약 200그램 정도를 제했어.

"네가 더 자랄지 아닐지는 나도 몰라. 하지만 너는 지금 이대로도 너무나 멋져. 더 완벽한 건 꿈꿀 수도 없어."

햇빛을 받은 그의 몸에서는 금빛 솜털이 반짝거렸어. 그러니 어떻게 내가 사진을 찍지 않을 수 있겠어! 하나의 영상이 1000개의 단어보다도 더 가치 있다면, 우리 아이가 살아 있는 것보다 더 가치 있는 게 있겠어!

"어서 옷 입어. 감기에 걸리지 않게. 그리고 하르딘 대로로 가서 피자 한 판 먹자."

우리는 그곳으로 갔고, 아무 사고 없이 무사히 살아서 돌아왔어. 도시는 공기 빠진 풍선, 그러니까 박력이 사라지고 있는 것 같았어. 맙소사! 새벽에 어느 거지가 건물 입구에서 칼에 찔린 채 발견되었어. 대학 연구용으로 그들의 눈을 빼내는 일이 자주 벌어지지…….

그건 어느 화요일 오후였어. (오전에 우리는 다시 사바네타로 순례를 갔기 때문에) 펑크족이 '십자가를 새긴' 때였어. 그러니까 죽은 날이라는 뜻이야.

"저기 가! 저기 가고 있어!" 알렉시스는 거리에서 그를 보자 소리쳤어.

나는 그를 멈출 시간도 없었어. 그는 그 히피 쪽으로 달려갔고, 그를 앞지르더니 뒤로 돌아 권총을 꺼냈고, 불과 몇 미터 떨어지지 않은 곳에서 그의 이마에 총알을 박아 넣었어. 재의 수요일에 성 십자가를 그어주는 곳, 그러니까 이마 한가운데였어. 탕! 피할 수 없는 단호한 한 발의 총알, 그것이 그 염병할 놈과 그놈의 시끄러운 소리를 지옥의 심연으로 보내버렸어. 느린 영상으로 머릿속에서 그 장면을 얼마나 많이 틀었는지 몰라! 나는 그 펑크족을 보고 있는 그의 초록색 눈을 보고 있어. 흐린 초록색이야. 반복될 수 없는 순간에 취해 있어. 탕! 아무 말도 없이 쏜 단 한 발의 총알이야. 알렉시스는 권총을 집어넣고, 뒤를 돌아 아무 일도 없었던 것처럼 계속 걸어갔어. 왜 뒤에서 쏘지 않았을까? 비겁하게 죽이지 않으려고 그랬을까? 이 사람아, 그게 아니야. 그건 눈을 쳐다보면서 죽이려고 했기 때문이야.

그 히피가 풀썩 쓰러지자, 그 순간 모터사이클이 한 대 지나갔어.

"저기 가요!" 나는 어느 부인에게 손으로 가리켰어. 유일한 보행자로 그 사건의 증인이 될 수도 있었어.

"저 사람을 죽였어요!" 그 부인이 소리쳤어.

"그래요, 맞아요."라고 나는 대답했어.

그건 분명하게 확인시켜주는 말이었어. 그런 어리석고 무의미한 말은 오로지 멕시코 영화에서만 들을 수 있어. 멕시코 영화에서는 늘 작중 인물들이 너무나 뻔하고 상투적인 말을 하거든. 그가 죽은 건 너무나도 분명해. 죽은 사람은 아무 말도 없어. 그런데 누가 그를 죽였어요?

"누구라뇨, 부인! 모터사이클 탄 놈들이죠! 못 봤어요?"

물론 그녀는 그들을 보았고, 그들은 아메리카 광장 쪽으로 갔어. 그런 동안 몇몇 아이들은 서두르면서 말했어.

"어서 뛰어! 뛰어! 어서 가서 인형을 봐."

당신이 알고 있는지는 모르겠지만, 아마도 모를 것 같아서 말해주자면, '인형'은 죽은 사람이야. 조금 전까지만 해도 살아 있었지만, 지금은 살아 있지 않은 사람이야. 그 여자는 모든 것을 보았고, 그래서 죽은 사람과 자기가 말없이 어떻게 주인공 역할을 했는지 주변에 모인 사람들에게 이야기를 들려주면서, 즐거운 호기심으로 가득한 인간 장벽을 만들고 있었어. 심지어 그 여자는 모터사이클을 타고 있던 사람 중 하나가 해골과 십자가가 새겨진 셔츠를 입은 것도 보았어. 그 장면을 생각만 해 봐도 아마…….

그 장소에서 떠나기 전에 나는 우글대는 구경꾼들을 슬쩍 쳐다보았어. 그들의 야비하고 천한 영혼 밑바닥부터 말할 수 없는 은밀한 기쁨이 용솟음치고 있었어. 심지어 나보다 더 행복해했어. 죽은 사람과 전혀 관계없는 그 사람들이 말이야. 오늘 먹을 게 없을지 몰라도, 이야깃거리는 있으니까 그랬을 거야. 적어도 오늘 그들은 벅차고 충만한 삶을 산 것이거든.

이곳 시민들은 선천적이고 만성적인 비열함을 앓고 있어. 이들은 악랄하고 파렴치하며, 시기심과 증오로 가득하고 사기성이 농후하며, 거짓말과 도둑질을 일삼는 인종이야. 가장 비열한 버러지들이지. 그런데 이런 비행 청소년들을 없앨 방법은 무엇일까? 어렸을 때 박멸하는 수밖에 없어.

입이 싼 인간들아, 겨우 음악 좀 크게 틀었기로 아무 죄도 없는 사람을 죽였다고 함부로 말하지 마. 그런 인간들이 꼭 있거든. 이 멍청이들아, 여기선 그 누구도 결백하지 않아. 우리는 '치치파토'라서, 인간쓰레기라서, 찌꺼기라서, 혹은 이 세상에 존재한다는 이유만으로 죽이는 거야. 그가 공기를 오염시키고 강물을 더럽히기 때문이야. 아, 그래, '치치파토'라는 말은 빈민가에서 대단하지 않은 도둑, 그러니까 좀도둑이란 뜻이야.

나는 아파트로 돌아왔고, 잠시 후 알렉시스도 도착했어. 아과르디엔테[4] 큰 병, 그러니까 일반 병으로 두 개 반이 들어가는 큰 병을 들고 왔어. 그걸 보고 나는 이렇게 지적했어.

"이왕이면 술잔도 사 오지. 너도 알다시피 여기에는 그걸 마실 수 있는 게 하나도 없어."

"병째로 마시면 돼."

그는 병을 땄고, 한 모금을 마시고서, 입에 머금은 술을 내게 주었어. 그렇게 나는 그의 입에 있는 술을 마셨고, 그는 내 입에 있는 술을 마셨어. 그렇게 어리석은 삶, 불가능한 사랑, 타인을 향한 증오를 두고 헛소리를 지껄이면서 큰 술병을 모두 비웠어. 그리고 다음 날 토사물 속에서 눈을 떴어. 그건 메데인, 그러니까 저주받은 도시의 악마들이었어. 우리가 그곳 거리를 걸어 다니면서 삼켜버린 악마들이었어. 그들이 눈이나 귀, 코나 입으로 우리 안으로 들어왔던 거야.

내가 태어났을 때 '코무나'는 존재하지도 않았어. 난 젊었

---

4) 백색의 증류주로 약 35도의 독한 술이다.

을 때 이 나라를 떠났는데, 그때도 없었어. 나는 귀국하면서 비로소 그것들이 활기가 넘쳐흐른다는 것을 알았어. 마구 번창하면서 마치 저주처럼 도시를 짓누르고 있었지. 산기슭에 허름한 판잣집들이 겹겹이 포개진 동네들이 생기고 또 생겼고, 귀청이 떨어질 정도로 음악을 틀어 댔고, 이웃에 대한 사랑으로 서로를 망쳤으며, 죽이려는 열망과 재생하고 번식하려는 분노가 서로 경쟁하고 있었어. 둘 중에서 어떤 것이 더 강한지 보려는 욕망이 끝이 없었지. 내가 글을 쓰는 이 순간에도 이 충돌은 아직 해결되지 않았어. 즉 죽는 일과 태어나는 일이 계속되고 있어. 사람들 말에 따르면, 열두 살이 되면 코무나의 아이는 늙은이와 다름없어. 살아갈 날이 얼마 남아 있지 않기 때문에…… 이미 누군가를 죽였을 수도 있고, 아니면 누군가를 죽이게 돼. 조만간, 그러니까 일이 진행되는 속도에 따라, 내가 말하는 열두 살짜리 아이는 열 살짜리 아이로 대체될 거야. 그게 콜롬비아의 커다란 희망이지. 이 점에 대해 당신이 무엇을 알고 있는지 난 몰라. 그래서 당신이 알고 있는 걸 내가 반복하더라도 용서하고, 계속 올라가기로 해. 산꼭대기 쪽으로 올라갈수록, 더 가난해. 코무나에 사는 사람은 하늘을 향해 올라가지만, 지옥을 향해 내려와. 그런데 왜 산동네를 '코무나'라고 불렀을까? 아마도 그곳을 세운 사람들이 공동체 활동으로 어느 거리 혹은 어느 구획을 건설했기 때문일 거야. 그건 게으름을 극복하는 방법이었을 거야.

이미 알고 있듯이, 설립자들은 농민들이었어. 가난한 사람들인데, 그들의 습관을 시골에서 그곳으로 가져왔어. 로사리오 기도를 하거나, 아과르디엔테를 마시거나, 이웃을 도둑질하고, 푼돈 때문에 마체테[5]를 들고서 목숨을 걸고 싸우는 것들이야. 그런 빛나는 인간의 업적에서 무엇이 나올 수 있을까? 똑같은 곳들이 더 많이 나와. 시간이 흐르면서 갈수록 더 많이 나와. 그렇게 계속해서 그들은 푼돈 때문에 서로 죽였어. 마체테 다음에는 단도를 썼고, 단도 다음에는 총탄을 썼어. 글을 쓰는 지금 그들은 총탄을 사용하고 있어. 화기는 급격히 늘었고, 나는 그게 발전이라고 말하지. 머리에 마체테를 맞아서 죽는 것보다 가슴에 총탄 한 발을 맞아 죽는 게 더 낫거든. 이 사소한 문제를 해결할 방법이 있을까? 내 대답은 한 발의 총알처럼 단호하게 그렇다는 거야. 그건 바로 벽 앞에 세워 모두 총살하는 거야. 다른 건 아마도 '원의 사각형화', 그러니까 불가능한 일일 거야. 복수는 또 다른 복수를 불러오고, 죽음은 또 다른 죽음을 불러. 살인 사건이 일어나면 경찰관들이 시체 거두는 일을 맡게 돼. 그런데 내가 잘못 말한 것 같아. 경찰관이 하는 게 아니라, 이제부터 새 헌법은 검찰청 요원들이 그 일을 하도록 규정하고 있어. 그런데 이들은 경찰과 달리 이세상의 경험이 없고, 쇄도하는 시체들에 압도되어 제대로 처리하지 못해. 그래서 아무런 형식적인 서류 절차도 없이, 그리고 의식도 치르지 않고서, 그냥 놔두어 독수리 밥이 되게 했어. 하기야 '인형'이 어떻게 죽었는지, 그러니까 모두가 봤을 테지만 아무도 보지 않은 죽음을 기술하면서 검찰청 기장이 새

---

5) 칼처럼 생긴 낫.

겨진 종이 스무 장을 현실적으로 어떻게 채울 수 있겠어? 그래서 상상이 필요한데, 오늘날의 관리들은 그런 능력이 없어. 그들은 도둑질해서 스위스 은행에 예치하는 것이 아니면 상상력을 발휘하지 않거든. 아, 슬프게도 중요한 법적 절차, 장례 미사, 장례식, 시체 처리와 같은 건 더는 없을 거야. 너무나 사랑스럽고, 너무나 콜롬비아적이고, 너무나 우리 것인 제도가…… 더는 없을 거야. 시간은 모든 것을 휩쓸어 버려. 심지어 관습까지도. 그래서 변화에 변화를 겪으면서 사회는 점차 유대감과 정체성을 잃어버리고, 해지고 누덕누덕 기운 침대보처럼 되어 버려.

나는 '코무나들'에 대해 말하고 있어. 그것을 잘 알고 있는 사람처럼 자연스럽게 말하고 있어. 하지만 아니야, 나는 멀리서만 보았을 뿐이야. 산속에서, 그리고 벌벌 떨리는 밤에 깜빡거리는 그곳의 작은 불빛을 보았을 뿐이야. 내 아파트 발코니에서 꿈을 꾸고 생각에 잠겨 '코무나들'을 보았고, 그곳의 살인적이고 음탕한 영혼에 사로잡혔어. 수천 개의 반짝거리는 전등, 그건 집이자 영혼이야. 그리고 나는 그들의 메아리, 그림자 속의 메아리야. '코무나'는 멀리 있지만, 내 마음을 불태워. 마치 번개의 불꽃이 오두막집을 불태우듯이 말이야. 난 딱 한 번 그곳으로 올라갔다가 내려왔어. 아무것도 보지 못했어. 엄청난 소나기가 내려 내 시야를 가렸거든. 분노를 가득 품은 하늘이 화풀이하듯이 퍼붓는 안티오키아의 소나기였어.

하지만 난 너무 앞서 나가면서, 시간 순서를 지키지 않고 무질서를 흩뿌리고 있어. 내가 코무나로 올라가기 전에 얼마나 많은 하수돗물이 강물로 흘러 들어갔겠어! 그런 동안 잠시 나는 내 옆에 있는 알렉시스와 함께 테라스에서 그곳을 바라봐. 내 옆에 내 사랑과 함께. 이봐, 저쪽 너머를 쳐다봐, 바다 쪽으로, 북쪽을 봐. 북동쪽에 있는 것과 북서쪽에 있는 걸 봐, 가장 폭력적이고 가장 유명한 코무나들이야. 마주 보는 산기슭이 서로를 바라보면서 계산하고, 그들의 증오와 분노를 내뿜고 있어. 내가 잘못 말하고 있으면, 언제든지 고쳐줘. 하지만 알렉시스는 바다를 본 적이 없는데, 그걸 말해서 무슨 소용이 있겠어. 그는 심지어 여기 아래에 있는 카우카강도 본 적이 없어. 내가 어렸을 때 놀던 곳인데, 이름 가운데 '우'가 있어. 이 강은 나와 똑같은 것 같아. 계속 움직이면서도 영원히 변하지 않거든. 알렉시스는 탁한 개울물, 그러니까 하수구 물이 흘러가는 도랑만 알아.

"이봐, 나한테 가리켜 봐! 네 동네가 어떤 거지?"

혹시 산토 도밍고 사비오 동네야? 아니면 포폴라르, 혹은 사예, 또는 비야 델 소코로 동네야? 그것도 아니면 프란시아 동네야? 어떤 것이든 저 멀리서 반짝거리는 불빛 사이에 있어서 우리가 닿을 수 없어…… 당신은 알고 있어야 해, 혹시 모른다면 적어 놓도록 해. 나나 당신처럼 평범한 사람은 대대 병력의 호위를 받지 않고는 그런 동네로 올라갈 수 없어, 그렇지 않으면 당신을 가만두지 않거든. 그런데 무기를 갖고 있다면? 그걸 빼앗아 버려. 무기를 빼앗고 나서, 당신 바지와 시계, 그리고 신발과 지갑을 빼앗고, 당신이 팬티나 속바지를 입고 있다면 그것도 빼앗고 말아. 그리고 당신이 여기가 자유 민주주의 국가이고, 무엇보다 인권을 존중하는 것이 가장 중요하다고 여겨서 저항한다면, 아마 당신이 갖고 있던 무기로 당신을 반대편 강변으로 보내버릴 거야. 그러니까 실오라기 하나 걸치지 않게 하고서 카론의 배에 태워 강을 건너게 하는 거야. 거기 가면 이게 무슨 말인지 알게 될 거야.

밤에 우리 건물 옥상에 있으면, 우리 아파트는 빛의 바다에 있는 어두운 섬이야. 주변을 둘러보면 온통 불빛 천지거든. 산에서는 맑고 깨끗한 하늘에서 별빛이 반짝거려. 여기에는 스모그가 없거든. 비가 스모그를 없애 주거든. 해가 질 무렵이 되면 우리의 산은 너무나 선명하고 너무 윤곽이 뚜렷해져. 한 아이가 가위로 《엘 콜롬비아노》에서 사진을 오려냈다고 생각하면 될 거야. (《엘 콜롬비아노》는 메데인에서 발행하는 신문이야. 죽은 사람들의 이름을 싣는 신문 중의 하나야. 오늘은 그 숫자가 엄청난데, 내일은 얼마나 될까?) 그래, 메데인의 밤은 아름다워. 아니 멋지다고 해야 할까? 이젠 나도 모르겠어, 여자 같으면 아름답다고, 남자 같으면 멋지다고 말해야 하는데, 메데인이 남자 같은지, 아니면 여자 같은지 확인해보려고 하지 않았어. 하지만 그건 중요하지 않아. 아무려면 어때. 내가 그 불빛들이 영혼이라고 말했던 것처럼, 메데인은 나보다 더 많은 영혼을 갖게 되는데, 무려 350만 개야. 난 한 개만 갖고 있는데, 그것도 산산이 조각나 있어.

"사바네타의 성모여, 내가 어린아이였을 때로 돌아가게 해주소서, 단 하나의 온전한 영혼이 되게 해주소서. 제가 난파된 배의 판자들을 한데 모으게 도와 주소서."

도움의 성모에게 바친 촛불들이 일제히 깜빡거려. 마치 밤마다 똑같이 깜빡거리는 메데인의 불빛 같아. 그렇게 어릴 적의 우리로 돌아가는 기적을 베풀어달라고 하늘에게 청하고 있어. 옛적의 우리가 되게 해달라고.

"저는 이제 제가 아닙니다. 성모님, 제 영혼은 갈기갈기 찢겼습니다."

내 강력한 살인 병기인 이 녀석은 도대체 몇 명이나 죽였을까? 지금 내가 아는 한에서는 한 명이야. 그 전에 몇 명이나 죽였는지는 나도 전혀 몰라. 사제들은 고해를 통해 무덤으로 가져가야 할 모든 비밀을 혼자만 알려고 하면서 다른 사람과 나누지 않지만, 나는 그걸 물으려고 하지도 않거든. 어떻게, 언제, 누구와 함께, 어디서 그랬는지 묻지 않아. 어디서건 그게 뭐가 중요해! 빌어먹을, 일괄적으로 죄를 용서하고, 그 광포한 호기심 따위는 버리라고 해! 어느 가톨릭 대학교의 신학과에 있는 순진한 젊은 신부는 내게 고해에 대해 말하면서, 기적에 대해서는 말해도 그 성인이 누구인지는 입을 다물어야 한다고 했어. 그러니까 죄에 대해서는 말해도 죄인이 누구인지는 말하지 말아야 한다는 거야. 다시 말하면, 비밀을 드러내면서도 그걸 위반하지는 말아야 한다는 거지. 여기에 바로 그 원칙이 적용돼. 얼굴 없는 어느 젊은이가 그에게 고해하러 가서 이렇게 말했어.

"신부님, 고백하는데, 애인과 잠을 잤습니다."

그러자 신부는 묻고 또 물었지. 그건 그들 모두가 가고자 하는 로마에 도착하는 방법이야. 그러다가 신부는 그 젊은이의 직업이 청부 살인이며, 열세 명을 죽였다는 사실을 알게 되었지만, 그는 그걸 고백하러 온 게 아니었어. 그래야 할 이유가 있을까? 그들을 죽이라고 명령한 사람이 고백하면 되는 것 아닐까? 죄는 그 사람이 지은 것이지, 단순히 그 작업을 수행했던 젊은이, 그러니까 '일꾼' 혹은 조력자가 지은 게 아니라는 말이야. 그는 심지어 자기가 죽인 사람들의 눈을 보지도 못했으니…….

"신부님, 그럼 신부님은 청부 살인 용의자를 어떻게 했죠? 죄를 사해주셨나요?"

물론 그랬어. 그 신부라는 사람은 그의 죄를 용서해 주었고, 그래서 성당이 그런 젊은이들로 가득차게 된 거야.

신학교가 쇼핑센터로 바뀐 이후 그런 부류의 신부는 아주 드물어. 그러니 이 멋진 신부를 최대한 이용하면서, 나는 그에게 이렇게 물어. 그 히피를 죽인 건 누구의 죄인가요? 알렉시스인가요? 아니면 나인가요? 알렉시스의 죄는 아니야. 그건 그가 그 히피를 미워하지 않았기 때문이야. 그랬다면 그의 눈을 보았을 테니까. 그렇다면 내 죄인가? 그것도 아니야. 난 솔직히 고백하는데, 그를 탐탁지 않게 여겼어. 하지만 내가 죽이라고 지시했을까? 그건 절대 아니야! 절대, 절대 아니야. 난 알렉시스에게 "저놈을 해치워."라고 말한 적이 없어. 나는 이렇게만 말했어. "저놈, 죽여 버리고 싶어." 이건 여러분들이 증인이야. 그것도 지나가는 말로 했을 뿐이야. 내게 죄가 있다면, 그건 '싶어'라는 단어 안에 있어. 내가 그러고 싶다는 말로 인해 살생이 벌어졌고, 그러면 그 말을 한 사람은 지옥으로 가게 되는 건가? 그래, 그건 내가 지금 후회하고 회개하는 것이고, 그래서 나는 더는 '죽여 버리고 싶다'라고 말하지 않아.

　나는 알렉시스의 음악을 피해 그 가톨릭 대학교로 갔어. 내가 아무도 생각하지 못한 곳에 있다고 해서 의아해하지 마. 여기, 저기, 그리고 저 멀리에도 있었거든. 그 지옥의 소음에서 도망치면서, 나는 하늘에 계신 하느님보다 더 여기저기에 모습을 나타내. 그래서 나는 '메다요'라고 불리는 메데인의 여러 거리를 쏘다니면서, 이런저런 것을 보고 들어. 죽지 않으려고 수상한 자동차가 나를 덮치기 전에 재빨리 길을 건너. 그렇게 일부러 자동차로 목표물이 되는 사람을 치면서, 그 사람과 우리가 모두 가톨릭 신자라고 여겨지는 사람들인데도 마치 하찮다고 여겨지는 토끼인 것처럼 죽여 버린다고들 하거든.

　근본적인 공허감에 이끌려 알렉시스는 텔레비전에서 아무 프로그램이나 봐. 연속극, 축구 경기, 록 밴드, 마구 지껄이는 창녀, 대통령 연설 등 닥치는 대로 봐. 언젠가 이 염병할 놈은 옷을 찢고 있었고, 몹시 슬퍼하고 있었어. 그의 말에 따르면, 어느 청부 살인자가 공화국 상원 의원을 죽였기 때문이었어. 젠장, 공화국이라고! 마치 여기에 상원 의원 혹은 지방 의원들이 있는 것 같잖아, 이 멍청이야. 여긴 미국이 아니야. 게다가 콜롬비아의 상원 의원들은 겉과 속이 다른 인간들이야. 알렉시스는 그를 죽인 사람들에게 '가장 무거운 처벌'을 내릴 것이라고 말했어. 마치 누가 그랬는지 아는 것처럼. 그런데 오늘은 무슨 뉴스가 있지? 오늘은 국가에 관해 보도하고 있는데, 청부 살인범들의 계약자이자 마약 밀매의 최고 두목을 제거하는 데 25000명에 달하는 군인들이 동원되었기 때문이야. 알렉시스는 이제 범죄가 국가를 지배하지 않을 거라고 말했어. 마치 짭짤하고 은밀한 계약이 제 발등을 찍지 않을 것처럼 말이야. 또한 우리가 올바른 방향으로 가고 있다고 했어. "인 더 라이트 디렉션(In the right direction)"이라고 그는 누군가가 말하는 걸 들었어. 그래서 나는 오로지 하나만 물었어. 콜롬비아에서 법은 용의자들을 죽이는 거냐고. 아, 그래, 그리고 알렉시스는 그가 영어로 그 승리를 미국인들에게 보고할 거라고 말했어. 그 역시 여러 언어를 말하거든. 난 그가 언어에 아주 재능이 있다고 믿어. 미국놈들이 영어로 써준 연설문을 새되고 무지렁이 같고, 계집애처럼 작은 목소리로 읽거든. 그리고 학교에서 배우고 있는 어린애의 순진한 억양으로 읽어. "이것은 내 코입니다. 저건 당신 고추입니다."

"저 멍청이 호모 방송 좀 꺼!" 나는 알렉시스에게 말했어. "여기 안에도 호모는 넘쳐흘러!"

그는 내가 이성을 잃고 너무나 화를 내는 모습을 보자 빙긋 웃었어. 그런데 그가 텔레비전을 끄는 기적이 일어났어. 그러고는 이렇게 덧붙였어.

"원한다면 그 개자식을 박살 내줄게." 내가 너무나도 사랑하는 상스러운 말로 말했어.

그래서 난 물었어. "그럼 저 카세트 라디오는 언제 부술 거야?"

"지금 당장."

그러더니 그걸 들고서 발코니로 달려갔고, 발코니 아래로 던졌어. 나는 제어할 수 없는 분노가 얼마나 무책임한 행동인지 알려 주었어. 약간의 운만 따랐다면 그 아래로 지나가던 보행자로 추정되는 사람을 죽일 수도 있었으니까.

우리나라에서 가장 높은 대통령이 앞에서 말했던 것처럼, 마약 밀매 두목 혐의를 받는 사람의 제거와 더불어, 여기서는 사실상 청부 살인이라는 직업은 끝났어. 성인이 죽어서 기적도 끝난 거지. 고정된 일이 없자 그들은 도시 전역으로 흩어졌고, 납치하고 강탈하고 도둑질하기 시작했어. 자기 내키는 대로, 그리고 스스로 위험을 감당하면서 일하는 청부 살인자는 더는 청부 살인자가 아니야. 그건 그냥 자유업이자 개인의 솔선 정신일 뿐이야. 그래서 우리의 또 다른 제도와 관습이 우리를 떠나고 있는 거야. 콜롬비아가 난파하고 파멸하고 있는 가운데 이렇게 우리의 정체성을 상실하게 되면, 이제 우리에게는 아무것도 남지 않을 거야.

그렇지만 알렉시스에게 집중하도록 하지. 그게 이 이야기를 들려주는 이유니까. 그런데 그는 언제 텔레비전을 박살 내려고 생각하는 것일까? 내 마음은 털이 부드러운 고양이를 쓰다듬듯 그 생각을 어루만지고 있어. 어떻게 해야 그가 그렇게할까? 내 강력한 정신으로 그렇게 만들 수 있을까? 하지만 난 내 능력이 몹시 의심스러워. 나는 오랫동안 카스트로가 죽게해 달라고 정신을 집중했지만, 그는 경애의 대상이 된 채 계속그곳에 있기 때문이야. (여기서 카스트로는 피델이며, 피델은 쿠바이고, 쿠바는 전 세계이며, 전 세계의 사회주의 혁명이야.)

알렉시스에게 살해된 사람 중에서 다섯 명은 무보수, 즉 자기의 개인적인 '쿨레브라'였고, 다섯 명은 다른 사람들의 '쿨레브라'였기에 돈을 받고 처리한 사람들이었어. 그런데 '쿨레브라'가 뭐냐고? 그 단어는 '뱀'이라는 의미지만, 여기서는 해묵은 원한을 뜻해. 당신도 이해하겠지만, 법은 항상 개정되고 있고, 그래서 법이 없다고 말할 수 있는데, 그래서 콜롬비아는 뱀이 우글대는 끔찍한 장소야. 여기서는 여러 세대에 걸쳐 누적된 복수가 살인으로 이루어지거든. 부모에서 아이들로, 아이들에서 손자로 복수가 넘어가고, 형제들은 쓰러져 죽어. 그래, 내가 묻지도 않았는데, 어떻게 알렉시스에 대해 알았느냐고? 묻지 않았는데, '종결자'가 말해 주었어. 그는 정말 근사하게 생긴 아이인데, 거칠고 위험하며 흉악하지만, 그도 또한 일거리가 없어. 열다섯 살로 솜털만 난 애송이인데, 당신 마음을 완전히 누그러뜨리는 애야. 내가 기억하는 바로 그 애 이름은 에이데르 안토니오야. 아주 예쁜 이름이지. 사람을 죽이지 않을 때는 당구를 쳐. X 당구장에서…… (나는 당구장 이름을 밝히지 않겠어. 그랬다간 주인이 새 헌법 아래서 '명예 훼손'으로 나를 고발할 권리가 있으며, 그런 다음에는 법이 허용하는 가장 무거운 처벌을 받게 할 것이기 때문이야.)

나는 '종결자'를 나비의 방에서도 알게 되었지만, 우리의 사랑은 꽃을 피우지 못했어. 그는 애인이 있다고 말했고, 그녀를 임신시켜서 아이를 갖고는 자기 원수를 갚게 하겠다고 생각하고 있었지.

"무슨 원수가 있는 거야, 종결자?"

아니야, 없어. 무엇이든 상관없이 원수를 갚게 할 거야. 자기 힘으로 해낼 수 없는 것을 시키겠다는 말이지. 우리 젊은이들이 사전에 계획을 세우는 것을 보니 다시 희망이 솟아올라. 미래에 희망이 있으면, 현재는 아주 잘 흘러가거든. 과거에 대해 말하자면…… 내가 가진 모든 것이 과거이고, 그것이 나를 지금 이렇게 지탱해주는 거야.

이 세상의 모든 건 끝에 이르게 되어 있어. 시장도 죽고, 장관도 죽고, 대통령도 죽어. 카우카강은 계속 흐르고 또 흘러서 넓은 바다로 흘러 들어가. 바다는 모든 하수(下水)가 모이는 쓰레기장 같아. 그런데 내가 왜 이런 말을 하는 거지? 이보게, 잘 봐, 잘 듣고 기억해. 그건 텔레비전도 결국 마지막 날을 맞았기 때문이야. 이 염병할 물건의 죽음은 애도 시로 쓸 가치가 있어. 나는 지금 여기서 순수 예술의 운문을 생각하고 있어. 14음절로 이루어진 알렉산더 시행의 시를 생각하는데, 내가 완벽하게 구사하는 정형시야. 나는 조용하고 차분하게 숨을 쉬면서 멋지고 장황하게 시를 쓰는 사람이거든.

사건은 이렇게 일어났어. 어느 날 오후 나는 피곤하게, 피로에 절어서, 기운이 하나도 없이, 그리고 살고 싶은 마음이 눈곱만큼도 없이 집으로 돌아왔어. 나는 35000대의 택시가 라디오를 크게 틀고 다니는 도시를 견디고 참아낼 수가 없었어. 내가 택시를 타지 않고 걸어 다니더라도, 나는 택시들이 떠들썩한 음악을 틀고 다닌다는 걸 알고 있거든. 또 택시들은 나와 아무 관계도 없는 죽은 사람들에 관한 뉴스나 내가 전혀 관심도 두지 않는 축구 경기, 공공의 젖이나 빨면서 나와 콜롬비아, 즉 영원한 우리나라의 돈을 빼앗아 가는 엿 같은 관리들의 발표문을 틀기도 해. 알렉시스는 거듭 이렇게 말해.

"내가 그것들을 박살 내버릴게. 어떤 건지만 말해줘."

그러나 나는 절대 말하지 않아. 그래 봤자 뻔하잖아! 그건 엽총으로 메뚜기를 쏘는 것과 마찬가지야. 난 알렉시스에게 말했어.

"애야, 네 권총 좀 빌려줘, 도저히 더는 참을 수가 없어. 그 걸로 내 목숨을 끊어야겠어."

알렉시스는 내 말이 농담이 아니라는 걸 알고 있어. 그는 너무나 꾀바르기에 그런 걸 느끼고도 남아. 그는 권총을 찾으러 달려갔고, 그 안에 총알이 하나도 남아 있지 않도록 그의 눈에 들어온 유일한 것에, 그러니까 텔레비전에 총알을 모두 쏴 버렸어. 그런데 그때 대통령이 말하고 있었어. 뭐에 대해서였는지는 모르겠지만, 아마도 법의 중요성이었을 거야. 그게 침 질질 흘리며 말하는 수다쟁이가 떠든 마지막 말이었어. 그는 그 더러운 주둥이를 우리 집에서 더는 열지 않았거든. 그리고는 조용했어. 내 밤은 조용해졌고 침묵이 흘렀어. 매미가 노래하면서, 영원한 노래로, 그러니까 호메로스가 들었던 그 노래로 내 귀를 구슬렸을 뿐이야.

그 텔레비전을 부숴버린 것은 내 평생 가장 커다란 실수였어. 텔레비전이 없어지자 알렉시스는 아무도 차지 않는 팽팽한 축구공보다 더 허탈해했어. 그리고서 본능의 지시에 모든 힘을 바쳐 따랐어. 바로 마지막 눈망울을, 우리와 더는 함께 있지 않은 사람의 마지막 시선을 보는 것이었지.

권총에 채울 총알을 산 사람은 바로 그의 충실한 종인 나였어. 나는 그를 위해 사는 사람이거든. 나는 곧장 경찰에게 가서 말했어.

"그 총알을 내게 팔아요. 난 점잖고 훌륭한 시민입니다. 나는 책을 몇 권 썼을 뿐 아니라, 범죄 기록도 없습니다."

"무슨 책을 썼죠?"

"문법책입니다. 순경님."

그런데 그는 순경이 아니라 경사였어! 계급장에 대한 나의 무지는 내 말, 그러니까 내 순진함이 진실임을 보여주는 생생한 증거였고, 그래서 그는 내게 총알을 팔았어. 크고 무거운 상자였어. 그걸 가져오자 알렉시스가 말했어.

"와, 정말 당신 말솜씨는 대단해! 이제 우리 자동 소총을 구해보자."

"이봐, '우리'라는 말에는 많은 사람이 있어. 날 거기에 포함하지 마."

물론 사랑할 때 포함하지 말라는 말은 아니야!

알렉시스의 다음 희생자들은 세 명의 군인이었어. 우리는 메데인에서 가장 크다는 볼리바르 공원으로 가고 있었는데, 바로 그때 멀리서 검문하는 걸 보았어. 알렉시스가 쇳덩이를 지니고 있다면, 다른 방향으로 가는 게 최선이었어.

"그런데 왜?"

"이봐, 얘야, 몸수색을 할 것이고, 그러면 네 물건을 압수할 거니까. 우리가 수상쩍은 용의자라는 걸 몰라?"

나는 아주 조심스럽게 '우리'에 나를 포함했어. 여기서는 아무도 늙은이들을 용의자로 보지 않거든. 그건 이미 검증된 사실이야. 늙은 청부 살인자는 없기 때문이야. 이미 오래전에 서로서로 죽였거든. 개가 개를 잡아먹지 않을지 몰라도, 청부 살인자는 청부 살인자를 죽여.

"그럼, 다른 길로 가."

그러나 그렇게 하지 않고 우리는 그대로 가던 길을 갔어. 물론 우리를 멈춰 세웠어. 하지만 그들은 태어나지 않는 편이 더 나았던 사람들이야. 탕! 탕! 탕! 이마 한가운데 세 발의 총알이 박혔고, 군인 세 명은 몸이 굳은 채 땅에 쓰러져 있었어. 그런데 알렉시스는 언제 권총을 꺼냈지? 난 그걸 보지 못했어. 군인들은 나를 검문하려고, 내 몸을 수색하려고 했어. 내가 내 아이와 함께 있기 위해 저수지로 들어가 상어들을 미쳐 날뛰게 했으니까. 하지만 이제 더는 쫓아오지 않았어. 그들이 살아 있던 마지막 순간에 그렇게 하길 원했을지라도, 이제는 그럴 수 없었어. 죽은 사람들은 아무도 검색하지 못해. 이마에 총을 맞으면, 그 누구라도 그의 컴퓨터는 지워져 버리거든.

그 사건은 너무나 굉장했어. 그리고 너무나 예기치 못한 사건이어서, 나는 어떻게 해야 할지 몰랐어. 알렉시스도 마찬가지였어. 그는 마치 최면에 걸린 사람처럼 그 시체들을, 그들의 눈을 멍하니 보고 있었어.

"얘야, 여기서 떠나 점심 먹으러 가는 게 좋을 것 같아."

여기서 점심은 보통 12시에 먹었지만, 관습이 바뀌면서 점심 시간은 점차 1시 30분으로 옮겨 가고 있어. 알렉시스는 권총을 집어넣었고, 우리는 아무 일도 없었던 것처럼 태연하게 계속 길을 갔어. 뛰는 건 좋지 않아. 뛰는 사람은 체면과 품위를 잃어버리고, 꼴사납게 엎어지고, 결국 체포되고 말아. 게다가 여기서는 오래전부터, 정말로 오래전부터 아무도 도둑을 뒤쫓지 않아. 내가 기억하는 바로는, 어렸을 때는 천하고 시시한 보행자일지라도 법이라는 것의 보호를 받아 도둑놈 뒤를 쫓곤 했어. 하지만 오늘날엔 아무도 그렇게 하지 않아. 그를 잡는 사람은 죽거든. 집단정신과 단체정신은 비열하고 야비하게 변했어. 겁쟁이 사냥개 같은 개자식들은 그걸 잘 알고 있어. 쫓고 싶은 마음이 솟구쳐? 가만히 있으면서 아무것도 보지 마. 당신이 계속해서 보고 싶으면 말이야. 주변에는 경찰이 없었어. 아니 그들을 도와줄 경찰이 없었지. 세 개의 총탄이 내 아이의 쇳덩이에 있었고, 그래서 다른 세 명의 이마에 재의 십자가를 그릴 수 있었어. 우리는 죽기 위해 태어나거든.

우리는 이곳 메데인에서 즐겨 먹는 고깃국으로 점심을 먹었어. 그리고 식욕을 돋우기 위해 각자 필스너 맥주 한 병씩 마셨어. 난 여기서 맥주 광고를 하는 게 아니야. 그 맥주 맛은 정말 오줌 같거든. 이건 진리 중의 진리야. 우리는 필스너 맥주를 마셨고, 나는 고깃국에 넣을 라임을 달라고 했어. 나는 모든 음식에 라임을 뿌려.

"아가씨, 냅킨 좀 갖다줘요. 제기랄, 도대체 무엇으로 입을 닦으라는 거요?"

이 인종은 너무 천하고 너무 야비해서 여기에서는 냅킨을 여덟 조각으로 잘라 종이를 아껴. 손님이 없을 때 종업원들에게 그걸 자르라고 시키지. 그렇게 한시도 쉴 틈을 주지 않아, 개자식들. 그런 곳이 여기야.

나는 종잇조각으로 입을 닦았지만, 손가락이 더러워졌

고…… 그럼 화장실에서는? 음, 화장실에서는 말이야(당신이 외국 관광객이니까 이걸 설명해주겠어), 화장지를 놓을 수가 없어. 사람들이 두루마리를 통째로 훔치거든. 엄청난 돈을 들여 지은 새 메데인 공항이 개항했을 때였어. 단 하루만 휴지를 비치하고 그 이상은 하지 않았어. 새로운 걸 좋아해서 찾아다니는 수많은 사람이 아이들을 데리고 공항을 보러 왔고, 심지어 변기 뚜껑까지 훔쳐 갔어. 아, 그래, 짐꾼들이 있지! 그건 수화물을 싣는 사람들인데, 이들이 도둑질을 시작한 장본인이야. 한 사람이 저기로 가서 지폐 한 다발과 두 개의 밀수 가방을 가져와. 공항에서 메데인 시내로 가는 세 개의 길 중에서 그 어떤 길을 잡더라도, 시내로 내려가는 도중에 그의 물건은 모두 도난당해. 언젠가 내가 스위스에서 돌아올 때였어. 나는 그 세 길 중의 하나로 걸어서 내려가는 어느 여행자를 보았어. 마치 그리스에서 누드 해변을 걷듯이, 아니면 하느님이 그를 세상을 내보냈을 때의 모습으로 걷고 있었어. 내 택시 운전사는 그를 태워주려고 하지 않았어. 그게 택시를 훔치기 위한 수작일 수도 있었기 때문이야. 그런데 난 택시 운전사들이 강도들이라고 확신하고 있었거든! 아니야, 아니 그래, 인간의 목숨은 여기서 파리 목숨이나 다름없어.

그런데 사람 목숨이 가치 있어야 할 이유가 있나? 세계 인구가 50억 명이고 60억 명을 향해 가고 있다면…… 그들을 모두 지폐에 인쇄해보면 각각의 사람이 얼마나 가치 있는지 알게 될 거야. 5 — 아니 6이라고 하지 — 오른쪽에 0이 9개 있다고 치면, 우리 각자는 왼쪽에 있는 0에 불과해. 티티원숭이

만도 못해. 이제는 얼마 남지 않았고 아주 사나운 원숭이지. 이봐, '파르세로', 우리는 아무것도 아니야, 정말 하찮은 존재야, 그러니 '주인공이 되려는 열망'에서 치유되어야 해, 그리고 여기서는 어제 죽은 사람보다 더 덧없는 것은 없다는 사실을 명심하도록 해. 누가 공원의 그 세 병사, 그러니까 우리를 몸수색하려고 했던 그들에 대해 알고 있지? 《엘 콜롬비아노》에도 나오지 않았어. 그리고 《엘 콜롬비아노》에 나오지 않는 사람은 아직 살아 있거나 혹은 죽었기 때문이야. 그런데 '파르세로'가 뭐냐고? 누군가가 사랑하는 사람인데, 그 누군가는 그걸 말하지 않지만, 그는 그걸 잘 알고 있어. '아주 친한 동료 혹은 친구'라는 의미야. 그러니까 '코무나'의 섬세함과 미묘함을 보여주는 개념이지.

인간의 목숨이 덧없고 무상하다는 것은 내 관심사도 아니고 걱정거리도 아니야. 나는 죽음의 덧없음에 관심이 있어. 여기서는 그것을 아주 급하게 잊고자 하는 현상이 있어. 가장 중대한 죽음이라 할지라도 축구 경기가 열리면 지워지고 말아. 그렇게 경기가 계속되면서 어느 대통령 후보에 대한 기억도 지워지고 있어. 자유당이고 여기 콜롬비아 역사상 아주 중요한 후보였는데, 몇몇 청부 살인자들이 해가 질 무렵 극적인 조명을 받으며 연단에서 총탄으로 그를 쓰러뜨렸어. 20000명의 열렬한 지지자들이 붉은색 깃발을 흔들고 있는 가운데서 살해했어. 그날 국가는 하늘에 대고 노여움의 소리를 질렀고, 사람들은 옷을 쥐어뜯으며 몹시 슬퍼했어. 그리고 다음 날 고오오올! 하는 소리가 울려 퍼졌어. 그 소리는 메데인의 하늘을 뒤흔들고, 사람들은 폭죽을 쏴. 분수 폭죽을 흔들기도 하고 단발 폭죽을 쏘기도 해. 그래서 그게 재미로 하는 건지, 아니면 어젯밤에 사용한 것과 똑같은 총알인지 알 수가 없어. 여기저기 어둠 속에서 발포 소리가 들려. 그러면 우리는 잠자러 가기 전에 이렇게 생각하지. "누가 파티를 끝낸 거야?" 그러고서 당신은 총성이나 폭죽 소리를 자장가 삼아 자면서 알파파, 오메가파, 감마파로 돌아가. 총소리를 들으며 자는 게 소나기 소리를 들으며 자는 것보다 더 나아. 침대에 있으면 안전하다고 느끼니까…… 그리고 난 내 사랑인 알렉시스와 함께…… 알렉시스는 블루머만 입고서 나를 꼭 껴안고 자. 그런데 정말로 그것만 걸치고 있어서 아무것도 그의 잠을 방해하지 않아. 그는 형이상학적 번민 따위는 모르는 사람이야.

이봐, 파르세로, 우리는 아무것도 아니야. 우리는 하느님의 악몽인데, 하느님은 미쳤어. 내가 앞에서 말한 대통령 후보가 살해되었을 때, 나는 스위스에 있었어. 호수가 내다보이고 텔레비전이 있는 방이었지. '콜롬비안(Kolumbien)'이라고 독일어로 텔레비전에서 말하자, 내 가슴은 쿵쿵 뛰었어. 초원과 총성으로 유명한 조그만 마을에서 20000명이 시위하는 장면을 방송하고 있었어. '인형'은 쓰러졌고, 더불어 주인공이 되려는 열망도 죽어 버렸어. 죽어서 그는 생전에 원했던 걸 이루었어. 연단에서 '광' 하고 쓰러지는 소리는 전 세계로 퍼졌고, 조국의 이름을 드높였거든. 나는 콜롬비아가 너무나, 너무나 자랑스럽게 느껴졌고…… 그래서 스위스 사람들에게 말했어.

"여러분들은 사실상 죽었습니다. 당신들이 보고 있는 영상을 눈여겨보십시오. 저게 바로 삶입니다, 진정한 삶이지요."

알렉시스의 그다음 희생자는 입이 거칠고 험한 어느 행인이었어. 건장하고 다부진 젊은이였어. 이 오만방자한 인종이 아니랄까 봐, 건방지고 못된 놈이었지. 후닌 거리를 걷고 있는데, 우리는 우연히 그와 부딪혔어. 그는 우리에게 말했어.

"제대로 보면서 걸어, 빌어먹을 호모들. 아니면 보지 못하는 거야?"

사실 나는 눈이 어두워서 잘 보지 못해. 하지만 알렉시스는 아주 잘 봐. 그렇지 않으면 어떻게 그토록 잘 조준하겠어? 그런데 이번에는 변화를 주기 위해 이 주제에 관해 익히 잘 알려진 소나타를 윤색하면서, 그의 이마에 총알을 박아 넣지 않았어. 아니야, 그렇게 하지 않고서 대신 입에 꽂아 넣었어. 그가 욕을 내뱉었던 그 더러운 입에 쏴 버린 거야. 믿을지는 모르겠지만, 그렇게 그가 살아서 내뱉은 마지막 말은 "보지 못하는 거야?"가 되고 말았어. 이건 그의 말을 다시 듣게 되면 알수 있을 거야. 그는 더는 보지 못했어. 죽은 사람들은 눈을 뜨고 있지만, 아무것도 보지 못해. 우리는 그 눈들을 볼 수 있지만, 그 눈들은 보지 못하고, 그런 눈은 눈이 아니야. 시인 안토니오 마차도가 현명하고 정확하게 말했던 것처럼 말이야.

사건이 일어났을 때, 우리는 칸델라리아로 가고 있었고, 그래서 모여든 많은 사람 속에서 머뭇거리며 시간을 지체하지 않고 계속 칸델라리아 방향으로 갔어. 메데인에는 150개의 성당이 있는데, 그중에서 가장 아름다운 성당이야. 난 그것들을 직접 가보았어. 100개는 알렉시스와 함께 갔는데, 때때로 우리는 성당이 열릴 때까지 여러 시간을 기다렸지. 하지만 칸델라리아 성당은 결코 문을 닫는 법이 없어. 회중석 왼쪽 입구에 십자가에서 내려진 주님이, 인상적으로 아름다우면서도 고통스러워하는 그리스도가 있어. 그리고 주변에는 항상 촛불이 밝혀져 있어. 스무 개, 서른 개, 마흔 개의 조그만 붉은 불꽃, 그 덧없는 불꽃이 영원한 하느님을 향해 너울거리고 떨며 깜빡거려. 그래, 여기서는 하느님이 느껴져. 그리고 메데인의 영혼은 내가 살아 있는 동안, 절대 죽지 않아. 그 정신은 이런 내 말속으로 흘러들고, 때때로 안티오키아를 다스렸던 백여 명의 주지사들도 그 정신을 이루고 있어. 페드로 후스토 베리오[6]처럼 말이야. 그는 계속 옥외에, 그러니까 공원에 있고, 즉 그의 동상 안에 살아 있어. 그렇게 그는 버릇없고 불손한 비둘기들의 폭격을 받고 있지. 비둘기들이 그에게 부채질해 줄 뿐만 아니라 마구 다루기도 하거든. 혹은 레카레도 데 비야[7]처럼 말이야. 틀림없이 당신은 그 이름을 절대로 들어 보지 못했을 거야. 하지만 난 들어 봤고, 그를 알고 있어. 발자크가 파리를 아는 것보다 나는 메데인을 더 많이 알고 있어. 이건 거짓말이 아니야. 난 메데인과 함께 죽고 있거든.

알렉시스가 마지막으로 죽인 이놈, 그러니까 주둥이가 더러

---

6) Pedro Justo Berrío(1827~1875). 콜롬비아 보수당 정치인이며 변호사이자 군인. 1864년부터 1873년까지 안티오키아 주지사를 역임했다.
7) Recaredo de Villa(1826~1905). 콜롬비아 정치인이자 은행가. 1873년부터 1877년까지 안티오키아 주지사를 역임했으며, 보수당 반란의 지도자 중 하나로 널리 알려져 있다.

운 행인을 죽인 건 잘한 일이었을까? 그건 당연해! 난 진심으로 찬성이야! 그 건방진 자식들에게는 관용과 포용이 무엇인지 가르쳐 주고, 증오와 원한을 뿌리 뽑아야 해. 붐비는 거리에서 다른 사람과 부딪혔다고 어떻게 입에 담지 못할 상소리를 내뱉을 수 있는 거지? 말 자체가 그렇다는 게 아니야. 호모들은 이 인구 폭발의 시대에 정말 좋은 사람들이거든. 문제는 그 말에 증오가 가득하다는 거야. 그러니까 의미의 문제지. 똑똑한 우리 대통령 바르코[8]는 아마 그렇게 말했을 거야. 그는 알츠하이머병을 앓으면서 사 년 동안 우리를 통치했어. 마약 조직과 전쟁을 선포했지만, 한창 전쟁 중에 그걸 잊어버렸어.

"우리가 누구와 싸우는 것이오?" 하고 묻고서, 그의 의치 틀 (그러니까 틀니)을 매만져 바로잡았어.

"마약 조직과 싸웁니다, 대통령님." 비서실장이며 그의 기억인 몬토야 박사가 대답했어.

"아, 그렇군……." 그게 그가 그의 현명한 지혜로 대답한 전부였어.

함께 어울려 살 수 없는 사람은 떠나라고 해, 베네수엘라건 저세상이건, 화성이건, 어디든 좋으니 꺼지라고 해. 그래, 얘야, 이번에는 내가 보기에 정말 잘했어, 우리는 투덜대고 화내면서, 그리고 상소리 하면서 메데인을 결딴내고 있어. 안티오키아에서 나쁜 안티오키아 놈들을 몰아내고 착한 안티오키아

---

8) 비르힐리오 바르코 바르가스(Virgilio Barco Vargas, 1921~1997). 콜롬비아 자유당 정치인으로 1986년부터 1990년까지 대통령을 역임했다. 1987년 한국을 순방하던 중에 급히 수술을 받기도 했다.

사람들로 다시 거주하게 해야 해, 이게 존재론적으로 모순이더라도 말이야.

내가 말하다가 다른 데로 샜는데, 말하던 것으로 다시 돌아가지. 그건 마차도의 말이고, 눈에 대한 그의 중요한 생각이야. 그럼 죽은 사람의 눈으로 돌아가서 생각해 보지. 왜 죽은 사람들은 눈을 감지 않을까? 그 이유는 무엇일까? 그들은 눈을 활짝 뜬 채, 아직도 원한과 분노로 눈을 반짝이고 깜빡거리지 않으면서, 희희낙락하는 무리를 눈동자에 반영해. 주변에 몰려든 그 비열한 구경꾼들을. 언젠가 한번 나는 그렇게 웃으면서 떠드는 장면을 보지 못하도록 눈을 감겨주는 자비를 베풀었어. 하지만 다시 눈을 떴어. 마치 "엄마."라고 말하던 오래된 낡은 인형의 눈들 같았어.

세상을 떠난 사람들이라고? 여기서 떠나지 못하고 있는 우리가 죽은 사람들이야! 아란후에스 동네, 그러니까 최초의 청부 살인자들이었고, 그 직업을 만든 장본인이자 선구자인 프리스코스[9]의 요람에 나는 알렉시스와 함께 있었어. 그런데 덧붙이자면, 그들은 선구자였기에 이제는 모두가 죽은 몸이야. 그러니까 내 말은 그 동네의 공원에서 죽었다는 거야. 난 알렉시스와 함께 있었다고 말했어. 아니, 그가 나와 함께 있었다고 말하는 편이 나을지도 모르겠어. 어쨌든 우리는 성 니콜라스 데 톨렌티노 성당이 열리기를 기다리고 있었어. 그곳을 보고

---

9) Priscos. 메데인 카르텔 휘하의 범죄 그룹으로 1980년대와 1990년대 초에 콜롬비아 내전에 참여했다.

싫었거든. 그런데 그때 나는 다시 '죽은 자'를 만났어. 그를 몇 달 동안 보지 못한 상태였는데, 나는 그가 상당히 회복되었다는 걸, 그러니까 상당히 기운을 차렸다는 걸 알았어. 그가 우리에게 말했어.

"어서 도망쳐! 아니면 당신들을 죽일지도 몰라."

그러자 난 대답했어. "빌어먹을, 이봐 친구, 내가 지금 이 게임을 의심하는 건, 내가 자네보다 더 불사(不死)의 몸이기 때문이야. 하지만 경고는 고마워."

'죽은 자'! 그가 그렇게 불리는 건 어느 당구장에서 그가 총격을 받아 총알 네 개가 박혀서 죽었기 때문이야. 그런데 그는 죽지 않았어. 그의 친구들이 술에 취해 장례식장에 있으면서, 관을 껴안고 그에게 노래를 불렀어. "오, 초라한 무덤이여"라고 세 사람이 불렀고, 관을 바닥에 떨어뜨렸어. 그런데 떨어지면서 관이 열렸고, 관이 열리자 죽은 사람이 나온 거야. '죽은 자'가 창백한 모습으로 나오고 있었어. 그들 말에 따르면 백지장 같았는데, 엄청나게 크게 발기가 되어 있었어. 이건 말이야, 나는 정신분석학 용어로 타나토스에 대한 에로스의 승리라고 부르고 싶어. 하지만 염병할, 정신분석학은 마르크스보다 더 개판이야! 그들은 관에서 갓 나온 '죽은 자'도 내게 선물했는데, 그건 과거의 것, 곧 건장하고 건강한 젊은이의 유해였어. 이제는 핏기 없고 기운도 없으며 유령 같아…… 그런데 뭐가, 그리고 누가 죽음의 부하와 자는 걸 거부하겠어! 죽음이라는 그런 변덕스러운 여자를 중재할 수 있는 변호사가 있는 건 언제든 좋은 일이지. 그런데 내가 왜 이따위 말을 하는 거지? 아, 그래, 아란후에스에서 우리를 죽이려고 한다는 말을 들었기 때문이야. 그곳은 높지만 아주 낮은 동네야. 산 위에 있는 곳이지만, 내 사회적 평가에 따르면 아주 낮은 곳이야. 내가 태어났을 때, 그곳은 이 미친 도시가 끝나는 지역이었어. 그런데 이제는 거기서 '코무나'들이 시작해. 그것들은 평화 그 자체야.

우리는 공원 벤치에서 일어나 작별 인사를 했어. 물론 '죽은 자'와 작별 인사를 하고서, 성당 뒤로 빠르게 한 바퀴 산책했어. 그리고 그들이 있는 곳으로 돌아왔는데, 그들은 성당 안마당으로 들어와 모터사이클에서 내리면서, 우리가 성당 안에 있다고 생각했어. 하지만 아니야, 우리는 밖에 있었어. 그들 뒤에 있었어. 그래서 별로 확인해 볼 것도 없이 거리 한복판에서 알렉시스는 다른 사람들이 당구장에서 '죽은 자'에게 했던 것과 똑같이 그들에게 했어. 그들에게 총탄을 발사했던 거야. 하지만 내가 아는 한에서 이 죽은 자들은 결코 어둠의 왕국에서 돌아오지 않았어. 아직도 그들은 나를 기다리고 있어, 나와 내 불확실한 독자들을.

그런데 나는 어떻게 이런 사실을 알고 확인할 수 있었을까? 이봐, 그건 가장 쉽고 단순하고 간단해. 택시 운전사가 알려 주었거든. 그는 라디오를 아주 크게 틀어 놓고 다녔어. 거칠고 꾀죄죄한 놈이었어. 그런데 또 다른 살인에 관한 뉴스가 나온 다음, 이런 뉴스를 방송했어. 그러니까 이 끝나지 않는 전쟁에서, 이 선포되지 않은 전쟁에서 아무 죄도 없는 두 명 이상의 희생자가 아란후에스 성당의 안마당에서 여러 발의 총알을 맞아 벌집이 되어 죽었다는 것이었어. 미사를 가던 중이었는데, 마약 조직의 청부 살인자로 추정되는 두 명에게 살해되었다는 거야. 그런데 나도 청부 살인자로 추정되나? 빌어먹을 놈들! 나는 문법 학자로 추정되는 사람이야! 나는 그 소식을 믿을 수가 없었어. 심각한 명예 훼손이야! 엄청나게 그릇된 소식이야! 자, 누가 나한테 돈을 주었지? 내가 알고 있는 마약 밀매상이 누구지? 내가 아는 사람이라곤 불가리아에 있던 우리나라 대사뿐이야. 그것도 그가 신문에 나왔기 때문에 아는 거야. 자기방어를 하는데 청부 살인자라고 말할 수 있어? 우리를 죽이려고 했을 때 우리를 지켜줄 경찰이 주변에 있었어? 아마 있었다면 우리를 체포해서 우리에게 돈을 갈취했을 거야. 하지만 아니야, 그들은 시내 중심가에서 부당하게 돈을 강탈하고 있었어. 죽음으로 괴로워하는 이 사회에서 기자들은 무덤 파는 사람들의 전령(傳令)이야. 그들과 장례업자만이 유일하게 큰돈을 버는 사람들이야. 그리고 의사들도 그래. 그게 그들의 생활 방식이야. 그러니까 남의 죽음으로 먹고사는 거지. 이탈리아에서는 기자들을 '파파라치', 그러니까 '앵무새'라고 부르는데, 여기서 이들은 독수리야.

그리고 침대 하나만 덩그렇게 놓인 그 텅 빈 아파트로 돌아가는 것! 침대는 사랑하기 위해서 처음 며칠만 도움이 돼. 그런 다음에 사랑은 다른 것으로 살찌우게 해야 해. 예를 들어 뭐가 있느냐고? 음, 예를 들자면, 함께 조그만 사업을 하는 거지. 조그만 사업을 해야겠다고 난 생각했지만, 머릿속에서 지워버리고 말았어. 높은 대출 금리, 높은 연금 부담금, 불안한 사회, 많은 세금, 까다로운 법들이 있는 이곳에서 어떤 사업이 성공할 수 있겠어? 이런저런 세금 때문에 결국 구멍 하나 덮을 돈도 남김없이 바닥나게 돼. 콜롬비아에서 첫째가는 도둑놈은 정부야. 그럼 산업은? 여기 산업은 완전히 망가졌어. 다음 새천년에도 가능성이 없어. 그럼 가게는? 그건 습격받기 일쑤야. 서비스 업종은? 무슨 서비스업! 호스트바를 차리라는 거야? 손님들이 돈을 내지 않아. 시골 역시 엉망이야. 자식들을 낳는 것에만 너무 혈안이 된 나머지, 농부는 일하지 않아. 그럼 어떻게 사느냐고? 이웃집에서 바나나 한 다발을 훔쳐서 먹고살아. 이웃 사람이 바나나 나무를 다시 심지 않을 때까지 그렇게 살아. 아니야, 사랑은 여기서 아무 유인책이 되지 못해. 그건 땔감 없는 벽난로야. 그러니까 기적처럼 꺼졌는데도 계속 불타는 벽난로야.

만일 알렉시스가 적어도 무언가를 읽는다면…… 하지만 이 점에 있어서 이 아이는 너무나 철저해. 마치 그토록 오래 살면서도 단 한 권의 책도 읽지 않은 위대한 레이건 대통령과 똑같아. 인쇄된 글자로 오염되지 않은 이 순수함은 또한 내가 이 아이에게서 가장 좋아하는 것이기도 해. 내가 그렇게 많은 책을 읽었는데, 내 꼴을 봐! 나를 보란 말이야. 그런데 내 아이는 서명하는 법은 알까? 물론 알고 있었어. 내가 본 필체 중에서 가장 씩씩하고 가장 삐뚤거려. 그리고 마지막 순간에 악마인 천사가 쓴 것처럼 이상야릇해. 여기 그 애 사진이 한 장 있는데, 사진 뒷면에 내게 바치는 글을 썼어. 간단하게 "평생 당신의 것"이라고만 썼는데, 그거면 충분해. 더 많은 것을 원할 필요가 있을까? 내 인생 전체가 그 말이면 충분하고도 남아.

　로블레도 성당(천사 없는 조그만 헛간으로 우리 하느님이 제대로 서 있을 수도 없는)을 처음 보고 나오면서, 우리는 계속 위로 올라가서 산에서 전망 좋은 지점을 찾아보기로 했어. 메데인을 바라보고, 다소 떨어진 곳에서, 편견이나 사랑에 사로잡히지 않고 객관적으로 전체를 감상하고자 했지. 왼쪽으로 올라가는 길에 오래된 농장이 있었어. 가파른 비탈길에 시들고 버려진 바나나 농장이 있었어. 그런데 거기에 반쯤 지워지고 삐뚤대는 대문자로 다음과 같은 표지판이 걸려 있었어. 마치 드라큘라의 포스터 같았어. "시체 투하 금지." 금한다고? 저 독수리들은 뭐지? 그렇다면 저 검은 새들이 죽은 사람의 내장을 더 잘 들어 올리려고 깡충깡충 뛰고, 날갯짓하며, 쪼아먹고, 뒷걸음질하는 건 뭐지? 딴 데 정신 팔지 말고 집중해서 잘 봐, 이번 삶에서는 더는 어릿광대짓을 하지 않을 조그만 어릿광대 인형에게서 끈을 잡아당기는 개구쟁이 꼬마 같아. 누구 시체지? 내가 그걸 어떻게 알겠어! 그를 죽인 사람은 우리가 아니었어. 어느 어머니의 아들이겠지. 우리가 지나갔을 때, 그는 이미 거기 있었어. 독수리들은 한창 향연을 벌이며 다른 독수리들을 초대하고 있었지. 그를 죽도록 패거나 총을 갈겨서 그 표지판의 경고를 지키지 않고 던져버린 거야. 거기서 우리는 더 많이 금지할수록 덜 이루어진다는 사실을 유추할 수 있어. 살아 있을 때 멋진 사람이었을까? 아니면 악한 '맨'이었을까? 여기서 '맨'은 영어처럼 '남자' 혹은 '사람'을 뜻해. 그래서 우리의 '맨스'는 우리를 보호해주는 영혼이 아니야. 반대로 그들은 돈

키호테가 말했던 것처럼 사람이며 개자식이지.

앞에서 나는 누가 살아 있던 사람을 죽였는지 모른다고 말했지만, 난 알고 있어. 그건 사악하고 비밀스러운 심리와 무수한 머리를 가졌으며 무엇이든 할 수 있는 전능한 살인자야. 메다요와 메트라요라는 별명으로도 알려진 메데인이 그를 죽인 거야.

그럼 이 나라에 좋은 게 있다면, 그게 뭘까? 물론 좋은 건 여기서는 아무도 지겹고 따분해 죽지 않는다는 것이야. 여기서는 모든 사람이 구멍 팬 도로를 가면서 폭력 조직과 정부를 싸잡아 욕해. 친구이자 동료이며 고향 친구여, 독수리보다 더 아름다운 새는 없고, 더 오래된 전통을 가진 새도 없어. 그건 수천 년의 전통을 자랑하는 스페인어로 '부이트레(buitre)'라고 불리는 새인데, 라틴어로는 '불투르(vultur)'라고 해. 이 새들은 인간의 썩은 고기를 날아오르는 영혼으로 바꾸는 성질이 있어. 그들보다 훌륭한 조종사는 없으며, 심지어 마약 조직의 조종사들도 그들을 따라오지 못해. 메데인의 하늘 위로 비상하는 저 새들을 봐! 공중에서 아래위로 움직이며 구름을 헤쳐서 흩트리고, 검은 날개를 휘저으며 무한한 푸른 하늘을 부채질하고 있어. 장례식 때의 상복과 똑같은 검은색이야…… 그리고 마치 파블로 씨의 조종사들처럼 착륙해. 그러니까 손가락 끝처럼 조그맣고 하찮은 들판에도 내려앉아. 나는 알렉시스에게 말했어.

"나는 저렇게 생을 마감하고 싶어. 저 새들에게 먹힌 다음 날아서 나가고 싶어."

나한테는 억지로 수의를 입히지 마, 그냥 나를 바나나 숲이 있는 시체 쓰레기터에 던져 버려. 그리고 글로 분명하게 쓴 경고판이 있어야 해, 그래야 그걸 어길 수 있으니까. 그렇게 나는 지금껏 살아왔고, 여기서 내가 할 수 있는 게 그것이거든. '판 데 아수카르'산에서 '피카초'산까지 검은 깃털을 하고 순수한 영혼을 지닌 독수리들이 계곡 위로 날아다니는데, 그것들은 보다시피 하느님이 존재한다는 것을 보여주는 최고의 증거야.

그런 동안, 심지어 이분을 부르면서 해명을 요구하면서도, 우리는 여기 아래에 있는 우리 동향 사람들에게 계속 복수하고 원한을 갚아야 해. 모터사이클을 탄 아란후에스의 두 청부 살인자 다음에는 누가 죽었을까? 밉살스럽고 입이 거친 여종업원이었을까, 아니면 건방진 택시 운전사였을까? 여기서 나는 더는 알지 못해. 과도한 기억으로, 죽은 사람들이 헷갈리기 시작하거든. 여기서 내가 필요한 사람은 바로 전 대통령의 '기억의 왕 푸네스'야. 관련된 사람들의 순서가 바뀐다고 생산품이 변하지는 않아. 그러니 우선 건방진 택시 운전사를 보내 버리도록 하지. 사건은 이렇게 일어났어. 안티오키아의 옛 철도역 앞에서(철로를 도둑맞는 바람에 이제는 운영되지 않는), 우리는 만원 버스 사이에 서 있던 빈 택시를 탔어. 때마침 택시 운전사는 라디오를 켜고 있었는데 바예나토 음악이 흘러나왔어. 나의 예민한 귀는 도저히 참을 수 없는 거슬리는 음악이야.

"소리 좀 줄여줘요, 기사님." 이 종복은 원래 성격처럼 온순하고 상냥하게 부탁했어.

그랬더니 그 사람은 기분 나빠하면서 어떻게 했을까? 그는 소리를 최대로, '끝까지' 높였어.

"알았어요, 세워 주세요. 내리겠어요."라고 나는 말했어.

그는 끽 소리를 내며 멈췄어. 입에서 하느님 아버지가 나올 정도로 세게 브레이크를 밟았고, 우리 몸은 앞으로 튀어 나갈 뻔했어. 그것도 모자라 우리가 내리고 있는데, "어서 내려, 개새끼들." 하고 욕으로 마무리를 짓고서 출발했어. 우리 발이 땅에 닿자마자 타이어가 끽 소리를 내면서 출발했어. 운전사가 말한 개새끼 중 하나인 나는 겸손하고 비굴하게 오른쪽으로 내렸고, 알렉시스는 왼쪽으로 내렸어. 발이 땅에 닿음과 동시에 그는 왼쪽으로, 후두 혹은 뒤통수, 또는 등 뒤쪽으로 정확하게 조준한 총알을 화가 나 분별력을 잃은 남자의 뇌 속에 박아 넣었고, 그렇게 그 남자의 무분별함을 잠재웠어. 택시 운전사는 이제 건방지고 버릇없는 승객들을 더는 참을 필요도 없었고, 일에서 해방되었어. 죽음의 여신이 그를 해방했던 거야. 죽음의 여신, 그러니까 정의의 여신이자 최고의 수호여신이 그를 그 일에서 은퇴시킨 거야. 화가 치밀어 택시를 몰던 여세에다 총알이 덧붙여져 택시는 계속 나아가다가 전봇대에 부딪혀 폭발했어. 하지만 바로 그 전에 도로 반대편으로 미친 듯이 밀려가다가 그만 두 아이와 함께 있던 임신한 여자를 쳐버렸어. 그래서 여자는 더는 아이를 갖지 못했고, 오랫동안 어머니의 경력을 쌓겠다고 다짐했던 그녀의 삶도 갑자기 끝나 버렸어.

형언할 수 없이 멋진 폭발이었어! 불꽃이 붓된 차량을 완전히 휘감았지만, 알렉시스와 내가 가까이 다가가서 그 '인형'이 어떻게 불타는지 볼 수 있는 시간은 충분했어. 여기 사람들의 표현 풍부한 언어로 말하자면, 최고로 좋았어.

"소다수로 불을 꺼요!" 하고 어느 바보 같은 행인이 큰 소리로 부탁했어.

"이봐, 어디서 소다수를 구하란 말이에요? 우리가 제임스 본드라고 생각해요? 어떤 긴급 상황에도 모든 것을 구비하고 다니는 사람인 것 같아요? 더는 고통받지 않게 그냥 불타 죽게 놔둬요."

메데인에는 35000대의 택시가 있었어. 이제 34999대가 남게 된 거지.

이 지점에서 나는 모자를 벗고 바르코 전 대통령에게 경의를 표하지 않을 수 없어. 그의 말이 옳았어. 콜롬비아의 모든 문제는 의미의 문제야. 자, 그럼 한번 보지. '개새끼'는 여기서 많은 의미가 있을 수도 있지만, 아무 의미도 없을 수도 있어. 예를 들어 "정말 개새끼처럼 추워!"라는 말은 "너무 심하게 추워!"라는 의미야. "개새끼처럼 똑똑한 놈이야."라는 말은 아주 똑똑하다는 뜻이지. 그러나 그 빌어먹을 놈이 우리에게 말했던 것처럼, 그냥 "개새끼."라고만 말하면, 그건 전혀 다른 의미야. 그건 뱀이 당신에게 내뱉는 독이야. 그런 독사들의 머리는 깨부숴야 해. 뱀이 죽느냐 우리가 죽느냐의 문제인 거야. 하느님이 그렇게 해 놓으신 거야. 뱀이 죽었으니, 이제 이브, 그러니까 식당 여종업원 이야기를 계속 들려줄게. 그녀는 입에 총을 맞고 죽었지. 우리는 개미도 주둥이를 닦을 수 없을 정도로 작게 삼각형으로 자른 냅킨이 아니라, 온전한 냅킨 한 장을 가져다 달라고 했어. 그러자 그 성질 더러운 여자가 우리에게 커피를 던졌거든. 그러자 가장 먼저 알렉시스의 머리에 떠오른 게 입이었고, 그래서 입으로 그 빌어먹을 년을 처리했어. 그는 자기 장난감을 집어넣었고, 우리는 아무 일도 없었던 것처럼 기분 좋게 이쑤시개로 이를 쑤시면서 식당에서 나왔어.

"여기는 아주 푸짐하게 먹을 수 있어. 다시 와야겠어."

하지만 당신도 알겠지만, 우리는 절대 다시는 거기로 가지 않았어. 범죄 현장으로 되돌아간다는 말은 도스토옙스키의 헛소리야. 그가 나이 먹은 여자를 죽이면 돌아가겠지. 하지만 난 아니야. 뭐 때문에 돌아가? 메데인에는 식당이 차고 넘치고, 다정하고 예의 바르게 손님을 접대하는 식당도 많은데, 뭐 때문에 거기에 다시 가겠어?

이렇게 총을 쏘고 다니던 시절에 알렉시스는 미니 우지[10]를 사달라고 고집을 피웠어.

"그건 절대 안 돼, 꿈도 꾸지 마, 미니 우지는 절대 안 돼. 그건 너무 눈에 띄고, 우리가 수상한 사람이라고 말하는 것과 똑같아."

내가 보기에 그건 만원 버스에서 발기한 것과 같아. 바지 안에 소형 기관총을 넣고 걸어 다니는 사람을 상상해 봐. 그들이 어떠냐고? 아, 그건 나도 몰라. 난 그걸 사본 적이 한 번

---

10) Uzi. 이스라엘의 군인이자 총기 디자이너인 우지엘 갈(Uziel Gal, 1923~2002) 소령이 개발한 기관단총이다.

도 없거든. 그는 경찰이 내게 그걸 팔 수 있을 거라고, 말솜씨가 좋아서 쉽게 구슬릴 수 있을 거라고 말했어.

"그래, 내 말솜씨가 좋을 수는 있어, 하지만 그들에게 무슨 핑계를 대지?"

시끄러운 텔레비전과 언어에 대한 끊임없는 공격에서 나를 지키려고 한다고 말해? 아니야, 나는 그의 소원을 들어주고 싶은 마음이 굴뚝 같지만, 그건 분명하게 안 돼. 시간이 지난 지금, 난 '하게'로 끝나는 그런 부사들을 보면 웃음이 나와. 그것들은 너무 길고 밋밋하고 맥 빠지게 들리거든. 그건 순전히 과시하기 위한 겉모습에 불과해. 만일 그가 조금 더 고집을 피우고 요구했더라면, 솔직히 인정하건대, 나는 그의 미니 우지를 사려고 곧장 경찰 청장에게 달려가서 이렇게 말했을 거야. 콜롬비아에는 유명한 문법 학자가 그토록 많았는데, 그 중의 마지막 문법 학자는 자기 신변 보호를 위해 미니 우지를 소지하지 않으면 다닐 수가 없습니다, 아닙니까, 청장님? 그 미니 우지를 바지에서 뺄 시간이 있느냐는 건 다른 문제야. 미국 서부처럼 거친 이곳에서는…….

난 모터사이클도 사주지 않았어. 이렇게 근엄하고 이렇게 나이 먹은 사람이 기관총 소리를 내는 모터사이클 뒷자리에 타서 그를 꼭 붙잡고 있는 모습을 보여줄 것 같아? 아니야, 그건 꿈도 꾸지 마. "그러니 라디오 소리를 조금 죽여 주세요, 기사님. 오늘 난 말다툼할 기분이 아니에요." 그런데 기적 중의 기적이 일어났어. 그가 라디오를 껐던 거야. 아마도 내 단호한 말투에서, 그러니까 타나토스의 목소리에서 무언가를 들었고,

그것이 싫다면서 반대하려는 소망에 완전히 종지부를 찍어버린 거야. 라디오 소리를 죽이지 않으면 두 사람이 그의 소리를 죽일 거라는 사실을 알아챈 거야. 침묵 속에서 소리를 들으며 차를 타고 가는 게 얼마나 좋아! 바깥의 부드러운 소리가 택시 창문으로 들어와 다른 쪽 창문으로 나갔어. 그 소리는 모든 개인적 공격성에서 정화된 것 같았어. 그러니까 택시 내부의 침묵에 여과된 것 같았어.

그럼 이제는 어떻게 하지? 미니 우지도 없고 모터사이클도 없는데, 이제 우리는 뭘 하지?

"애야, 『2년간의 휴가』[11]를 읽도록 해."

하지만 뭘 읽겠어! 그는 인내심이 없어. 그가 진심으로 원하는 건 속도였어. 튜브 속을 지나가는 총알처럼 말이야. 적어도 화요일이었어. 그러니까 사바네타로 순례 가는 날이었지. 우리가 광장 한복판에 도착했을 때, 두 조직이 총격전을 벌이고 있었어. 상대방 조직원을 보면 그냥 지나칠 수 없는 천추의 원한이 맺힌 두 조직이었어. 이 두 패거리는 미친 듯이 서로 총알을 주고받고 있었어. 예전에 생물학자들이 말했고, 이제는 사회학자들이 말하듯이 '영역 문제'였지. 영역 문제라고? 두 조직 모두 북동쪽 '코무나'에 있지 않나? 이름이 보여 주듯이, 그 코무나는 북쪽에 있는데, 두 조직은 도시의 반대편 끝인 남쪽에 있는 사바네타를 놓고 서로 치고받으며 싸우는 것이었어. 친구들, 사바네타는 치외법권 지역이야. 그러니 여기

---

11) 쥘 베른의 소설로, 한국에서는 『15소년 표류기』로 알려져 있다.

로 와서 동네 싸움을 해결할 생각은 하지 마. 여기는 모든 상
어에게 열려 있는 곳이야. 아니면 뭐겠어! 여러분은 도움의 성
모가 개인 소유물이라고 생각해? 도움의 성모는 모두의 것이
고, 공원은 그 누구의 것도 아니야. 그러니 자기가 먼저 오줌
쌌다고 공원이 자기 것이라고 꿈꾸는 사람이 없으면 좋겠어.
이 공원에서는 아무도 오줌 싸지 않으니까.

지금 내가 말한 건 당국이 말해야만 했던 것이지만, 여기에
는 당국이라고 말할 수 있는 게 없고, 단지 도둑질하고 공공
의 것을 약탈하는 조직만…… 나는 내 어린 시절의 성스러운
마을 사바네타도 그런 상태라는 것을 보고 있어. 지금은 소
동과 고함 속에, 그리고 파렴치한 무질서 속에 있어. 이 빌어
먹을 놈들 때문에, 나도 무질서 속으로 들어가고 있었어. 나
는 억제할 수 없이 화가 치밀었고, 그래서 격렬한 분노에 사로
잡혔어. "삐뽀! 삐뽀!" 구급차가 경광등을 켜고 사이렌을 울렸
어. 'AMBULANCE'라는 말이 거꾸로 적혀 있었어. 사람들이
한 바퀴 빙 돌면서 거꾸로 읽게 하려는 거야. 구급차가 갑자
기 멈추었고, 응급 구조사 두 명이 내려서 죽은 사람들을 실
었어. 둘, 셋, 넷…… 이게 보스니아 헤르체고비나 전쟁인가, 아
니면 뭐지? 대학살인가? 여기에 또 다른 과장의 예가 있어. 바
로 '신문방송인'의 손에서 사용되어 우리에게 전해진 언어지.
4인 대학살? 이것은 순전히 의미의 타락 혹은 변조라고 볼 수
밖에 없어. 오늘날에는 몇 명 죽은 게 대학살인가? 보수당 당
원들이 단숨에 100명의 목을 참수하거나 그 반대의 경우에는
뭐라고 할 거지? 당시 농민들은 신발을 신지 않았어. 그러니

머리가 잘린 맨발의 시체 100구라고 말해야겠지. 그런데 이건 정말로 대학살이야! 오늘날의 연약한 젊은 당신들은 아무것도 보지 못했어. 그냥 당신들은 얌전하고 유순해. 하지만 그건 정말로 대학살이야!

3300만 명의 콜롬비아 사람들은 그토록 넓은 지옥에 모두 들어가지 못해. 그리고 그들 두 사람 사이에는 적절한 공간을 놔두어야 서로 죽이지 못해. 말하자면 한 블록 정도 거리가 있어야 해. 그래야만 상대방을 보지 못하거나, 적어도 제대로 구별하지 못하거든. 하지만 얼마나 초만원인지 봐! 메데인의 코무나만 해도 150만 명이 마치 염소처럼 산기슭에 불안하게 엉겨 붙어 있으면서 쥐들처럼 마구 번식해. 그러고는 도시 중심가와 사바네타, 그리고 내 어린 시절의 추억이 남아 있는 곳으로 몰려들어. 그들이 지나가는 곳은 어디든지 엉망이 되어버려. "개집까지도 성하게 놔두지 않아."라고 우리 할머니는 말하곤 했어. 하지만 그들의 집이 아니라 서른세 명의 손자 집을 파괴했지. 우리 할머니는 코무나라는 것을 몰랐어. 그걸 알지 못하고 돌아가셨거든. 주님의 평화 속에 편안히 잠드시길.

우리는 성당 안으로 들어갔고, 십자가에서 내려진 그리스도 앞을 지났으며, 왼쪽 회중석 끝에 있는 제단까지 걸어갔어. 도움의 성모 제단, 아기 예수와 함께 행복한 미소를 짓는 성모님 제단이었어. 성모는 꽃 봉헌물 위를 떠다녔고, 별들이 총총 새겨져 있었어. 어른들과 노인들이 성당을 가득 메우고 있었는데, 특히 눈에 띈 건 펑크족처럼 머리카락을 자른 젊은이들이 기도하면서 고백하고 있었다는 거야. 그들은 바로 청부 살인자들이었어. 무엇을 부탁했을까? 무엇을 고백했을까? 그걸 알 수만 있다면, 그들이 뭐라고 말했는지 정확하게 알 수만 있다면, 내가 가진 걸 모두 주겠어! 몇몇 어두운 동굴의 희미한 불빛처럼 빛을 비추면서 그 말들은 내게 그들의 깊이 숨겨진 진실, 그들의 숨은 속마음을 드러낼 수 있을 거야. "나는 몹시 나쁜 사람임이 틀림없습니다. 신부님, 나는 열다섯 명을 죽였거든요." 예를 들어 이런 말을 할까? 사바네타 성당 안에 그토록 많은 젊은이가 있는 것을 보고 나는 놀라지 않을 수 없었어. 그런데 왜 놀랐지? 나도 거기에 있었고, 우리는 똑같은 걸 찾으러 왔는데. 그건 바로 평화와 어둠 속의 침묵이야. 우리의 눈은 너무 많은 것을 보아서, 우리의 귀는 너무 많은 것을 들어서, 우리의 마음은 너무 많은 증오로 지쳐 있어.

"거룩하신 어머니여, 도움의 성모여, 자비와 미덕의 성모여, 당신 발아래 엎드려 제 잘못을 뉘우치옵니다. 성모님을 굳게 믿으며 기원하오니 이 기도를 들어 주소서. 마침내 제 마지막 시간이 되면 제게 오시어 제가 정의롭게 죽도록 도와 주소서. 사악한 영혼과 그의 불쾌하고 엉큼한 휘파람을 쫓아 주소서. 저는 이 삶에서 이미 지옥의 악몽을 겪었고, 그것도 아주 충분히 겪었으니, 영원한 저주에서 저를 구하소서. 이웃과 함께, 아멘."

자, 그런데 여러분들은 훌륭한 가톨릭 신자들일 것 같은데, 메데인의 어느 성당에 성 페드로 클라베르[12]가 있는지 말해

---

12) San Pedro Claver(1580~1654). 예수회 선교사이자 사제로 흑인 노예

줄 수 있어? 성가정 성당은 아니야. 카르멜산 성모 성당도 아
니야. 로사리오 성모 성당도 아니지. 골고타 성당도 아니야. 그
럼 어디일까? 성 이그나시오 성당에, 회중석 오른쪽에 있어.
그럼 복자 콜롬비에르[13]는 어디에 있지? 성모승천 성당에? 방
문[14] 성당에? 그리스도 왕 성당에 있을까? 아니면 '주님의 일
꾼 예수' 성당에? 아니야, 아니야, 하나도 해당하지 않아. 이것
들 모두 아니야. 그것 역시 성 이그나시오 성당에 있어. 대제
단에, 그러니까 대제단 옆에 있어. 그럼 적어도 성 가예타노[15]
는 어디에 있는지 알고 있어? 혹시 모른다면 알아두도록 해.
성 가예타노는 성 가예타노 성당에 있어. 성 블라시오[16]는
성 블라시오 성당에 있고, 성 베르나르도[17]는 성 베르나르도
성당에 있는 것처럼 말이야. 메데인에는 대략 150개의 성당이

수입 항구였던 콜롬비아의 카르타헤나에서 노예들의 고통을 덜어주는 데
평생을 바쳤으며, 자기 자신을 '흑인들의 노예'라고 불렀다.
13) Claude La Colombière(1641~1682). 프랑스 예수회 선교사로 프랑스
금욕주의 작품의 작가이다. 축일은 2월 15일이며, 1929년에 시복되었다가
1992년에 시성되었다.
14) 성모 마리아가 엘리사벳을 방문한 것을 가리킨다. 가톨릭교회에서는 5월
31일을 복되신 동정 마리아의 방문 축일로 지낸다.
15) Gaetano dei Conti di Thiene(1480~1547). 이탈리아의 사제이며 종교
개혁가. 테아티노회의 공동창시자이며, 축일은 8월 7일이다.
16) Blasius(?~316). 4세기에 활동한 아르메니아 세바스테의 주교로 14성인
가운데 한 사람. 축일은 2월 3일이며, 블라시우스는 라틴어로 '말더듬이'를
뜻한다.
17) Bernard de Clairvaux(1090~1153). 프랑스의 가톨릭 수도자이자 사제
이면서 시토회 수도원장. 성인이자 교회 학자로서 축일은 8월 20일이다. 한
국 가톨릭교회에서는 '클레르보의 성 베르나르도'라고 부른다.

있어. 거의 술집만큼 있는 거지. 너무 많아. 경호원이 있어야만 우리 주님이 올라가는 코무나의 성당을 세지 않고 그 정도야. 난 그 성당들을 모두 알고 있어. 모두, 정말 모두, 하나도 빠짐 없이 모두 알고 있어. 난 주님을 찾으러 그곳에 모두 가 보았 어. 그것들은 대개 닫혀 있고, 시계는 서로 다른 시간을 가리 키며 멈춰 있지. 내가 알렉시스를 만났던, 내 친구 호세 안토 니오의 아파트에 있는 시계들처럼. 똑딱똑딱 소리 내지 않는 시계들, 그것은 죽은 심장과 같아.

하느님은 아실 거야. 그분은 모든 걸 보고, 모든 걸 듣고, 모 든 걸 아시니까. 그분의 바실리카, 그러니까 우리의 메트로폴 리타나 대성당에는 회중석 뒤쪽 의자에서 남자아이들과 여장 남자들이 자신들의 몸을 팔고, 무기와 마약을 거래하며, 마리 화나를 피워. 그래서 열려 있을 때는 대개 경찰이 회중석 복 도를 돌아다니며 순찰해. 내 말이 거짓인지 물어보도록 해. 그 런데 그리스도는 어디에 있지? 성전에서 장사치들을 채찍으 로 내쫓은 분노하고 엄한 사람은 어디에 있지? 십자가가 그 의 분노를 치료해 주어서 이제 더는 보지 않고 듣지 않으며 냄 새 맡지 못하는 걸까? 향의 신성한 냄새가 밖에서, 그러니까 안마당에서 불어오는 마리화나 냄새와 뒤섞여. 혹은 성당 안 에서 피우는 마리화나 냄새와 뒤섞여. 냄새가 뒤섞이면서 당 신에게 어느 정도 종교적 환각을 불러일으키고, 당신이 누구 냐에 따라서 하느님을 보거나 보지 못해. 나는 몇 년 전에 위 령 미사를 하러, 그리고 메데인과 그것의 죽음을 위해 기도하 려고 이 성당에 왔었지만, 지금은 내 아이인 알렉시스가 나와 함께 있어. 나는 더는 한 사람이 아니고, 이제 우리는 둘이야. 서로 다른 두 사람이면서 분리될 수 없는 한 사람이야. 그게 바로 삼위일체의 신학과 맞서는 나의 새로운 이위일체야. 두 사람은 서로 사랑하는 데 필요한 사람들이지만, 세 사람부터는 이미 난교 파티가 시작되니까.

성당에서 나오는 길에는, 다시 말하면 후닌 거리와 볼리바르 공원이 만나는 곳에는 벽돌로 지은 쇼핑센터가 있어. 지금 있는 그 자리에, 고고학적으로 말하자면 이미 수백 년 전에 세워졌는데, 거기에는 내가 젊은 시절에 드나들던 술집이 두 개 있었어. 메트로폴과 미아미였는데, 바로 거기서 우리는 잊을 수 없는 장면을 목격했어. 더럽고 상스러운 어린 거지가 눈물을 흘리면서 경찰에게 욕을 퍼붓고 있었어.

"고노레아! 왜 날 때려, 씨팔놈아, 고노레아!"

둘러 서 있던 구경꾼 세 명이 그 거지 편을 들었어. 그들은 '인권'의 수호자라는 작자들이야. 다시 말하면, 범죄자의 권리를 지켜주자는 인간들이지. 여기서는 그런 인간들이 사방에서 자발적으로 모습을 드러내서 '민중의 수호자' 대열에 합류해. 그것이 바로 멍청이 호모가 소집해서 제정한 새 헌법의 작품이야. 난 무슨 이유에서 경찰이 그를 때리려는 건지, 아니면 이미 때렸는지 잘 몰랐지만, 그 아이의 입에서 나온 말은 내 평생 들어본 것 중에서 가장 지독한 증오와 원한으로 가득 차 있었어. 내가 직접 두 눈으로 보고 두 귀로 들은 거야! "고노레아!" 다이너마이트 스틱과 같은 이 한마디에 지옥이 통째로 농축되어 있었어. 나는 생각했어. "저 어린 개자식이 일곱 살인데도 저렇게 경찰에게 대드는데, 나중에 크면 어떻게 될까? 이놈이 바로 나를 죽일 수 있는 작자야." 그러나 아니었어, 그 날 오후 내가 사랑하는 죽음의 여신은 이 아이에게 다른 걸 준비해 놓고 있었어. 경찰은 고등학교를 갓 졸업한 젊은 애였어. 요즘에는 그런 애들을 징집해서 법의 뚜쟁이들이 그 애들의 양손을 묶어서, 무기도 없이 사자 굴로 던져버리거든. 그래서 그 앳된 경찰은 어떻게 해야 할지, 무슨 말을 해야 할지 모르고 있었어. 성난 세 명의 수호자는 어린 범죄자 편을 들면서, 둘러싼 사람들의 비겁한 대담함의 비호를 받아 호들갑을 떨었어. 그러면서 자기들은 준비되었다고, 죽을 준비가 끝났다고, 그리고 필요하다면 무기를 갖고 있지 않은 사람에게도 죽을 수 있다는 따위의 말을 했어. 그런데 정말로 그들은 자기들이 원하는 것을 이루게 되었지. 죽음의 천사가 불 칼, 그러니까 그의 묵직한 물건이자 그의 쇳덩이, 혹은 그의 장난감이라고 불리는 걸 꺼냈고, 번개처럼 순식간에 그들의 이마에 폭발시켰어. 세 명이냐고? 아니야, 이 멍청이야, 네 명이야. 그 어린 거지에게도 쐈거든. 물론이지, 너무나 당연했고 너무나 정당한 일이었어. 이 어린 개새끼에게도 앞서 말한 장소에 재의 십자가를 새겨 놓았고, 존재의 악에서 그를 .영원히 치료해 주었어. 여기에서는 너무 많은 사람이 그것으로 괴로워하거든. 별명도 없고 성도 없으며 단지 이름만 있는 알렉시스가 사악한 자기 종족을 파멸시키기 위해 메데인 위로 내려온 죽음의 천사였어. 나는 그 어리고 불쌍한 경찰이 너무나 당황해하는 것을 보자, 이렇게 알려 주었어.

"네 상급자를 찾으러 가도록 해. 그리고 무슨 일이 있었는지 이야기해. 그런 다음에는 차가운 머리로, 어떻게 일이 일어난 건지 그들이 알아서 정하라고 해."

그러고서 나는 알렉시스 뒤를 따라 가던 길을 갔고, 빈 택시가 지나가는 것을 보자 주저하지 않고 그걸 탔어.

"무슨 일이 있었어요?" 그 염병할 택시 운전사는 거리에 사람들이 모여 웅성거리는 걸 보면서 물었어. 그리고 본능적으로 라디오 볼륨을 높이면서 뉴스가 나오는지 보았지. 난 대답했어.

"별일 아니에요. 네 명이 죽었어요. 그 앵무새 좀 꺼요. 지금 몹시 혼란스러운 상태니까요."

나는 그 어떤 대꾸나 반박도 허락하지 않는 말투로 그렇게 말했고, 그는 순순히 복종하면서도 야비한 표정으로 라디오를 껐어.

메데인의 코무나 중에서 북서쪽의 코무나가 가장 오싹하고 가장 내 마음을 들뜨게 해. 그 이유는 나도 모르겠지만, 그런 생각이 내 머릿속에 박혀 있어. 아마도 그곳 출신의 청부 살인자들이 가장 예쁘기 때문일 거라고 난 생각해. 그러나 난 그걸 확인해 보려고 그곳에 올라갈 생각은 없어. 죽음의 여신이 나를 원하면, 만일 나를 깊이 사랑한다면, 이곳으로 내려오라고 해. "깊이 사랑한다면"이라고 난 말했고, 그건 실제로 코무나에서 쓰이는 의미를 가져. 그곳의 한 아이가 "그 톰보는 나를 깊이 사랑해."라고 말할 때처럼 말이야. 여기서 '톰보'는 경찰이야. 하지만 '깊이 사랑한다'는 게 뭐지? 그가 호모이기 때

84

문일까? 아니야, 그건 죽인다는 뜻이야. '깊은 사랑'은 바로 그것에 있는 거지. 그러니까 정반대의 뜻인 거야. 멍청이 사회학자라면, 그러니까 코무나를 돌아다니며 '평화 위원회'에 대해 거드름을 피우며 말하는 그런 부류의 사람이라면, 이런 것을 보고 사회가 몰락하면 언어의 몰락이 뒤를 잇는다고 결론을 내릴 거야. 새빨간 거짓말! 원래 언어는 그런 거야, 본질상 이미 미쳐 있어. 그리고 죽음의 여신은 지독한 일벌레야. 조금도 쉬지 않아. 월요일도, 화요일도, 수요일도, 목요일도, 금요일도, 토요일도, 일요일도, 국경일도, 종교 휴일도, 주말 연휴도, 사흘 이상 연휴도, 부모의 날도, 우정의 날도, 노동절도…… 염병할, 근로자의 날이라고! 그날도 쉬지 않아! 그런데 그렇게 일하면서, 그토록 끈질기게 일하면서, 새로운 고용은 창출하지 않은 채 실업자를 감소시키는데, 죽음 전문가에 따르면, 실업이 이곳에 더 많은 폭력을 가져오기 때문이야. 다시 말하면, 더 많이 죽을수록 더 적게 죽는다는 거야. 내 집사람이며, 내 여인이고, 내 친구이며, 내 변덕쟁이인 죽음, 여기서 필요한 게 바로 이거야. 그래서 밤낮으로 쿵쿵거리고 냄새 맡으며 메데인을 돌아다니면서, 자기가 할 수 있는 걸 하려고 안달하고, 가장 난폭한 적수인 아이 많이 낳는 여자와 싸워. 계속해서 아이들이 태어나고 그 아이들을 죽음에서 지켜주는 링거 때문에 죽음의 여신의 머리가 하얘지고 있는 거지.

내가 말했던 것처럼 코무나는 무섭고 끔찍해. 그렇지만 내 말을 너무 믿지는 마. 난 단지 다른 사람의 말을 통해, 그리고 풍문으로만 알고 있는 거니까. 집과 또 다른 집과 더 많은 집들이 있고, 추하고 추하고 더 추하며, 한 집 위에 다른 집이 외설적으로 겹쳐 있고, 밤낮으로 귀청이 찢어질 듯이 라디오를 켜며, 밤낮으로 누가 더 크게 트는지 경쟁하고, 집집이 방마다 쿵쿵 울려대며, 바예나토 노랫소리와 축구 경기가 울부짖고, 살사 음악과 록이 쉬지 않고 시끄러운 소리를 낸다고 알고 있어. 우리 인류는 라디오가 발명되기 전에는 어떻게 스트레스를 풀며 한숨을 돌렸을까? 난 모르겠지만, 그 빌어먹을 앵무새는 지상의 천국을 하나의 지옥으로, 아니 지옥 그 자체로 만들었어. 시뻘겋게 달군 집게도 아니고, 펄펄 끓는 솥도 아니야. 지옥의 고통은 바로 소음이야. 영혼이 불태우는 뜨거운 열이 소음이거든.

코무나는 여러 '동네'로 나뉘고, 각 동네는 여러 폭력 조직이 나누어 가져. 다섯 명, 열 명, 혹은 열다섯 명의 젊은 애들이 사냥개 무리를 이루고, 그들이 오줌 싸는 곳에는 아무도 지나가지 않아. 그게 흔히 말하는 폭력 조직의 '영역'인데, 언젠가 오후에 사바네타에서 두 조직은 바로 이 '영역'을 정하려고 했던 것이지. '영역'이라는 이유로 한 동네의 젊은 애는 다른 동네의 거리를 지나갈 수 없어. 그렇게 하면 아마도 소유권에 대한 참을 수 없는 모욕일 거야. 여기서 소유권은 성스럽거든. 너무나, 너무나 성스럽기에 이 예수 성심의 나라에서는 테니스화 한 벌 때문에 죽고 죽이니까. 더럽고 악취 나는 운동화 한 벌로 우리는 영원의 냄새가 어떤 것인지 확인해볼 수 있어. 나는 그게 애매한 냄새라고 말하고 싶어. 하지만 앞서 말하고 있던 코무나에서 옆길로 새지 말고, 계속 거기로 가도록 하지. 숨은 눈들이 갈라진 틈으로 우리를 훔쳐보고 있다는 것을 알 수 있어. 우리가 누구일까? 무엇을 원하는 것일까? 무엇 때문에 오는 걸까? 계약을 맺은 청부 살인자들일까? 아니면 청부 살인자들과 계약하러 오는 걸까? 폭력 조직에 쑥대밭이 되어, 여기저기로 쇠창살을 친 조그만 가게들을 볼 수 있어. 예를 들어 아과르디엔테를 파는 가게도 그렇고, 또는 바나나 네 개, 카사바 네 개, 그리고 썩은 라임 몇 개를 한 묶음으로 싸게 파는 식료품점도 그래. 그런데 콜롬비아의 라임 나무는 치욕이자 망신이야. 제대로 열매를 맺지 못하거든. 습기로 인한 이끼가 그것들을 질식시켜. 그래서 여기서는 절대 좋은 라임이 나올 수 없어. 그건 영화도 마찬가지야! 무언가를 촬영하려는 사람이 있으면, 그 사람의 카메라를 훔쳐 가버려. 그렇지 않으면, 콜롬비아에서 무슨 영화를 만들어도 칸 영화제에서 황금 종려상은 영원히 떼어 놓은 당상이거든! 이 험하고 좁은 길, 천천히 지치게 만들며 올라가는 시멘트 계단, 그건 고통스럽게 하늘을 향해 올라가지만, 그 하늘은 우리의 것이 아니야. 산기슭에, 누런 황무지 땅에, 하느님이 인간을, 자기 장난감을 만든 바로 그 진흙에 차곡차곡 쌓아 올린 계단들을 하나씩 하나씩 올라가는 모습, 골목길과 증오의 미로 속에서 길을 잃는 모습, 풀 수 없는 것, 그러니까 부모에서 자식들에게 유전되고 홍역처럼 형제에서 형제로 옮겨 가는 증오와 묵은 원한의 청산이라는 얽히고설킨 관계를 풀려고 애쓰는 모습, 그런데 내가 무슨 소리를 하는 거지? 우리가 만들 이런 영화보다 더 아름답고 가슴 아픈 게 있겠어? 하지만 아니야, 그런 것은 꿈이고, 꿈은 그저 꿈일 뿐이야. 게다가 영화와 소설은 메데인을 제대로 포착하기에 충분하지 않아. 언젠가 우리가 전혀 생각조차 하지 못할 때, 우리가 원하건 원하지 않건 간에, 우리는 시체 안치소를 살펴보러 가서 그게 정말인지 아닌지 보게 될 거야. 그리고 시체를 세면서 내 아내이자 이곳을 지배하는 유일한 여인인 죽음의 여신이 만든 엄청난 숫자에 우리 숫자를 더하게 될 거야. 그래, 맞아. 마음속 깊이 맺힌 싸움은 목숨을 걸고 싸우는 거야. 이런 전쟁에는 부상자가 없어. 나중에 흩어진 적들이 돌아와 복수하기 때문이야.

예전에는 우기가 되면 사람들은 진흙 비탈로 미끄러졌고, 미끄럼을 타면서 내려왔어. 거리도 없는 산이었고 흙먼지만 일었지만, 자유롭게 통행할 수 있었어. 이 동네들이 생겼을 때, 흔히 말하듯이 '대문 열린 동네'였어. 그런데 이제 더는 아니야. 폭력 조직의 전쟁은 똑같이 짝을 이루어 치러져. 그러니까 동네 대 동네, 블록 대 블록으로 치러지는 거야. 죽음은 또 다른 죽음을 가져오고, 증오는 더 많은 증오를 가져와. 그렇게 되는 게 일종의 법칙이야. 빙빙 돌면서 자기 꼬리를 붙잡으려고 하는 고양이의 법칙이지. 많이 매장한다고 쏟아지는 폭력을 잠재울 수는 없어…… 오히려 폭력에 불을 붙여. 그래서 코무나에서는 산 사람의 운명이 죽은 사람들의 손에 달려 있다고 말할 수 있을 거야. 증오는 가난과 같아. 그건 아무도 빠져나오지 못하는 모래 구덩이야. 몸부림을 칠수록 더 깊이 빠지거든.

그런데 어떻게 운동화 한 켤레 때문에 죽일 수도 있고 죽을 수도 있을까? 하고 외국인인 당신은 물을지도 몰라. 몽 셰리 아미(사랑하는 친구), 그건 운동화 때문이 아니라, 우리가 모두 믿는 정의의 원칙 때문이야. 운동화를 도둑맞은 사람은 자기가 운동화값을 냈으니 그걸 빼앗기는 건 부당하다고 여길 거야. 반면에 그걸 훔치려는 사람은 그 운동화를 갖지 못하는 현실이 부당하다고 생각할 거야. 개들이 짖는 소리는 이 집에서 저 집으로 가면서 자기들이 우리보다 더 낫다고 목청껏 소리치고 있어. 코무나의 옥상 혹은 테라스에서는 메데인이 보여. 정말이지 아름다운 도시야. 위에서 보건 아래서 보건, 왼쪽에서 보건 오른쪽에서 보건, 내 아이 알렉시스 같아. 어느 쪽에서 봐도 당신은 그렇게 생각할 거야.

벼랑, 쓰레기장, 골짜기, 협곡, 심곡, 이것이 코무나야. 건축물이 무질서하게 늘어서 있고, 막다른 길들의 미로처럼 얽혀 있는 곳이야. 그건 코무나가 어떻게 탄생하고 성장했는지를 보여 주는 생생한 증거야. 판잣집 혹은 불법 가옥의 동네며, 도시 계획 없이 훔친 땅 위에 급히 짓고 훔친 사람들이 다른 사람들에게 도둑맞지 않기 위해 피를 흘리며 지켜낸 곳이야. 도둑맞은 도둑? 주님, 그토록 이상한 생각에서 구하시고 보호하소서, 그렇게 사느니 차라리 죽는 게 나아. 여기서 도둑은 그런 일이 일어나도록 그냥 있지 않아. 그런 일이 일어나지 않도록 죽이거나, 아니면 그러다가 죽어. 콜롬비아에서는 훔친 물건의 소유와 범죄 시효가 법이라는 게 사실이야. 그러니까 기다림과 인내의 문제라는 거지. 그러고서 조금씩 벽돌을 차곡차곡 쌓으면서 1층 위에 2층을 올리지. 마치 오늘날의 증오가 어제의 증오 위에 세워지는 것처럼. 코무나의 길모퉁이에 서서 폭력 조직의 생존자들은 누가 자기들을 고용하러 오는지 보거나, 아니면 무슨 일이 일어나는지 지켜봐. 그런데 아무도 오지 않고 아무 일도 벌어지지 않아. 예전에나, 그러니까 좋은 시절에나, 다시 말해서 마약 조직이 그들의 꿈을 불태우며 자극했을 때나 그런 일이 있었기 때문이야. 얘들아, 이제 더는 꿈꾸지 마. 모든 것처럼 그런 시절은 이미 지나갔어. 그게 아니면 뭐겠어! 그런데 여러분들도 빠르게 죽어 가고 있어서 영원하다고 믿는 거야? 코무나 길모퉁이에 자리를 잡고서 시간의 교차로에서 시간이 지나가는 걸 보면, 옛날 폭력 조직의 젊은 조직원들은 오늘날 과거 조직의 유령이야. 과거도 없고 현재도 없고 미래도 없어서, 현실은 메데인을 둘러싸고 있는 산동네 빈민가에서는 현실이 아니야. 그건 단지 '바수코'의 꿈이야. 그런 동안 죽음의 여신은 지칠 줄 모르고 계속 그 가파른 길들을 오르내려. 단지 우리의 가톨릭 신앙에 우리의 생식 소명을 덧붙여야만 그녀의 행동을 조금이나마 방해할 수 있어.

코무나 중에서 내가 가장 좋아하는 것이 북동쪽 코무나라면, 콜롬비아 대통령 중에서 내가 가장 좋아하는 사람은 바르코야. 펜과 입이 침묵을 지키고 사람들이 똥도 누지 못할 정도로 무서워 벌벌 떨고 있을 때, 전국에 만연한 공포를 이겨내고 그는 마약 조직과의 전쟁을 선포했어. (그는 전쟁을 선포했고, 우리는 졌지만, 그건 중요하지 않아.) 그는 여기서 명석하고 기억력이 뛰어나며 똑똑하고 용맹스럽다고 기억되지만, 그 기억은 모두 거짓이야! 그는 자기가 아직도 발렌시아 대통령, 그러니까 이십 년 전 대통령의 장관[18]이라고 생각하면서, 자기 비서 실장인 몬토야 박사에게 다음과 같이 말했어.

"난 다음 국무 회의에서 대통령에게 마약 조직과의 전쟁을 선포하라고 조언하겠소."

그러자 그의 기억이자 의식인 몬토야 박사는 이렇게 고쳐 주었어.

"바르코 박사님, 지금 대통령은 당신입니다. 또 다른 대통령은 없습니다."

그러자 그는 생각에 잠겨 말했어. "아, 그렇지…… 그럼 전쟁을 선포합시다."

"이미 선포했습니다, 각하."

"아…… 그렇다면 이기도록 합니다."

그러자 비서실장이 말했어. "이미 졌습니다, 대통령 각하. 이 나라는 이제 끝났습니다, 이제 손을 쓸 수 없습니다."

"아……."

그게 그가 말한 전부였어. 그러고는 다시 당황하고 어리둥절한 상태, 곧 망각의 안개로 되돌아갔어. 야심 찬 대통령 후보가 연단에서 쓰러져 죽자, 어떤 사람이 그 시체의 도움을 받아서 바르코 다음에 대통령에 오르는데, 바로 오늘날 우리나라를 다스리는 꼬마, 꽥꽥 울어대는 앵무새야. 여론 조사는

---

18) 바르코는 보수당 정권의 기예르모 레온 발렌시아 대통령 아래서 자유당을 대표하면서 재무부 장관과 농업부 장관으로 자유당을 대표했다.

모두 그를 좋게 평가해. 우리는 모두 그래, 맞아, 그래, 그 사람이야, 라고 말하고 있어. 그러면서 사람들이 말하는 대로 그가 "정말 훌륭하게" 일을 처리하고 있다고 말하지.

'교황' 혹은 두목 중의 두목, 또는 위대한 수령을 적에게서, 즉 다른 두목들에게서 지켜주기 위해 우리가 지금 대통령으로 데리고 있는 사람은 기가 막힌 생각을 해내. 파블로에게 '카테드랄'이라고 불리는 총안이 있는 흉벽을 갖춘 요새를 지어준 거야. 그리고 그를 보살피도록 국민의 돈(그러니까 네 돈과 내 돈을, 우리가 땀 흘려 번 돈을)을 엔비가도라는 마을의 경비 대대에 지급해. 위대한 두목은 자기를 경비할 간수 인력을 직접 선택했어. "이 사람, 저 사람, 저쪽에 있는 또 다른 사람이 좋겠어. 저기 끝에 있는 군인은 마음에 들지 않아. 믿을 수가 없거든." 그렇게 그의 경비 부대원, 아니 경호원들을 차례차례 뽑았어. 어느 날 '카테드랄'과 그곳 마당에서 세 동료와 축구를 하는 것에 이력이 나자, 위대한 두목은 자기 발로 직접 걷고 뛰면서 그의 경비 부대가 치킨을 먹게 놔두고는 거기서 나갔어. 그러고서 일 년 반 동안 자취를 감추었고, 그런 동안 꽥꽥거리는 앵무새는 텔레비전을 통해 그를 발견하는 사람에게는 달러로 현상금을, 포브스의 세계 부자 순위에 오를 수 있을 정도로 엄청나게 많은 포상금을, 여기서 우리가 제작하거나 세탁하는 초록색 지폐로 주겠다고 밝혔어. 그리고 25000명의 병사들을 동원해서 그가 살고 있던 나리뇨 대통령 궁을 제외하고 전국을 구석구석 샅샅이 뒤지게 했어. 나는 위대한 두목이 그곳에, 그러니까 정부 예산의 손이 닿지 않는 구멍이 무엇이든 거기에 꼭꼭 숨어 있었다고 말했어. 하지만 아니었어. 그는 우리가 살던 동네에 있었어. 나는 우리 아파트 난간에서 따따따따 하는 총소리를 들었어. 기관총 사격이 시작되고 이 분이 지나자 이미 모두 완료되었어. 파블로 씨가 그의 신화와 함께 죽어 넘어졌던 거야. 그는 지붕을 타고 도망치고 있었는데, 마치 불행에 빠진 고양이를 죽이듯 그를 쓰러뜨렸어. 단지 탄알 두 개만이 그에게 적중했어. 두 탄알 모두 그의 왼쪽을 맞혔어. 하나는 그의 목을, 다른 하나는 그의 귀를 맞혔어. 그는 앞서 말했듯 고양이처럼 '기와 덮인 지붕' 위에서, 뜨거운 지붕 위에서 요란한 소리를 내며 쓰러졌고, 그 지붕과 25000명의 추적자 사이에서 죽어갔어. 그리고 현상금은 오랫동안 쫓기면서 100만 달러 이상이 되어 있었지. 나는 그 현상금을 받지는 못했지만, 그가 죽은 장소에서 불과 세 블록 떨어진 곳에 있었어.

청부 살인자들의 가장 큰 계약자가 죽자, 내 불쌍한 알렉시스는 일자리를 잃었어. 바로 그 시기에 나는 그를 만났어. 그래서 국가적인 사건들과 개인적인 사건들이 연결되어 있어. 즉 가난한 사람들의 불쌍하고 시원찮은 삶이 거물들의 삶과 연결되는 거야. 어느 날 오후 '종결자'가 당구장에서 내게 알렉시스에 대해 말했는데, 그때 그의 패거리가 몰살당했다고 이야기해주었어. 열일곱 명, 아니 몇 명인지 정확하게는 모르겠는데, 그들은 한 명씩 차례로, 종교적으로 말하자면 로사리오 기도를 하면서 죽어 나갔어. 그들 중에서 살아남은 사람은 내 아이뿐이었어. 그 일당은 마약 조직이 폭탄을 설치하고, 가장 친한 협력자들과 가장 쓸데없는 비방자들에게 빚을 청산하기 위해 고용했던 수많은 폭력 조직 중의 하나였어. 예를 들어, 시체라도 좋으니 공개적으로 드러내려는 소망으로 방송 기자들과 신문 기자들을 살해했어. 그리고 옛 정부 관료들도 그 대상이었고, 국회 의원들, 대통령 후보들, 장관들, 주지사들, 판사들, 시장들, 검사들과 수백 명의 경찰도 죽어야 했어. 난 경찰들을 일일이 언급하지 않겠어. 그들은 별로 중요하지 않은 인물들이니까. 모두가 로사리오 기도의 성모송처럼 하나하나 끝을 맺었어. 그런데 정부 관료 중에서 죄 없는 사람은 없을까, 하고 당신은 물어볼 수 있어. 그래, 소돔과 고모라에서처럼 물론 그렇지. 바늘 도둑이 소도둑 되는 법이야. 모두가 타락한 놈들이야. 모든 정치인 혹은 관료(장사꾼들도 모두 똑같아)는 본질상 비천하고 악한 놈들이야. 무엇을 하든, 그리고 무슨 말을 해도 변명이 되지 않아. 그러니 절대로 그들이 순진하다고, 죄 없는 사람들일지도 모른다고 기대하지 마. 그게 바로 순진하고 천진난만한 거야.

그럼 죽은 사람들 이야기를 계속하기로 하지. 그러려고 우리가 온 거니까. 우리, 그러니까 나와 내 아이는 후닌 거리로 내려가고 있었어. 그런데 인간쓰레기 중에서 '죽은 자'가 모습을 드러내더니 우리에게 이렇게 알려주었어. 첫째, 어젯밤에 그의 동료, 즉 파르세로 중의 하나이자 어느 마약 조직 우두머리의 수행원이 러시안룰렛[19]을 하다가 스스로 목숨을 잃었

---

19) 회전식 연발 권총의 여러 개의 약실 중 하나에 총알을 넣고 총알의 위

다는 것이었어. 그는 자기 권총 약실에서 총알 네 개를 꺼내고서 권총을 관자놀이에 갖다 대고서 방아쇠를 당겼어. 두 발 중 첫 발은 두 번째 총알을 사용할 기회도 주지 않고 그의 뇌를 박살 내 버렸어. 그리고 두 번째는 우리에게 어서 내빼라고, 우리를 죽이러 오고 있다고, 축복받은 총알로 죽일 거라고, 이번에는 진짜라고 했어.

"하나씩 살펴보자."라고 난 대답했어. "첫째, 스스로 목숨을 끊은 경호원이 멋진 남자야?"

그런데 그는 알지 못했어, 그는 그런 것에 관심을 보이지 않았어.

"음, 그렇다면 그런 걸 눈여겨보도록 해, '죽은 자'야. 하느님이 네게 왜 그 눈을 주셨겠어? 눈은 보라고, 심장은 멋짐과 아름다움을 느낄 때 고동치라고 주신 거야."

그래서 겉모습은 그리 중요한 게 아니야.

"그렇다면 내가 보지 못한 중요한 건 없네." 하고 '죽은 자'는 말했어. 둘째 문제와 관련해서, 나는 그에게 걱정하지 말라고, 축복받은 총알이 내 성스러운 튜닉을 건드리자마자 내 성의(聖衣)는 분해되어 버린다고 말했어. 그 순간 모터사이클을 탄 젊은 애들이 먼지구름과 군중 사이로 총을 쏘아대며 갑자기 모습을 드러냈어. 그들은 자기들이 누구에게 총을 쏘았는지 알고 있을까? 내 죽음의 여신은 그들의 총알을 어디로 비끼

치를 알 수 없도록 탄창을 돌린 후, 참가자들이 각자의 머리에 총을 겨누고 방아쇠를 당기는 게임.

게 했을까? 다른 부인, 그러니까 다른 임신한 여자로 그 총알들을 보냈어. 그들은 총탄으로 그녀의 배를 부르게 했고, 바로 그 장소에서, 후닌 거리 한복판에서 그녀는 태아와 함께 세상을 떠나고 말았어. 모터사이클을 탄 젊은 애들은? 그들도 가버렸을까? 물론이지! 그들은 영원의 벼랑을 향해 죽음의 속도로 떠났어. 그들이 도망치는 순간, 알렉시스가 그들의 머리를 날려 버렸거든. 그들 하나하나의 후두부를 쐈던 거야. 폭발 직전의 뜨겁고 성마른 이 도시의 군중 사이로, 놀라고 분개하는 소리를 들으며 우리는 다시 떠나야만 했어.

축복받은 총알은 이렇게 준비해. 우선 총알 여섯 개를 전기 오븐에 새빨개질 때까지 미리 가열해 놓은 냄비에 넣어. 그러고서 성당 성수반에서 받아 오거나, 혹은 북서쪽 코무나인 카스티야의 동네 성 유다 타대오 교구에서 보증하며 제공한 성수를 이 총알들에 뿌려. 성수거나 아니거나 그 물은 격렬한 열로 증발해버려. 그런 동안 총알을 위해 기도하는 사람은 석탄 운반자처럼 단순하고 꾸밈없는 믿음으로 이렇게 말해.

"성 유대 타대오(혹은 히라르도타의 십자가에서 내려진 그리스도 또는 당신이 믿고 섬기는 성인)의 은총으로 이렇게 축복받은 총알들이 한 발도 실수 없이 정확하게 목표물에 적중하게 해주소서, 그리고 죽은 사람이 고통받지 않게 해주소서, 아멘."

그런데 왜 내가 석탄 운반자처럼 단순하고 꾸밈없는 믿음이라고 말하느냐고? 그런데 나도 몰라. 난 이런 걸 알지 못해, 난 총알에 축복을 내려달라고 한 적이 한 번도 없어. 아무도, 정말 그 누구도 지금까지 내가 총 쏘는 걸 본 사람은 없어.

도대체 이 바예나토는 무슨 말을 하는 거지? 내가 돌아온 이후부터 아침 식사 때건, 점심때건, 저녁때건, 택시 안에서건, 집 안에서건, 버스에서건, 텔레비전에서건 사방에서 이 음악이 들려와. "내가 너를 데리고 가거나 네가 나를 데리고 가야 이런 게 끝나." 이것을 평범한 말로 옮기면 '당신이 나를 죽이거나 내가 당신을 죽여야 해, 너무나 증오가 많은 두 사람은 이 좁은 세상에 들어갈 틈이 없거든.'이라는 뜻이야. 아, 그거였구나! 그래서 콜롬비아는 너무나 열심히 그 노래를 부르고 있었어. 그 가사가 심금을 울렸기 때문이야. 나는 가사를 귀담아듣지는 않았어. 난 단지 할퀴는 듯한 소리만 들었어. 올해 나머지 기간에, 그러니까 새해까지 남은 기간에 콜롬비아는 계속해서 명랑하고 즐겁게 파티에 대한 사랑을 담아 이 증오로 가득한 노래를 부를 거야. 그러고는 곧 잊어버리겠지. 모든 걸 잊어버리듯이.

사회학자들이 한 사회를 분석하기 시작하면, 오, 나의 주님, 그 사회는 정신병 의사의 손에 들어가는 사람처럼 망가져 버려. 그러니 우리는 아무것도 분석하지 말고 그냥 계속 나아가자고.

"운전기사님, 라디오를 끄고 가도록 해요. 그 바예나토를 너무 많이 들었거든요. 더는 참-을-수-없-어-요."

우리는 도살장의 한가운데인 볼리바르 공원에서 내렸어. 그리고 '플라야' 대로 쪽으로 계속 갔어. 어중이떠중이들과 노점들 사이로 걸어가면서 재앙의 크기를 가늠했어.

보도들? 싸구려 물건을 파는 노점들로 가득해서 제대로 걸어 다닐 수가 없었어. 공중전화? 모두 망가져 있었어. 중심가? 황폐해져 있었어. 대학? 부서져 있었어. 담벼락은? '민중'의 권리를 '요구하는' 증오의 문구로 더럽혀져 있었어. 어디를 가든지 파괴와 약탈이 횡행했고, 인간 무리로 가득했어. 사람들과 더 많은 사람이, 온통 사람들 천지였어. 그런데 그런 우리가 아직도 충분하지 않은 것처럼, 때때로 임신한 여자가 눈에 띄어. 번식 동물처럼 애만 퍼질러 낳는 여자 중의 하나인데, 너무나 이상하게도 그런 여자들은 아무 비난이나 처벌도 받지 않고 곳곳에 우글거려. 모든 것을 침범하고, 모든 걸 파괴하며, 가난하면서도 폭식해서 모든 걸 더럽히는 무리였어.

"저리 비켜! 이 더러운 망나니들아!"

내 아이와 나는 그 공격적이고 추하며 비열한 대중들, 인간 이하이며 사악하기 그지없는 인종, 그 기형적 인간들을 밀어젖히면서 나아갔어. 화성인들이여, 여러분들이 여기서 보는 것이 콜롬비아의 현재이며, 여러분들이 이 사태를 멈추지 않는다면, 여러분 모두는 이런 운명을 맞을 수밖에 없어. 도둑질, 강도질, 죽은 사람들, 폭행에 대해 언급하는 (여기서는 적어도 모든 사람이 한 번은 강도를 당했거나 살해되었어.) 말 쪼가리들이 내 귀에 들어왔어. '씨팔'과 '개새끼'라는 절대 빠질 수 없는 우아한 표현으로 강조되곤 했어. 이 세련되고 예민한 인종은 이런 말을 입에 올리지 않고는 입을 열 수가 없거든. 그것도 고약한 버터 냄새와 기름이 뚝뚝 떨어지는 음식 냄새, 그리고 하수구 냄새를 풍기면서…… 이거야! 여기라고! 여기야! 보이잖아. 느껴지잖아. 민중이 여기저기에 있어.

그렇지만 잠시 하던 이야기로 되돌아가도록 하지. 택시에서 내리면서 죽은 두 사람에 대해 말한다는 걸 잊어버렸거든. 그 두 사람은 무언극 배우와 가난한 사람들의 지킴이였어. 성당 밖에서, 그러니까 안마당 아래쪽에서 무언극 배우는 아무 것도 눈치채지 못하고 지나가던 행인들의 걸음걸이를 흉내 내고 모방하고 있었어. 하지만 항상 그 행인이 무방비하고 점잖은 사람일 때만 그렇게 했지, 절대로 천한 악당을 모방의 대상으로 삼지는 않았어. 칼에 찔릴지도 몰라 두려웠거든. 그러면 몰려든 구경꾼들은 폭소를 터뜨리면서 그런 익살을 즐겼어. 이 마르셀 마르소[20]의 호적수, 이 비범한 재능의 소유자가 사람들을 얼마나 즐겁게 만들었는지 몰라! 당신이 걸으면 그도 걸어. 당신이 멈추면 그도 멈춰. 당신이 코를 풀면 그도 코를 풀어. 당신이 쳐다보면 그도 쳐다봐. 정말 천부적인 소질이 있는 사람이었어. 우리가 택시에서 내렸을 때, 그는 가난하지만 점잖고 의젓한 남자를 흉내 내고 있었어. 의지할 곳 없고 시대에 뒤처진 그런 사람 중 하나였어. 아직도 메데인에 있으면서 과거에 우리가 어땠는지, 이제 우리는 더 이상 그렇지 않은지 이 재앙은 얼마나 큰 것인지를 우리에게 떠올려 주는 사람이었지. 무슨 일이 일어나고 있는지를, 그리고 자기가 구경꾼들의 웃음거리가 되고 있다는 것을 깨닫자 그 나이 지긋한 남자는 걸음을 멈추고는 창피해서 어떻게 해야 할지 몰랐어. 그

---

20) Marcel Marceau(1923~2007). 20세기 프랑스의 무언극 배우. 피에로와 찰리 채플린의 걸음걸이를 반씩 흉내 낸 빕(Bip)의 연기로 유명하다.

러자 무언극 배우도 멈추고서 어찌할 바를 몰랐어. 바로 그때 천사가 총을 쏘았어. 무언극 배우는 순간적으로 비틀거리더니 쓰러졌어. 흰색으로 더덕더덕 칠한 무표정한 가면을 쓴 채 풀썩 주저앉았고, 그의 빌어먹을 이마에서 피가 뚝뚝 떨어졌어. 총알이 그의 염병할 하얀 얼굴을 빨간색으로 물들였어. 그 '인형'이 쓰러지자, 몰려든 구경꾼 중 한 사람이 작은 소리로 이렇게 말했어. 들키지 않을 거라고 생각한 거지.

"제기랄, 이게 무슨 일이람! 이제 여기에서는 가난한 사람들이 일하도록 놔두지도 않네."

그게 그의 마지막 말이었어. 천사가 그 말을 들었기 때문이야. 천사는 입에 딱 한 발의 총알을 쏴서 그의 입을 다물게 했어. 이제와 항상 영원히. 모든 사람은 공포에 사로잡혔어. 비겁하고 공손하게 구경꾼들은 모두 눈을 아래로 깔고 죽음의 천사를 보지 않으려고 했어. 그를 쳐다보면 그를 알아보게 되고, 그것은 사형 선고라는 사실을 잘 알고 느끼고 있었거든. 알렉시스와 나는 아무런 움직임이 없는 거리를 계속 내려왔어.

아, 이런 빌어먹을 내 기억력! 공원 끝에서 한 명이 더 죽었는데, 그걸 잊고 있었어. 우리는 그 공원을 가로질렀어. 아직도 공원 반대쪽 끝에서 무슨 일이 있었는지 모르고 있었어. 거기에는 한 무리의 하레 크리슈나[21]가 탬버린 소리에 맞춰 춤추면서, 우리에게 평화와 동양의 사랑(잔인한 분 그리스도는 결코

---

21) Hare Crishna. 1966년 미국에서 박티데단타가 시작한 종교 운동. 이 단체는 신의 사랑의 실천인 박티 요가의 실천을 전파하기 위해 결성되었다.

느끼지 못했던 사랑), 그리고 동물부터 이웃까지 살아 있는 모든 것을 존중하자는 메시지를 가져다주고 있었어. 그런데 거칠고 난폭한 인간쓰레기 중 하나가 그들과 함께 춤추었지만, 그들을 불경스럽게 바라보고 어마어마하게 경멸했어. 메데인에 차고 넘치는 사람 중 하나로, 유일한 진리는 그들의 것, 즉 칼과 '바수코'로 이루어진 쩨쩨한 가톨릭만이 진리라고 믿는 부류야. 공원 끝에서의 희생자는 이 조롱하는 악당이었어. 이번에 우리는 커다란 장애 없이 나아갔고, 때때로 군중을 헤치며 길을 열었어.

우리는 루터를 이해하는 데 500년이 걸렸어. 이 땅에서 가톨릭교보다 더 천하고 부패한 것은 없어. 살레시오 수도회 사제들은 내게 루터는 악마라고 가르쳤어. 요한 보스코[22]의 종복들, 그들은 중상모략가들이야! 악마는 로마의 위대한 악당이고 여러분은 그의 아첨꾼이며, 그의 삯꾼이고, 그의 향로야. 그래서 나는 이 수프라히오 성당으로 돌아온 거야. 여기는 내 허락도 없이 내게 세례를 주었던 곳인데, 그 세례를 철회하려고 온 거야. 그래서 나는 계속 나지만, 이제 나는 더는 이름을 갖지 않을 거야. 아무 이름도, 아무 이름도. 세례용 물통은 이제 거기 있지 않아, 시멘트 벽으로 막아 버렸거든. 나와 관련된 모든 것, 심지어 그것까지 끝나 버렸어. 조금만 더, 정말 조금만 더 살면, 아마도 나는 이런 망나니의 두통거리가 이 세

---

22) Juan Bosco(1815~1888). 이탈리아의 로마 가톨릭 신부. 살레시오 수도회를 창설하고 평생을 어린이와 청소년 교육에 헌신했다.

상에서 근절되는 것을 볼 수 있을 것 같아.

위로는 하늘이, 주변으로는 메데인이 보이는 내 아파트 베란다에서, 우리는 별을 세기(혹은 빼기) 시작했어. 나는 알렉시스에게 말했어.

"각자 자신의 별이 있다는 게 사실이라면, 넌 몇 개의 별빛을 껐을까? 네가 가는 속도로 너는 하늘을 죽일 거야."

사람을 죽이려면 단 하나의 총알과 권총, 그리고 굳은, 정말로 굳은 의지가 필요해.

산 후안 대로 인근에는 한 장소가 있어. '뜨거운 똥'이라고 불리는 곳이야. 그곳은 강도들의 소굴이며, 살인자들이 가는 곳이야. 천사는 계속 그런 부류의 사람들만 죽였어. 나는 그에게 안 된다고, 차라리 관공서가 모여 있는 알푸하라 지역의 관료들이나 주교인 로페스 트루히요[23]가 훔친 보석을 가지고 무사히 로마로 도망치기 전에 상대하는 편이 나을 거라고 말했어. 하지만 우리는 우리 아파트에 있었기 때문에, 그 강도와 살인자들이 드나드는 곳과는 얼마 떨어져 있지 않았어. 매미 소리에 취해 있던 어느 날 밤, 죽음의 천사는 내려갔고, 허름한 술집에서 술을 마시다가 보도의 테이블로 옮겨와 계속 마셔 대던 여섯 명의 이마에 각각 한 발씩을 쏴서 취기, 그러니까 술잔치를 끝내 버렸어. 이번에는 이유가 무엇일까? 무슨 이유일까? 그건 살아서 돌아다닌다는 아주 단순한 이유 때문이

---

23) Alfonso López Trujillo(1935~2008). 콜롬비아의 추기경으로 메데인 대교구의 대주교였다.

었어. 이게 별것 아닌 것 같아? 아니야, 이 삶은 새들의 노랫소리, 그러니까 즐거운 것으로 가득하지는 않아. 난 항상 그렇게 말했고, 여기서 다시 반복해. 죄는 생명을 끄는 게 아니라, 그것에 불을 붙이는 거라고. 다시 말하면, 고통이 없었던 곳에 이제는 고통이 있게 만드는 거야. 우리가 그날의 선행을 하고서 돌아오는데, 술 취한 사람이 산 후안 대로를 내려가면서 고주망태가 되어 소리 지르고 있었어.

"창녀들 만세! 마리화나 밀매상들 만세! 호모들 만세! 가톨릭 꺼져!"

내 아이와 나는 계속 술을 마실 수 있도록 그에게 지폐 한 장을 주었어.

예전에 여기에는 미친 신부님, 그러니까 나사 빠진 신부님이 있었어. 사람들 말에 따르면, 그는 부자들의 돈으로 가난한 사람들에게 집을 만들어 주려고 생각했어. 그가 진행하는 텔레비전 프로그램 '주님의 순간'은 매일 밤 7시에 방영되었어. 그 프로그램으로 신부는 콜롬비아에서 첫째가는 거지가 되었어. 그의 생각은 "부자는 주님 재산의 관리자다."라는 것이었어. 그것보다 더 황당하고 멍청한 소리 들어 봤어? 하느님은 존재하지 않고, 존재하지 않는 사람은 재산을 갖고 있지 않아. 게다가 가난을 도와주는 사람은 그것을 영원히 지속시켜. 그건 말이지…… 그런데 이 세상의 법은 무엇이지? 가난한 한 부부에게서 다섯 명 혹은 열 명이 태어나는 것 아니야? 가난은 자연 발생적이고 자기 반복적이며, 앞서 말한 비율로 증가하고, 그것이 정말로 힘을 받으면 가속도가 붙어 볼처럼 삽시간에 퍼지지. 가난을 끝내기 위한 내 방법은 집이 없어 고통받는 사람들에게, 그리고 부자가 되지 않으려고 고집 부리는 사람들에게 집을 지어주는 것이 아니야. 딱 한 번만 그들의 물에 청산가리를 타면, 그것으로 끝나는 거야. 고통으로 잠시 괴로워하겠지만, 수년 동안 고통받지는 않게 되거든. 남은 일은 출산을 방조하는 것이야. 가난한 사람이란 절대 쉬지 않고 펌프질 하는 불알과 만족을 모르는 음부를 뜻해. 그신부가 콜롬비아에 저지른 해악은 이루 말로 다 할 수가 없어. 텔레비전 프로그램이 성공하자, 그는 연례 만찬회를 조직했어. '100만 페소 만찬'이라는 이름을 붙였는데, 그건 100만페소를 내고서 입장권을 받고 인스턴트 치킨 수프를 먹는 거야. 물론 그 신부는 외국 개신교도들이 '공감 피로'라고 부르는 것, 그러니까 증여자들의 동정심 감퇴까지 이르게 되었고, 우리는 다시는 돈을 주지 않게 되었어. 그러자 그는 콜롬비아의 새로운 부자들을 떠올렸어. 바로 폭탄을 터뜨리는 마약 밀매상들이었어. 그리고 그들에게 봉사하면서 그들의 마약 밀매를 도왔어. 그는 좋은 돈이건 나쁜 돈이건, 더러운 돈이건 세탁된 돈이건 상관하지 않았어. 돈은 모두 그의 가난한 사람들이 계속해서 애들을 퍼질러 낳을 수 있게 하는 데 쓰였어. 그가 바로 위대한 두목이 '카테드랄'에 들어가도록 조정한 사람이었어. 그리고 얼마 후 세상을 떠났고, 마약 밀매상들은 그에게 엄청난 장례식을 치러 주었어. 이 줄기차게 구걸하는 신부가 성공한 것은 자신의 본능에 따라, 자신의 거지 같은 정신에 따라 행동했기 때문이야. 그 정신은 이 손상되고 거지 같은 나라의 가장 자연스럽고 본질적인 것, 다시 말하면 오래전부터 내려오는 손 내밀며 부탁하는 재능과 일치했어. 내가 태어났을 때 이미 콜롬비아는 부끄러움이나 수치심을 잃어버린 상태였어.

하지만 이 신부가 평화롭게 안식을 취하도록 놔두고, 더 중요한 거물로 넘어가겠어. 바로 로페스 트루히요인데, 알렉시스가 보내버리고자 했던 인물이야. 그는 섬세한 영혼의 소유자였고, 매우 세련되고 여성적이었으며, 향수 냄새를 풍겼어. 그는 집요하게 마약 밀매상들과 거래했어. 그들이 여기서 현금을 보유한 유일한 사람들이었거든. 이 추기경이 위대한 두목에게 보낸 편지가 남아 있어. 거기서 그는 교회 소유지를 팔겠다고 그에게 제안해. 아마 당신은 이렇게 물을 수도 있어. 추기경은 폭탄으로 죽은 수많은 사람에게는 관심이 없었단 말인가? 그들 중 많은 사람이 위대한 두목이 터뜨리라고 지시한 수많은 폭탄에 의해 사망하지 않았는가? 그런 사람들 모두가 가난하고 착한 사람들, 그러니까 '민중'이 아니었던가? 그래, 나도 마찬가지로 별로 중요하게 여기지 않아. 죽은 가난한 사람 한 명은 죽은 가난한 사람 한 명이야. 그리고 100명은 100명이고. 그래서 난 그것으로 그를 비난하지는 않아. 내가 그를 용서하지 못하는 것은, 커피보다도 더 내 잠을 뺏는 건 그가 훔친 보석을 갖고 로마로 갔을지도 모른다는 생각이야. 물론 그의 여자와 같은 우유부단함도 그곳으로 가져갔겠지. 여자 같은 추기경은 교회의 왕자가 아니라, 그냥 여장 남자이고, 그의 사제복은 실내복이야. 그런 사람은 그렇게 느끼거든. 좋아, 그건 그렇고 여기서 우리의 고명한 고위 성직자가 로마로 도망치기 전에 하고자 했던 마지막 일은 마약 밀매상에게 볼리바리아나 교황 대학 소유지를 파는 것이었어. 가치가 엄청난 그 땅은 그의 소유도 아니었는데, 그걸 팔아서 보석을 사려고 했던 거야. 많은 보석을 가지려고 했던 거지. 나는 그가 르네상스식 수정 유리 앞에서 그 보석들로 치장하는 모습을 상상했어. 다시 말해서, 머리부터 발끝까지 보석으로 치장하고서 빌라 보르게세에서 바티칸을 황홀하게 쳐다보는 모습을 머릿속으로 그렸어. 그가 돔 지붕 위로 비둘기가 나는 모습을, 그리고 비둘기 속에서 성령을 보는 모습을 상상했어. 그는 거기서 그토록 멋진 광경을 즐기고, 나는 여기서 시체로 가득한 쓰레기장 위로 날아다니는 독수리를 보는 모습을! 너무 화가 치밀어 잠을 잘 수 없었어. 잠을 이룰 수가 없었어. 잠시도 눈을 붙일 수가 없었어. 엄격하게 종교적 관점에서 보고, 이 가시밭 같은 곤란한 주제를 마감하기 위해, 나는 냉소적이고 향내 나는 추기경보다는 끔찍한 냄새를 풍기거나 악마 냄새를 풍기더라도 가난하고 악취 나는 추기경이 더 좋아.

이유는 모르겠지만, 로페스라는 성(姓)은 냉소적인 좀도둑처럼 들려. 혹시 여러분 중에서 그 성을 갖고 있다면 나를 용서해주었으면 좋겠어. 여기에는 그 성을 가진 사람이 많은데…… 로페스 M, 로페스 C, 로페스 T 등등. 때때로 그들 중 몇몇은 다른 사람들의 아이들이지만, 항상 그런 건 아니야. 그건 때때로 독신을 지키기 위해 로마로 급히 도망가서 눈에 들어오는 첫 번째 스위스 군인과 함께 사는 로페스들도 있기 때문이야. 로페스라는 성을 들으면 난 훔친 암탉, 즉 먹잇감을 물고서 덤불 사이로 도망치는 여우나 족제비 같은 족속을 떠올려. 그건 내 잘못이 아니라, 의미의 문제인 거야. 성을 들으면서 그런 것들이 떠오른다고 내가 뭘 잘못한 거지…… 탐욕스러운 여우야! 그러고는 아무 처벌도 받지 않고서 모두 충격적이라는 표정을 지으면서, 로페스들은 암탉을 마음껏 즐기고 그들의 불알을 긁적거려. 이제는 그런 것에 웃지도 않아. 모든 공공 자금이 바닥 없는 그들의 주머니로 들어오는 걸 너무나 당연한 일이라고 여겨.

알렉시스의 다음 희생자는 묘지에서 살아 있는 사람이었어. 성 베드로 공원묘지에는 나를 제외한 안티오키아의 모든 유명 인사가 안식을 취하고 있어. 죽었지만 살아 있는 사람은 어느 묘지의 젊은 관리인이었어. 그 무덤은 영묘이자 디스코텍이었는데, 카세트 라디오가 온종일 울리면서 그 비어 있는 영원하고 순수한 공간에서 그곳에 묻힌 청부 살인자들의 무시무시한 가족을 즐겁게 위로하고 있었어. 그 가족은 한 명씩 차례로 쓰러졌어. 그들의 비명이 읊조리는 바에 따르면 '희생' 되었지만, 어떤 이유에서 그랬는지, 하얀 코카인 가루 때문인지는 말하지 않고 있었어. 관리인이 한눈팔거나 부주의하더라도(예를 들어 화장실에 갈 때) 훔쳐 가지 못하도록 쇠창살 안에 있던 카세트 라디오에서는 밤낮으로 쉬지 않고 바예나토가 흘러나왔어. 이것은 죽은 사람들이 모두 술에 취해 여기 아래로 지나갔을 때 가장 좋아했던 음악이었어. 그 무덤 앞으로 지나면서 내 아이와 나는 생각에 잠겨 있었는데(이 속세의 삶이 얼마나 슬프고 불행한지, 확실한 영원과 비교해서 인간의 삶이 얼마나 불확실한지에 대해 생각하고 있었어.) 그 무덤 관리인인 젊고 예쁜 애가 못마땅해 했어. 우리가 별생각 없이 그를 쳐다봤기 때문이었어. 그는 몹시 기분 나빠하면서 말했어.

"왜 쳐다봐요! 잃어버린 거라도 있어요?"

그러고는 조그만 소리로 마치 반추하듯이 아주 온순하고 상냥한 증오심을 담아 말했는데, 그건 너무 짜릿해서 나는 일종의 아슬아슬한 성적 흥분을 느꼈고, 그 느낌이 척추를 타고 흘러내렸어. 그는 "개자식들……"이라고 중얼거렸어.

정말 아름다운 목소리였어! 장의사들은 그들이 죽음의 주인이며 영주라고 여겨. 그건 '평화 위원회'에서 정부와 함께 일하기 때문이야. 반면에 이 죽음의 봉사자는 아무런 미래도 없어. 하하! 죽음은 내 것이야, 이 바보들아, 죽음은 내 사랑이며, 내가 어디를 가든지 나와 함께 해. 천사는 그 젊은 애의 이마 높이로 권총을 들더니 방아쇠를 당겼어. 우레 같은 총소리는 영원함과 구더기로 가득한 무덤이 빽빽이 들어찬 그 공원묘지 구석구석을 지나 꾸불꾸불 나아갔고, 잠시 울려 퍼지면서 무한함을 갈망했어. 메아리가 울리더니, 그 메아리의 메아리가, 그 메아리의 메아리의 메아리가…… 메아리가 사라지기 한참 전에 무덤 관리인은 바닥에 쓰러졌어. 그러고서 메아리는 엷어지면서 죽었어. 죽음의 천사는 이미 침묵의 천사가 되어 있었어. 우리가 그곳을 떠났을 때도 카세트 라디오는 혼자 켜지더니 때맞지 않게 바예나토를 틀기 시작했어. 「차가운 물방울」이라는 노래였는데, 이것은 내가 앞서 여러분들에게 불러 주었던 노래야.

그런데 여기서 방탕한 삶은 죽음을 이기고 있고, 곳곳에서, 그게 구멍이든 음부든 가리지 않고 틈이란 틈에서는 모두 모습을 드러내. 아주 꽉 차서 더는 들어갈 틈이 없는 하수도의 쥐들처럼 말이야. 우리가 그 무덤에서 나와 공원묘지 밖에 도착하자, 알렉시스는 자기 장난감을 다시 장전했어. 갓 태어난 순진한 두 아이, 여덟 살이나 열 살 정도 되어 보이는 두 아이가 아주 멋지게 서로 주먹을 날리고 있었고, 열대의 태양이 내뿜는 엄청난 열기 아래서 어른과 다른 아이들이 모여서 싸움을 부추기고 있었어. 서로 주먹을 주고받고 있었어. 어린 얼굴은 분노로 새빨개져 있었고, 땀을 비 오듯이 흘렸어. 그리고 여기서는 일상적이고 이 넓은 땅 위에서 비교 대상이 없는 그런 증오가 뚝뚝 떨어지고 있었어. 화재를 마감하는 유일한 방법은 그걸 끄는 것인 것처럼, 천사는 여섯 발로 그 싸움을 끝냈어. 여섯 명이 쓰러졌어. 각자 한 발씩 맞은 거야. 권총 탄창에 들어 있던 것이 여섯 발이었어. 네 발은 구경꾼들이자 그 싸움을 부추기던 사람들에게, 두 발은 촉망받는 두 명의 권투 선수들에게 쏘았어. 각자 이마에 상처가 났고, 거기서 아닐린으로 물들인 것 같은 몇 개의 가느다란 붉은 줄기가 흘러나왔어. 내 죽음의 부인과 그녀의 차가운 피는 더위를 식혔고, 적어도 이번 라운드를 이겼어. 이제 그러면 다음 라운드로 가서 무슨 일이 일어나는지 보도록 해. 성당의 종소리가 울려.

급하게 지나가면서 '죽은 자'는 우리에게 모터사이클을 탄 애들이 오고 있다고 알려 주었어. 정말로 오고 있었어. 그 정말로 빌어먹을 개자식들은 역주행하면서, 콜롬비아에서 가장 기본적이고 성스러운 법칙인 교통 법규를 위반하고 있었어. 그 법규는 차량 흐름을 거스르는 역주행을 금하고 있고, 화살표를 따라가라고 지시하지. 루케르 초콜릿 회사의 화살표인데, 그 회사가 길모퉁이마다 있는 화살표 표지판의 후원자거든. 역주행하지 말라고 화살표가 있는 거야. 그런데 그 표시를 보지 못했어, 이 염병할 놈들아? 그래, 그들은 그걸 봤지만, 총알은 보지 못했어. 내 아이 알렉시스가 총알로 그들을 환영했는데, 이 총알들은 올바른 방향으로, 여러 언어에 능통한 우리의 국가 수장이 앞에서 영어로 아주 적절하게 "인 더 라이트 디렉션(In the right direction)"이라고 말한 것처럼, 제대로 된 방향으로 날아갔어. 절대적으로 확실한 그 초콜릿 회사의 화살표가 표시한 대로 갔어. 그 초콜릿은 한 잔에 한 덩어리씩 넣어서 마시는데, 아, 아, 아, 슬퍼라, 이제 더는 그걸 마시지 않아. 우리는 초콜릿을 마시는 습관을 잃어버렸고, 시를 감상하고 미사에 가는 습관도 잃어버렸어. 이제 우리는 에이즈에 걸린 난쟁이가 결코 다시는 연주하지 않을 양철북보다도 더 텅비어 있어. 모든 게 쓰러져 망가졌고, 모두가 죽었어. 이제 내가 알고 있던 것 중에 남은 것은 하나도 없어. 물론 나는 모터사이클을 탄 애들처럼 당신들을 죽게 하고 싶지는 않아. 하지만 아니야, 그들은 그 운명을 감수해야 해. 그들은 '올바른 방향으로' 차와 부딪쳤고, 그 자동차 지붕에서 삶을 마감했어. 시체를 치우러 온 검찰청 요원은 거기서, 그러니까 지붕, 아니 엔진 덮개에서 그들을 끌어 내려야만 했어. 끌어 내려야만 거두어진다는 걸 상상할 수 있어? 우리는 그런 형편없는 세상에서 사는 거야.

여기서는 아무것도 제대로 작동하지 않아. '눈에는 눈'의 법도, 그리스도의 법도 작동하지 않아. 첫 번째 법칙은 국가가 적용하지도 않고 적용하게 놔두지도 않기 때문이야. 돌아가신 우리 어머니처럼 나무를 베어 넘기게도 하지 않고 도끼를 빌려주지도 않아. 두 번째 법칙은 본질 자체가 부당하기 때문이야. 그리스도는 이 세상에 무처벌과 무질서를 가르친 위대한 사람이야. 콜롬비아에서는 당신이 다른 뺨을 갖다 대면, 다시 때려서 당신 눈을 빼내고 말 거야. 그리고 당신이 앞을 보지 못하면, 칼로 심장을 도려낼 거야. 우리의 산 비센테 데 파울 병원에, '종합 병원'이라고 불리는 응급실은 항상 만원이야. 그건 평화를 누린다는 우리나라의 진정한 최전선 병동이며, 그곳 의사들은 심장을 꿰매는 데 전문가들이야. 타말[24]을 묶을 때처럼 아무 실이나 상관없이 사용하는데, 너무나 잘 꿰매서 다시 심장을 뛰게 하고 한숨을 내뱉게 하며 다시 증오를 느끼게 만들어. 여기에서는 살아 있는 사람이 복수할 것이고, 그래서 당신을 죽이려고 했던 사람들은 병원으로 들어가 성공적인 수술을 받고 나오는 당신을 다시 죽여 버려. 너덧 발 혹은 스무 발의 총알을 머리에 쏴서 안티오키아의 의사들이 심장학 의사들처럼 신경외과 의사도 훌륭한지 확인할 거야. 그러

---

24) 라틴 아메리카 여러 국가의 전통 음식. 옥수수 반죽을 옥수수 껍질이나 바나나 잎에 싸서 쪄내고서, 고기나 치즈, 혹은 채소나 칠리 등의 소를 넣기도 한다.

고는 아무 일도 없었다는 듯이 차분하게 나오면서 무기를 넣고는 '바리요'를 피우거나 '바수코'를 집어넣어. '바리요'는 그냥 마리화나 담배이고, '바수코'는 이미 설명했어.

호교론[25])인 살레시오 수도회 신부들, 고명하시고 풍부한 지식을 갖추신 이 사제들은 내 비판이 피상적이고 경박하다고 말할 거야. 하지만 내가 보기에 내 비판은 확실하게 딛고서 뒷걸음질 치지 않는 노새와 같아. 발을 내딛고서 문제에 개입하기 전에 각 발걸음을 정확하게 계산하거든. 그래서 말하는데, 모든 종교는 무의미해. 종교를 이렇게 여긴다면, 즉 상식적 관점에서, 그러니까 합리적 사고의 관점에서 바라본다면 하느님의 사악함은 분명해져. 또는 결점 속에서 동일 실체성이 된다는 거야. 우리가 이해할 수 없는 힘들고 고약한 말이지. 이건 하느님이 존재하지 않는다는 것을 보여 주려고, 내가 학자인 체하는 사기꾼처럼 교수복을 입고 그 소매에서 꺼내는 토끼와 같아. 물론 그는 존재하지 않아! 나는 내 오감을 총동원하고, 거기다가 텔레비전도 덧붙여서 그를 포착할 수 있는지 확인하려고 하지만, 전혀, 아무것도 포착할 수 없어. 모든 게 흐릿할 뿐이야. 유일하게 존재하는 것은 내가 보는 것, 즉 토끼야. 그런데 토끼는 깡충깡충 뛰면서 가버리고…… 그리스도에 관해 말하자면, 필요한 존재인 하느님이 어떻게 사람이라는 우발적이고 구체적인 방법으로 육화될 수 있을까? 그것도 미쳐 날뛰는 사람으로. 나는 그 사람이 메데인에서 제

25) 종교 교리에 대한 공격에 맞서 교리를 변호하고 옹호하는 이론.

대로 기능하는지, 도시 중심가에서 채찍으로 장사치들을 몰아내려고 하는지 보고 싶어. 아마도 그는 살아서 십자가에 도달할 수 없을 거야. 아마 그 전에 채찍이건 그 무엇을 들었건 등에 비수가 꽂혀 죽을 테니까. 여기서는 울화 때문일까?

2000년 전에 이 땅으로 반그리스도가 지나갔고, 그가 바로 그 자신이었어. 다시 말해서, 하느님이 악마야. 두 사람은 하나이고, 테제이며 안티테제야. 물론 하느님은 존재해. 그의 사악함을 보여주는 표시가 모든 곳에서 발견되거든. 카페테리아 '살롱 베르사예스' 밖에서 어느 날 오후 한 아이가 쿵쿵거리며 '사콜'을 냄새 맡고 있었어. 그건 구두 수선쟁이들이 사용하는 접착제로, 냄새를 맡으면 일종의 환각 증세가 일어나. 이런 환각 증세가 계속되면, 결국 폐가 서로 달라붙게 되고, 그래서 이 분주하고 혼잡하며 재미없는 삶에서 안식을 취하게 되면서, 더는 스모그를 들이마시지 않게 돼. 그래서 사콜은 아주 좋은 거야. 나는 그 아이가 사콜 병을 쿵쿵거리며 냄새 맡는 걸 보자, 미소 지으며 그에게 인사했어. 아이의 무서운 두 눈이 나를 째려보았고, 나는 그가 내 영혼을 보고 있는 것을 보았어. 그래, 신은 존재하고 있어.

하느님이 사람의 도움을 받아 저지르는 파렴치한 행위 중에서 나는 지금 메데인의 말에게 행한 것을 증언하고 싶어. 그 말들은 눈이 가려진 채 건축 자재를 잔뜩 싣고 있었어. 그렇게 아무것도 보지 못하고 무거운 수레를 끌면서, 격노한 하늘의 성난 태양 아래서 가련한 삶을 억지로 살고 있었어. 여기서는 이런 말들을 착취하는 사람을 '짐마차꾼'이라고 불러. 자동차가 그렇게 많은 데도, 아직 수백 마리가 남아 있어. 내 아이와 나는 택시를 타고 가고 있었는데, 그때 비 오듯이 채찍을 맞으며 총총걸음으로 가고 있던 한 마리를 추월했어. 우리 행정의 중심지인 알푸하라의 정부 건물들 앞이었어. 보지 않기에 느끼지 않는 관료들로 가득한 곳이었어. 그들의 마음은 무감각하지만, 입은 성난 듯이 예산을 빨아먹어.

"말들은 일할 이유가 없어. 하느님은 사람이 일하도록 만드셨어, 개자식아!" 하고 나는 짐마차꾼에게 소리치면서 택시 창문으로 머리를 꺼냈어.

내가 '개자식'이라고 부르는 소리를 듣자, 짐마차꾼은 우리를 바라보았어. 그렇게 우리가 고개를 뒤로 돌리자, 그는 알렉시스가 총을 쏠 수 있도록 완벽한 자세로 있게 되었고, 알렉시스는 그의 이마에 총알 한 발을 쏘아 내가 한 밀을 강조했어. 흔히 하는 말로 그의 사진을 찍었던 것이야. 짐마차꾼은 바닥으로 고꾸라졌고, 그가 고삐를 놓자 말은 멈추었어. 미친 듯이 달려오던 자동차 한 대가 끼익하며 급정거했지만, 짐마차꾼을 치고 말았어. 하지만 그를 죽이지는 않았어. 그를 죽이지 않은 건 이미 그가 죽었기 때문이야. 앞에서 내가 무심결에 소리친 단어 때문에 사과했지만, 그건 올바른 말이었어. 그건 돈 키호테가 말했던 '녀석'과 똑같은 말이지만, 그 강도는 몇십 배 더 강하지. 어쨌건 나는 용서를 빌었어. 나는 평생 동물들을 사랑하고 있고, 그들은 내 이웃이야. 내겐 다른 이웃이 없어. 그들의 고통은 내 고통이며, 따라서 나는 참고 견딜 수가 없어.

우리 택시 운전사에 대해 말하자면, 그는 짐마차꾼과 똑같은 길로 갔어. 로블레도 코무나의 비탈길을 브레이크를 잡지 않고 그대로 돌진하는 사람처럼 영원한 세상을 향해 자유 낙하했어. 우리는 그의 앞이마에 낙인을 새겼는데, 그것은 그가 우리를 보았기 때문이었어. 그의 직업에 따르는 위험이야. 여기처럼 폭력으로 가득한 도시에서는 듣지 말아야 하는데 듣고, 보지 말아야 하는데 보기 때문이야. 그것 말고도, 내가 아는 한 죄짓지 않은 택시 운전사는 한 명도 없기 때문이야.

알렉시스와 나는 다른 점이 있었어. 나는 과거가 있었는데, 그는 없었거든. 그렇지만 아무 목적도 없이 죽음으로 가득한 시간과 나날이 연속되는, 미래 없는, 볼품 없는 현재라는 점에서는 일치했어. 알렉시스가 죽인 숫자가 100에 이르자, 나는 숫자를 더는 세지 않았어. 이것은 머나먼 젊은 시절에 이미 내게 일어났던 일이야. 그때 나와 사랑을 나눈 사람이 오십 명이 넘어가자, 숫자가 헷갈렸고, 그래서 다시는 세지 않았어. 그러나 그의 공적에 대해 대략적이나마 알 수 있도록 설명하자면, 자유당 악당이며 '검은 피'로 알려졌고 500명을 죽인 하신토 크루스 우스마[26]보다는 적게, 100여 명을 죽인 보수당 강도인 에프라인 곤살레스[27]보다는 훨씬 더 많이 죽인 거야. 어림

---

26) Jacinto Cruz Usma(1932~1964). '검은 피'라는 별명으로 널리 알려진 콜롬비아의 자유당 게릴라. 나중에 강도가 되어 콜롬비아 폭력 사태 기간에 보수당원들을 무차별적으로 죽였다.
27) Efraín González Téllez(1933~1965). 일명 '일곱 색'으로 알려졌으며, 보수당 출신의 유명한 강도이자 살인자.

셈으로 말해서 대충 250명 정도라고 하면 될 거야. 그토록 큰 소란을 피우고 너무나 말할 게 많은 그 위대한 마약 조직의 두목에 관해 말하자면, 그는 1000명 이상을 죽였는데, 대리를 통하거나 청부 살인자의 손에 죽은 사람을 세지 않고 그 정도야. 혹시 당신은 당신이 창문으로 흘낏 보았던 연인들을 사랑한 사람으로 세나? 그건 가엾은 관음증의 죄야.

이봐, 당신에게 말하는데, 메데인에 사는 건 죽은 채 이 삶으로 스쳐 지나가는 것과 마찬가지야. 내가 이 현실을 만들어 낸 게 아니라, 이 현실이 나를 만들어 내고 있어. 그래서 살아 있는 죽은 사람인 우리는 메데인 거리로 가면서 도둑질과 강도에 대해 말해. 그리고 또 다른 죽은 사람들, 다시 말해서 우리의 불안정한 존재와 우리의 쓸모없는 목숨을 부질없이 끌고 다니며 재앙에 빠져 방황하는 유령에 대해서도 말했어. 나는 정확하게 어느 순간에 내가 살았지만 죽은 사람이 되었는지 지적할 수 있어. 어느 날 땅거미가 질 무렵이었어. 11월의 비를 맞으며 나는 알렉시스와 함께 벨렌 동네의 큰길을 따라가고 있었어. 그 동네의 중심에는 복개되지 않은 개천이 흐르고 있어. 예전에는 깨끗했던 메데인의 개천 중 하나인데, 지금은 하수도가 되어 버렸지. 모든 개천은 그 지독한 악취 풍기는 물에 인간쓰레기들이 버린 쓰레기를 싣고 흐르면서 결국은 하수도가 되어 버려. 그런데 난 갑자기 이 장면을 목격했어. 죽음으로 신음하던 개 한 마리가 그 개천에 와 있었어. 나는 계속 걸어가려고 했어. 보고 싶지 않았고 알고 싶지도 않았거든. 하지만 개는 죽음을 예감한 듯 괴로워하면서 신음도 내지 못한 채, 자신의 죽음을 함께해 달라는 막무가내 고갯짓으로 나를 불렀어. 소나기를 맞으며, 미끄러지고 또 미끄러지면서 나는 알렉시스와 함께 하수도로 내려갔어. 그건 흔히 볼 수 있는 길 잃은 토종개였어. 보고타에서는 이런 개들을 '고스케스'라고 부르는데, 메데인에서 뭐라고 부르는지 모르겠어. 아, 그래, '찬도소스'라고 해. 나는 알렉시스와 함께 그 개를 들어 올려서 물에서 꺼내주려고 했어. 그런데 그 개가 엉덩이에 심한 상처를 입었다는 것을 알았어. 그래서 그 개를 하수도에서 꺼낸다고 하더라도, 그 개를 구할 수 있는 희망은 없었어. 그 개는 자동차에 치인 몸을 질질 끌며 힘들게 그 개천에 도착했지만, 개천을 건너려고 하다가 물속에 빠져 꼼짝 못했던 거야. 우리는 온전한 몸으로도 힘들었는데, 다치고 부러진 상태인 개가 거기서 어떻게 나올 수 있겠어? 개천 물이 곧게 흘러가도록 만든 시멘트 모서리 때문에 나올 수가 없었던 거야. 거기서 얼마나 있었을까? 극단적인 몰골로 판단해보건대, 아마도 빗속에서 며칠 낮과 밤을 보낸 것 같았어. 상처를 입고서 집으로 돌아가려고 했을까? 아마도 그건 하느님만 아실 거야. 그분이 그런 수치스러운 모습에 책임이 있으니까. 아 참, 하느님은 그가 아니라 그분이셔. 그것은 가장 극악무도하고 비겁한 존재에게만 사용되는 말이야. 그분은 타인의 손을 이용해서, 즉 사람의 손 혹은 장난감, 또는 청부 살인자의 손을 이용해서 죽이고 상해를 입혀. 난 알렉시스에게 말했어.

"다시 걷지 못할 거야. 우리가 꺼내주면, 고통만 더 받을 거야. 그러니 죽여야 해."

"뭐라고요?"

"어서 쏴."

개는 나를 쳐다보고 있었어. 온순하고 순진한 그 눈으로 애원하는 표정, 내가 살아 있는 한 나는 그 표정을 절대 잊을 수 없을 거야. 죽음의 여신이 나를 불쌍히 여겨 지워버리겠다고 결심하는 최후의 순간까지 그 표정은 나와 함께 있을 거야. 그러자 알렉시스가 말했어.

"난 죽일 수 없어."

난 그에게 말했어. "넌 죽여야 해."

그가 반복했어. "난 할 수 없어."

그러자 난 그의 허리띠에서 권총을 빼서 총신을 개의 가슴에 갖다 대고는 방아쇠를 당겼어. 총소리는 거의 나지 않았어. 개의 몸이 소음기가 되어 소리를 작게 만든 거야. 그러면서 개의 순수하고 깨끗한 영혼은 높이 날아올랐어. 개들의 천국을 향해 올라갔어. 난 결코 그 천국에 들어갈 수 없을 거야. 난 인간쓰레기의 일부니까. 하느님은 존재하지 않아. 만일 존재한다면, 대단한 '고노레아'일 거야. 소나기가 갈수록 거세게 퍼붓고 점차 밤을 덮어 버리는 동안, 나는 지금부터 내게 행복이란 불가능한 것 중의 하나가 될 것임을 알았어. 아마도 언젠가, 그러니까 머나먼 과거에 있었을지도 모르지만, 그것은 파악하기 어렵고 무상한 현실이었을 거야. 난 알렉시스에게 말했어.

"계속 너 혼자 죽이도록 해. 난 이제 더는 살고 싶지 않으니까."

그러고서 권총을 내 가슴에 갖다 댔어. 그러자 몇 달 전에 내 아파트에서 그랬던 것처럼, 알렉시스는 또다시 권총을 밀었고, 총알은 빗나가면서 물을 튀겼어. 우리는 몸싸움을 벌이다가 결국 개천으로 떨어졌고, 그 똥물에 완전히 빠져버리는 바람에, 이미 똥으로 가득 찬 우리의 영혼과 같은 신세가 되었어. 난 알렉시스 역시 죽은 개의 몸 위에서 울고 있었다고 기억해. 다음날 오후에 플라야 대로에서 그는 살해되었어.

우리는 많은 사람 속에 뒤섞여 플라야 대로로 걸어가고 있었어. 더 정확하게 말하자면, '판 데 아수카르' 언덕 쪽을 보면서 왼쪽으로 걸어가고 있었는데, 정면에서 귀청이 떨어질 듯한 요란한 소리를 내며 모터사이클이 달려오더니, 우리를 스치며 지나갔어.

"조심해! 페르난도!" 알렉시스는 내게 이렇게 외쳤고, 그 순간 모터사이클을 타고 있던 놈들이 총을 쏘았어.

그의 마지막 말은 내 이름이었어. 그는 한 번도 자기 입으로 내 이름을 말한 적이 없었어. 그러고서 그는 깊이를 헤아릴 수 없는 영원한 나락으로 떨어졌어. 그 쏜살같은 순간에 말과 색의 쪼가리들이 갈가리 찢기고 휩쓸려 계속 떨어졌어. 나는 모터사이클 뒤에 탄 젊은 짐받이꾼이 총을 쏘았을 때 그를 보았어. 눈부시게 빛나는 눈을 보았고, 반쯤 열린 셔츠 사이로 보이는 가슴 위에 카르멜산의 성모 스카풀라가 걸려 있었어. 그게 전부야. 모터사이클은 구불구불 나아가더니 사람들 사이로 사라졌고, 내 아이는 바닥에 고꾸라졌어. 삶의 공포를 버리고서 죽음의 공포 속으로 들어갔어. 우리는 우리가 존재한다고 믿지만, 그게 아니야. 우리는 존재하지 않음에서 나온 상상의 산물, 즉 바수코의 꿈이야.

내 아이는 보도에 쓰러지면서도 눈을 뜨고서 헤아릴 수 없는 심연에서 계속 나를 바라보았어. 나는 눈을 감겨 주려고 했지만, 눈꺼풀이 계속 다시 떠졌어. 마치 먼 옛날의 인형 눈꺼풀 같았어. 언젠가 다른 곳에서 또 다른 죽은 사람 때문에 나는 그 인형을 떠올렸었어. 초록색 눈이었지만, 내 아이의 눈과는 비교가 되지 않았어. 기적의 초록색 같아서, 콜롬비아의 가장 순도 높은 에메랄드, '기름방울'이라고 불리는 에메랄드도 상대가 되지 않았지. 그러나 우리가 죽으면 죽은 사람이 되고, 그래서 검은 눈이건, 파란 눈이건, 갈색 눈이건 본질상 모두가 똑같아. 사람들이 우리를 에워싸기 시작했어. 그러면서 중얼거렸고, 속삭였으며, 법석을 떨었고, 악담했어. 그때야 나는 내가 무엇을 해야 하는지 깨달았어. 누군가가 그가 죽었다고 말하기 전에, 다친 것처럼 위장해서 그를 이 파렴치한 구경꾼들에게서 빼내 데려가는 것이었어. 우리가 공공 도로에서 죽으면 우리 중에서 누군가가 시체를 치워야 하는데, 내가 데려가야만 그런 시체 치우는 광경을 보여 주지 않을 수 있었어. 사실 그런 걸 보면 사람들은 자기가 계속 살아 있다고 생각하면서 말하지 못할 은밀한 기쁨을 느껴. 그건 자기가 주변에 비열함의 냄새를 풍기고 밀치면서 서 있기 때문이야. 나는 가장 먼저 눈에 들어온 사람, 그러니까 그 도로를 점령하고 벤치에서 자고 있는 어느 바수코 중독자에게 부탁했어. 택시를 세워서 내 아이를 태우도록 도와달라고 했던 거야. 그가 바로 택시를 잡은 사람이고, 나를 도와서 알렉시스를 택시에 태운 장본인이었어. 나는 그에게 동전 몇 개를 주었고, 택시는 출발했어.

그 도로 건너편에, 그러니까 맞은편 곁길로 날강도 같은 개인 병원이 하나 있어. '날강도' 같다는 건 구태여 하지 않아도 될 표현인데, 아마도 내가 절망에 빠져 있고 응급 상황임을 고려한다면, 이 글을 읽을 점잖은 학자 여러분들은 나를 용서할 거야. 그건 '소마 병원'인데, 메데인에 있었던 최초의 개인 종합 병원이야. 내가 어렸을 때, 그러니까 고릿적에 돌팔이 전문의들이 모여서 설립했는데, 그들은 순진하고 절망에 빠진 이웃을 아주 의식적으로 수탈했고, 하느님의 지시를 받은 것처럼 방사선으로 그 이웃들을 샅샅이, 그러니까 고객의 주머니를 바닥까지 완전히 탈탈 털었어. 이렇게 말해서 미안해, 환자분들. "난 저 개자식들에게 시체를 갖다 놓을 거야." 순식간에 너무나도 똑똑한 생각이 떠올랐어. 내 재앙이 절정에 이르는 순간에 그런 명민한 생각은 내게 확고하게 환한 빛을 비춰. 나는 택시 운전사에게 우회하든 어떻게 하든 간에, 요구하는 대로 택시비를 줄 테니 그곳으로, 즉 도로 건너편으로 데려다 달라고 했어.

"조금 전에 길에서 총에 맞은 이 젊은이를 데려왔어요."라고 나는 접수창구에 말했어.

그러자 그들은 실제 상황을 깨달았어. 그들은 장의사가 아니어서 시체를 받아 그 어떤 이익도 취할 수 없었거든. 그들은 너무나 좌절했고, 내 절망감은 그들의 것과 비교하면 비교도 되지 않을 정도로 작아 보였어. 야단법석을 떨면서 그들은 나보고 병원장을 만나라고 했고, 아주 관대하고 자비로운 신사가 아주 인간적으로 내게 조언하기를, 내 아이를 국가에서 운영하는 종합 병원으로 데려가라고 말했어. 그러면서 거기에는 아주 중대하고 긴급한 경우에 사용할 수 있는 예산이 있으니, 무료로 진료해줄 거라고 덧붙였어. 그래서 나는 대답했어.

"존경하는 원장 선생님, 그게 필요하고 그런 절차를 밟아야 한다면, 나는 그를 데려가지 않겠어요. 당신이 데려가도록 하세요."

그러고서 나는 등을 돌렸고, 그의 코앞에서 문을 쾅 닫고 나왔어. 그 역겨운 놈이 코를 푸는 그 더러운 코앞에서.

우리가 늙어서 침대에 누워 죽건, 혹은 스무 살도 되기 전에 칼에 찔려 죽건, 거리에서 총에 맞아 죽건, 그건 하나도 중요하지 않아. 어차피 죽는다는 점에서는 똑같지 않아? 삶의 마지막 순간 다음에 죽음이라는 나락이 똑같이 오지 않아? 나는 생각하지 않으려고 마음속으로 이렇게 말하고 있었어. 인파 속에 있게 되자, 나는 성당을 찾아야만 한다고 생각했어. 가장 가까이에 있는 성 이그나시오 성당과 성 요셉 성당은 머피의 법칙에 따라 닫혀 있을 게 분명했어. 남아 있는 성당은 칸델라리아였어. 그 성당은 항상 열려 있었고, 그래서 나는 칸델라리아 성당으로 향했어. 하느님에게 나를 기억하고 내게 죽음의 여신을 보내달라고 부탁하기 위해서였어. 톡톡 소리 내며 타는 촛불 사이에 있는 십자가에서 내려진 주님에게 기도하는 동안, 나는 알렉시스의 권총을 허리띠에 그대로 놔두었다는 사실을 떠올렸어. 권총을 빼지 않았던 거야. 나는 화기를 소름 끼치게 혐오했고, 그래서 무기가 있다는 사실을 생각하지 못했던 거야. 그래, 나는 무기를 그대로 놔두었고, 이제는 병원의 범죄자들 손에 들어갔을 거야! 좋아, 그 무기를 실컷 이용하라고 해, 그걸로 서로 싸우며 죽이라고……. 나는 성당을 떠나서 거리로 나왔어. 모든 게 그대로였어. 해도 똑같 았고, 시끄러운 소리도 똑같았으며, 사람들도 똑같았고, 미래 라는 검은 먹구름은 구체적으로 그 누구도 내리누르지 않았 어. 공원을 지나가는데 평소와 마찬가지로 비둘기들은 경계심 을 누그러뜨리지 않고 날아올랐어.

알렉시스가 죽은 잔혹한 순간에서 일 초 일 초씩, 그리고 시내에서 한 발씩 멀어지면서, 나는 낮이 끝나갈 무렵에 다시 개천이 흐르는 소름 끼치는 벨렌 동네의 거리에 있게 되었어. 법원 예비 심리보다 더 수렁에 빠진 내 운명을 짊어지고 고통 을 피하다가 다시 그 동네로 돌아온 거야. 그날 오후 죽음의 여신이 왔던 것처럼 아무 예고도 하지 않고 갑자기 밤이 되어 버렸어. 나는 대로들이 만나는 사거리로 나왔어. 자동차들이 불을 켜고 줄을 지어서 거리로 천천히 나아가고 있었어. 마치 빛을 내는 구더기 같았어. 이 삶이란 수렁으로 체념한 채 기 어가는 개똥벌레들 같았어. 이 엄청나게 많은 차는 마약 조직 의 돈으로 산 것으로, 최근 몇 년 동안 이 도시를 혼잡하게 만 들었어. 나는 느릿느릿한 불빛의 강을 떠나서 어둠으로 들어 갔어. 그리고 몇 발의 총소리를 들었어. 검은 영혼들과 범죄로 가득한 밤이 메데인을, 나의 메데인을, 증오의 중심지이며 사 탄이 지배하는 광활한 영토의 심장부를 차지하고 있었어. 어 느 길 잃은 자동차가 순간적으로 내게 거리를 비추면서, 전조 등으로 바로 내게 닥칠 미래를 밝혀 주었어.

이후 며칠 동안 알렉시스가 마지막 순간에 말한 내 이름은 마치 묘비처럼 나를 짓누르기 시작했어. 우리가 함께 다녔던 지난 일곱 달 동안 그는 내 이름을 말하지 않았는데, 왜 마지막 순간에 말해야만 했을까? 더는 사랑의 대상이 없었기에, 뜻하지 않게 내 이름을 드러냈던 것일까? 설사 그렇다 하더라도, 나조차도 그 이름은 거의 생소해서 거울을 쳐다보려고 하지 않는데, 알렉시스는 내 이름을 부르면서 나를 자신의 끝없이 깊은 구렁으로 끌어당겼어. 이 돌이킬 수 없는 순간에 그의 입으로 부른 내 이름은 내 영혼 속에서 계속 울려 퍼지고 있어. 아무리 애를 써도 지워지지 않아. 청부 살인자들은 자기들이 죽인 희생자의 눈을 지울 수 없다고 말하는데, 마치 그것과 같아. 그런데 사람들은 그걸 어떻게 알았을까? 아무도 그런 사람에 대한 것은 모르는 법인데.

좀 더 단순하게 말하자면, 우리는 메데인이라는 하나의 이름 아래 두 도시가 있다고 말할 수 있어. 하나는 아래 도시인데, 산골짜기에 있으며 시간을 초월한 곳이야. 다른 하나는 위 도시인데, 산속에 있어. 그러니까 산으로 둘러싸여 있어. 그건 유다의 입맞춤, 즉 겉 다르고 속 다른 곳이지. 산기슭에 세워진, 그리고 허름한 판잣집 동네로 둘러싸인 곳이 '코무나'야. 그곳은 불꽃과 땔감이야. 그래서 살인자의 아궁이에는 불이 꺼지지 않아. 아래 도시는 절대로 위 도시로 올라오지 않지만, 위 도시는 아래 도시로 내려와. 위 도시에 사는 사람들은 내려와서 먹잇감을 찾아 헤매고 훔치며, 공격하고 죽여. 내 말은 목숨을 부지한 사람들이 아래로 내려온다는 뜻이야. 저 위에 있는 사람들은 바로 저기에, 구름과 하늘과 너무나 가까이 있어서, 아래로 내려와 사람들을 죽이기 전에 죽거든. 물론 그렇게 죽은 사람들은 가난하더라도 천국으로 가지 않게 돼. 천국은 아주 가까이 있지만 말이야. 오히려 자유 낙하하면서 골짜기 아래로 떨어져 지옥으로, 지옥 같은 이번 생 다음에 오는 또 다른 지옥으로 가게 돼. 소돔이나 고모라에도, 메데인이나 콜롬비아에도 죄 없는 사람은 없어. 여기에서는 존재하는 모든 사람이 죄가 있고, 번식한다면 더 많은 죄가 있는 거야. 가난한 사람들은 더 가난한 사람들을 만들고, 가난은 더 심한 가난을 만들어. 그리고 더 심한 가난이 있는 곳에 더 많은 살인자가 있고, 더 많은 살인자가 있는 곳에는 더 많은 사람이 죽어. 이것이 메데인의 법인데, 앞으로 전 지구를 지배하게 될 거야. 그러니 잘 적어놓도록 해.

코무나에는 오래전부터 받은 만큼 갚아 주는 전쟁이 존재해. 동네 대 동네, 블록 대 블록, 조직과 조직의 싸움이 일어나고 있어. 그건 전면전, 아다모프[28]가 꿈꾸었던 모두가 모두와 맞선 전쟁이야. 아다모프는 극작가이자 내 친구였는데, 늙어 가난하게, 하지만 파리에서 죽었어. 코무나의 모든 사람은 사형을 선고받은 거나 다름없어. 법이 그들에게 그런 선고를 내린 것일까? 이건 바보 같은 질문이야. 콜롬비아에는 법은 많지만, 제대로 된 법은 없어. 서로가 상대방에게 그런 선고를 내

---

28) 아르튀르 아다모프(Arthur Adamov, 1908~1970). 러시아 태생의 프랑스 극작가. 대표작으로 「침입」, 「크고 작은 책략」 등이 있다.

려. 친척과 친구들에게, 그리고 그들과 가까이 있는 모든 사람에게 사형 선고를 내려. 사형을 선고받은 사람과 함께 있는 사람은 죽은 사람과 진배없어. 그와 함께 죽거든. 인구 통계학적으로 말하자면, 여기서 우리는 그렇게 인구를 조절하고 있어. 내가 사랑하는 콜롬비아에서 죽음은 우리에게 전염병이 되었어. 그게 너무나 심한 나머지 코무나에는 아이들, 그러니까 고 아들만 있어. 그들 부모를 비롯해 모든 젊은 애들은 이미 서로 죽였어. 그럼 늙은이들은? 늙은 것은 산과 하느님뿐이야. 노인들이 죽은 건 언제인지도 모르겠어. 젊었을 때 서로 죽였거든. 서로서로 마체테로 죽이면서 늘그막의 세파에 찌든 얼굴 역시 보지 못했어. 그들이 시골에서 가져온 바로 그 마체테를 사용해서 죽였던 거야. 그들 말에 따르면 '폭력 사태'[29]를 피해 도시로 왔고, 남의 땅에, 훔친 땅에, 그러니까 무단으로 점유한 불법 동네나 침략한 동네처럼 이 코무나들을 세운 것이야. '폭력 사태'를 피해서 나왔다고 하는데…… 새빨간 거짓말이야! 폭력은 그들 안에 있었어. 그들이 마체테와 함께 그걸 가져온 거야. 그들은 자기 자신들을 피해 온 것이었어. 왜 그런지 잠깐 살펴보지. 자, 당신은 박식하고 현명하니 한번 말해 봐. 머리를 자르기 위해서가 아니면, 도시에서 마체테가 무슨 소용이 있지? 이 지구상에는 콜롬비아 농민보다 더 천벌 받을 놈

---

29) 1948년 4월 9일 자유당 대통령 후보 호르헤 엘리에세르 가이탄이 살해되면서 촉발된 보수당과 자유당의 내전. 이 사태로 이후 게릴라가 탄생하고, 이 게릴라는 마약 조직과 연합하는 등 실질적으로 칠십 년 넘게 지속된다.

은 없어. 그보다 더 해롭고 나쁜 짐승은 없어. 낳고 구걸하고, 죽이고 죽고, 그게 바로 그의 초라하고 비천한 운명이야.

염병할 여자의 이 아이들이 낳은 아이들은 마체테를 총과 총신을 짧게 자른 엽총으로, 혹은 불법으로 제작한 무기나 사제 무기로 바꾸었고, 손자들은 그것을 현대화시켰어. 또는 군과 경찰에게서 산 권총으로 바꾸었어. 이들은 국세청에서 관리하는 아과르디엔테를 마시고서 술에 취해 온갖 미친 짓을 다 하다가 바로 그 권총으로 서로 죽였어. 앞서 말한 국세청이 징수하는 주류세로 국가는 교사들에게 월급을 주어 아이들에게 술을 마시지도 말고 죽이지도 말라고 가르치게 해. 이런 모순에 대해서는 내게 묻지 마. 나도 몰라, 내가 이 세상을 만든 게 아니거든. 내가 이 세상에 나왔을 때, 세상은 이미 만들어져 있었어. 그게 삶이야, 파르세로, 정말 문제가 많아. 그래서 나는 다시 반복해서 말하는데, 삶이 이래야 하고 저래야 한다고 강요하지 말아야 해. 태어날 사람은 스스로 알아서 위험을 감수하고 자연 발생적으로 태어나라고 해. 혼자 알아서 말이야. 콜롬비아 정부는 선거를 위태위태하게 치르며 합법적이라고 밝히고, 그 정부를 이끄는 작자는 멍청한 호모이자 무기 제작자이며 증류주 제조업자이고 처벌할 수 없는 헌법을 날조한 주범이며 달러를 세탁하는 사람이고 코카인 부당 이득자이며 세금 강도야. 그래서 콜롬비아 정부는 제일의 범죄자야. 그건 우리를 갉아먹으며 조금씩 죽이는 암이야.

그래, 그렇지, 메데인은 하나의 도시이면서 두 개야. 그들은 위에서 우리를 보고, 우리는 아래서부터 그들을 보지. 특히 가로등이 더 환하게 비추고 우리가 그런 불빛의 초점이 되는 날씨가 좋은 밤이면 더욱 그래. 나는 아래 도시를 계속해서 메데인으로 부르자고, 그리고 별칭인 '메다요'는 위 도시에 남겨두자고 제안해. 우리는 둘이기 때문에 두 이름으로 부르는 게 좋아. 아니, 우리는 하나지만 두 개로 나뉜 영혼일 수도 있어. 그럼 메다요가 메데인과 어떤 점에서 다르지? 아무것도 다르지 않아. 산기슭을 파서 만든 높은 땅에 축구장이 있다는 거야. 전경이 아주 좋거나 혹은 우리가 아주 멋지게 보이는 곳이지. 거기서 더는 살인이나 섹스를 생각하지 않도록 매일 축구를 하고 피로에 지쳐 잠자리에 들어. 그렇게 하면 성질 까탈스러운 살인자들의 계곡이 조금 덜 시끄러워지는지 보고 싶어.

코무나는 너무나 추하기에 아름답게 보이기까지 해. 짓다가 멈춘 이층집과 또 다른 이층집과 또 다른 집들이 서로 뒤엉켜 있거나 맞대고 있어. 그런 집의 2층은 항상 '내일' 완성된다는 단계에 있어. 그러니까 결코 현재가 아니라 항상 미래형이야. 마치 모세가 지팡이로 바위를 때리자 물이 솟아나는 것처럼, 거기서 아이들과 또 다른 아이들이 나오고 또 나와. 그런데 갑자기 아이들 웃음소리 위로 기관총 소리가 노래해. 따-따-따-따-따…… 그건 프리마돈나고, 미니 우지 기관총이야. 알렉시스는 그 기관총의 총알로 공기를 꿰매면서, 광기의 아리아를 부르는 꿈을 꾸었어. 위 도시의 아이들은 아래 도시의 아이들과 총싸움을 하고, 옆 동네 아이들은 또 다른 옆 동네 아이들과 싸우고, 몇몇 조직은 다른 조직과 싸워. 맙소사, 그 총소리는 정말 끝내줘. 성수를 뿌리는 것처럼, 납 탄알이 비

오듯이 쏟아져. 그러면 '인형'들은 쓰러지고, 그런 동안 산토 도밍고 사비오 성당과 후덥지근한 아침 위로 죽음의 여신이 내뿜는 차갑고 시원한 돌풍이 불어와. 산토 도밍고 사비오는 성스러운 것이라고는 성스러움을 뜻하는 '산토'라는 단어밖에 없는 동네야. 그건 정말로 살인자들의 동네야. 그러고 나면 검찰청 요원들이 와서 시체를 치우고, 그런 다음에는 아무 일도 없었다는 듯이 조용해. 산 사람들은 계속 그렇게 살아가고, 그러다가 다음 총격전이 벌어져야 비로소 권태에서 깨어나.

그들에게 적을 남겨 두는 것 이외에도, 그들의 죽은 부모들과 형제들과 친구들은 각자 코무나에서 스스로 자기의 것을 얻어. 그리고 그가 살해되면, 그의 것과 그가 물려받은 것을 더해서 그의 아이들과 형제들과 친구들에게 대물림돼. 그건 피의 유산, 즉 범람한 강이야. 코무나는 이 증오와 원한의 엉킨 실타래를 풀면서 비로소 이해될 수 있어. 그러나 그건 불가능하며 소용도 없는 일이야. 나는 이 문제에 대한 그 어떤 해결책이나 구제책도 없다고 생각해. 알렉산드로스 대왕이 단칼에 고르디우스의 매듭을 끊어버렸듯이 모조리 없애버리고 처형장을 만드는 수밖에 없어. 처형장은 흰 페인트를 바른 아주 긴 벽인데, 거기에는 크고 까만 글씨로 '우로살리나(Urosalina)'를 광고하고 있어. 내가 어렸을 때 라디오는 간과 신장의 특효라는 그 기적의 약을 아주 빠른 속도로 '우-에레-오-에세-아-엘레-이-에네-오'라고 한 글자 한 글자 읽어 주었어. 우로살리나! 그 벽 앞에서 범죄자들은 쓰러졌고, 그 위로 독수리들이 내려앉았어.

그런데 나는 코무나에 올라가 보지도 않았는데 어떻게 그 토록 많이 알고 있을까? 이봐, 그건 아주 쉬운 일이야. 신학자들이 하느님을 보지 않고도 아는 것과 마찬가지야. 그리고 어부들은 해변까지 밀려오는 성난 파도를 보고서 바다 상태를 알아. 게다가 어느 날 오후 택시를 탔는데, 내게 엄청난 바가지를 씌웠어. 목숨은 하나밖에 없고 자기는 아이들이 다섯 명이나 된다고 말했던 놈이지. 그는 나를 저 위에, 그러니까 산토 도밍고 사비오나 비야 델 소코로에 내려주었어. 아니 포폴라르인지 그라니살인지, 아니면 에스페란사인지 모르겠어. 어쨌든 될 대로 되라는 식으로, 나를 청부 살인자들이 득실거리는 그런 곳 중 하나에 내려 주었어. 나는 알렉시스 어머니를 찾고, 내친김에 그를 죽인 살인자도 찾으려고 위로 올라갔어. 올라가면서 나는 '그라네로'를 보았어. 그건 바나나와 카사바를 파는 곳인데 쇠창살이 쳐져 있었어. 그런데 그건 가난을 훔쳐 가지 말라는 것일까? 나는 절벽 위로 비어져 나온 축구장을 보았어. 그리고 미로와 같은 거리를 보았고, 깎아지른 듯한 계단을 보았어. 그리고 아래로는 다른 도시를, 골짜기에서는 시끄러운 도시를…… 산에서, 그러니까 아주 높이 있는 뒷골목에서 나는 집을 찾아냈어. 문을 두드렸어. 그녀가 양팔에 한 아이를 안고서 문을 열었어. 그리고 나를 집 안으로 들어오라고 했어. 몇 살 되지 않은 다른 두 어린애가 이 삶으로, 그리고 흙바닥 위로 기어 다녔어. 나는 내 또래의 가난한 여자, 혹은 우리 집에 있었던 하녀, 그러니까 내가 떠올리고 있던 그 하녀와 비슷한 여자를 생각했어. 물론 오래전의 그 여자는 나이로 볼 때 우리 어머니뻘이 될 수도 있었지. 그러나 내 앞에 있는 여자는 그렇지 않았어. 그녀는 내 딸도 될 수 있는 나이였어. 게다가 우리 집의 그 하녀가 세상을 떠난 건 아주 옛날이었어! 시간의 나락 위로 사람들과 그들의 운명은 반복되는 것일까? 그렇든 말든 아무 상관 없었어. 이 불쌍한 여자에게서도, 그리고 그녀의 아이에게서도 나는 알렉시스의 특징을 하나도 알아볼 수 없었어. 하나도, 정말 그의 광채를 하나도 찾아볼 수 없었어. 기적은 그런 거야, 이 조롱꾼들아. 우리는 거의 말하지 않았어. 그녀는 내게 현재의 남편, 그러니까 이 아이들의 아버지가 자기를 버렸다고 말했어. 그리고 다른 남편, 즉 알렉시스의 아버지 역시 살해되었다고 했어. 알렉시스를 죽인 젊은 애에 관해서는 도시 외곽에 있는 산타 크루스 코무나의 프란시아 동네 출신이며, 사람들은 그를 '블루 라군'이라고 부른다고 알려주었어. 그녀는 그 살인자를 보지도 못했고, 나는 그가 총을 쏘는 것을 보았는데도, 그녀가 나보다 더 잘 알고 있었어. 하지만 그런 것에 너무 놀랄 필요는 없어. 코무나에서는 모든 게 다 알려지거든. 그러니 당신이 볼리바르 공원에서 살해되더라도(오 주님, 그런 일은 없게 해주소서), 당신이 몇 킬로미터 떨어진 저 아래에서 죽자마자 몇 킬로미터 떨어진 이 위에서는 이미 그걸 축하하거나 아니면 슬퍼할 것이라고 확신해도 좋아. 나는 그녀, 그녀의 아이들, 버려진 개들, 그리고 나 자신과 이 삶의 불행과 재난을 피하면서 살아가는 우리가 모두 불쌍하게 여겨졌어. 나는 그녀에게 약간의 돈을 쥐여 주고 작별 인사를 하고는 그곳에서 나왔어. 내려오기 시작했을 때, 비가 올 거라는 징조도 없고 그 어떤 분노(누 군가가 이런 분노를 휘저으며 선동할 이유가 있을까?)도 보이지 않 았는데, 갑자기 소나기가 쏟아졌어.

당신이 모를 것 같기에, 당신이 여기서 태어나서 자라지 않 았다면 모를 것이기에, 당신에게 설명해주고 싶은 게 있어. 메 데인에 비가 내린다는 건, 누군가를 죽이려고 한다는 의미야. 절충하거나 어중간하지 않게, 완전히 철저하고 신중하게 살인 은 이루어져. 이곳에서는 죽여야 할 사람을 살려 두지 않아. 그러면 죽여야 할 사람이 죽일 사람을 알게 되고, 결국 죽일 사람이 죽어야만 하기 때문이야. 그건 한 개인에게는 아주 심 각하고 중대한 문제이지만, 일반적으로 다른 사람들은 크게 안심하게 돼. 그래서 종합 병원에 들어오는 사람들, 산 비센테 데 파울 병원, 그러니까 우리 야전 병원의 응급실 병동에 오 는 사람들은 그들의 심장을 꿰매야 해. 우리를 위에서 바라보 는 천국은 이곳 아래의 기독교인들처럼 분노하며 살고 있고, 이 미친 하늘이 비를 쏟아부으면 격렬하게 미친 듯한 호우가 내리는 거야. 세차게 돌진하는 개울 물은 미친 듯이 우르르 도 망치는 염소들처럼 콘크리트 계단에 물을 튀겼고, 가파른 거 리로 흘러 강과 합쳐졌어. 강물은 소용돌이치고 굉음을 내며 흘러 걸리적거리는 것은 모두 세차게 밀쳐 넘어뜨렸어. 나는 강물이 나를 휩쓸지 않고 지나가도록 한쪽으로 비켜섰어. 우 리는 같은 방향으로, 그러니까 아래쪽으로 가고 있었지만 난 전혀 급하지 않았어. 위에서 발광한 미친 강물이 분노로 마구 밀치고 나아갔지만, 코무나의 황량한 거리에는 아무도, 단 한 명의 살인자도 없었어. 허름하고 보잘것없고 옹색한 집이 많았지만, 그 어떤 집에도 처마는 없어서 나는 비를 피할 수 없었어. 위험으로부터 각자 알아서 목숨을 구하라는 식의 이기주의에 기초해서 세운 집들이었어. 나는 내가 태어났던 옛 메데인의 보스턴 동네가 그리웠어. 커다란 처마가 있는 당당하고 훌륭한 집들이 있는 곳이었어. 그래서 비가 오면 미사를 가던 우리 동네 사람들은 처마 아래서 비가 멎기를 기다렸어.

늙은이가 젊은 애를 죽이는 게 온당치 않다고 생각하지? 물론 그건 당연한 생각이야. 늙어서 하는 모든 건 타당치 않아. 죽이거나 웃거나 섹스하거나 무엇보다도 계속 살아가는 건 부적절한 행위야. 죽는 것을 제외하고 늙어서 하는 모든 건 부적절해. 늙음은 부끄럽고 천하며, 꼴사납고 혐오스러우며, 파렴치하고 구역질 나. 늙은이들은 죽을 권리 말고는 아무 권리도 없어. 나는 칙칙한 파란 연못으로 빠지고 있었어. 그건 이름이 파랗다는 뜻이지. 실제 연못의 물은 초록색으로, 그 색은 언제든지 바뀌었어. 그 질퍽질퍽한 영혼은 이끼와 끈적끈적한 수초에 뒤엉켜서 나를 바닥으로 끌어당겼어. 해초들은 초록색 독을 뿜어내고 있었는데, 그것이 바로 파란 연못의 이름과는 다른 색깔을 띠게 한 것이었어. 그런데 누가 내가 그를 죽일 거라고 말했을까? 그래서 여기에 청부 살인자들이 있는 거야. 그들은 창녀들처럼 돈을 주면 무슨 일이든 하는 사람들이야. 그리고 그들에게 돈을 줄 수 있는 사람들은 그들을 고용하면 되는 거야. 그들은 피를 보든 아니든, 받을 수 없는 빚을 받아 주는 사람들이야. 그들 공임은 배관공보다도 더

싸. 그게 바로 우리가 이 재앙의 장면에 남아 있는 마지막 이 점이야. 코무나에는 계속 비가 내렸고, 그곳의 거리는 피의 강이 되어 넘쳐흐르는 물을 아래로 흘려보내면서 모든 우리 악의 소굴인 파란 연못을 붉은색으로 물들였고, 나는 아무 가구도 없고 영혼도 없는 내 황량한 아파트에서 혼자 외롭게 죽어가면서, 종합 병원 의사들이 내 불쌍한 콜롬비아의 심장을 최선을 다해 여는 실로라도 잘 꿰매게 해달라고 기도했어. 그러고는 병원장이 있는 곳으로 들어갔고, 사방에서 고용된 살인자들, 그러니까 청부 살인자들이 와서 이 나라를 결딴내려고 하니 병원 문을 닫으라고 지시해달라고 부탁했어. 그런 다음 나는 알렉시스와 함께 시내 중심가로 가고 있었어. 멀리서 시내 중심가를 뒤덮은 환각적인 안개의 바다 위로 성 안토니오 성당의 높게 솟은 둥근 지붕이 둥둥 떠다녔어. 우리는 그쪽을 향해 갔지만, 두꺼운 안개층을 찢으면서 앞으로 나아가야 했어. 그래야 그 안개층을 지날 수 있었거든. 우리는 성당으로 들어갔는데, 들어가서 보니 공원묘지였어. 무덤 뒤로 또무덤이, 그리고 그 무덤 뒤로 또 다른 이끼 덮인 무덤들이 줄지어 있었어. 난 혼자 죽어 가고 있었어. 나한테 커피 한 잔 갖다줄 사람도 없었고, 삼인칭으로 내 말을 증언해 줄 소설가도 없었어. 미쳐버린 자손들에게 종이와 펜으로, 그리고 지워지지 않는 잉크로 내가 말했거나 말하지 않은 걸 적어줄 사람도 없었던 거야. 어느 날 아침 나는 테라스와 발코니를 물밀듯이 들어오던 햇살 때문에 잠에서 깼어. 해가 나를 부르고 있었어. 그러자 다시 한번 나는 순순히 비굴하게 하늘의 부름에 귀를 기울이면서 그냥 속아보기로 했어. 나는 일어나 목욕하고서 면도를 했고 거리로 나갔어. 나는 산 후안 대로를 통해 아메리카 동네의 공원으로 가면서, 라디오가 켜져 있던 어느 카페테리아에서 커피를 마셨어. 몇 달이나 지났을까? 아니 몇 년이 흘렀을까? 아니 몇 주가 지났을 수도 있었어. 똑같은 대통령이 계속 권력을 잡고 있었거든. 수다스럽고 말 많은 그 앵무새가 쉰 목소리로 똑같은 발림말을, 그러니까 그에게 써준 거짓말을 읽고 있었어. 시간이 멈춘 것처럼, 그는 똑같이 반복했어. 실없는 소리를 지절대던 그가 재방송 같은 연설을 끝내자, 라디오는 즐겁고 기분 좋게 따뜻한 아침 커피를 마신 듯이 기운을 차리고서 전날 밤의 뉴스와 사망자 수를 우리에게 전했어. 전날 밤에는 그토록 많은 사람이 죽지는 않았다고…… 그렇게 삶은 계속되고 있었어.

성 요한 보스코는 말했어. "믿음을 가져라, 그러면 기적이 무엇인지 보게 될 것이다." 실제로 아메리카 성당은 열려 있었어. 나는 들어갔고, 첫 번째 제대인 십자가에서 내려진 그리스도의 제단에 무릎을 꿇고서 전능하신 분에게 내게 죽음의 여신을 보내지 않으셨으니 알렉시스를 되돌려 달라고 기도했어. 모든 것을 아시고, 모든 걸 보시고, 모든 걸 하실 수 있는 그분에게. 제대에서 검은 옷을 입고 성당을 내려다보면서 수수하고 값싼 금도금 금속 조각의 후광을 받은 고통의 성모는 나를 바라보고 있었어. 성당에는 아무도 없었어. 남는 지폐를 아궁이에 태우는 청부 살인자의 삶보다 더 텅 비어 있었어.

적의와 증오의 나쁜 피, 나쁜 종족, 나쁜 기질, 나쁜 법, 원주민과 흑인과 피를 섞은 스페인 사람의 혼혈보다 더 나쁜 혼혈이나 혼합은 없어. 그건 실패로 점철된 뒤처진 사람들을 만들어. 다시 말해서, 작은 원숭이, 유인원, 꼬리 없는 원숭이, 꼬리말이 원숭이가 태어나. 그래서 그런 혼혈 때문에 다시 나무로 올라가 사는 거지. 하지만 아니야. 여기서 그들은 두 다리로 계속 거리를 걸어 다니면서 시내를 가득 메워. 거칠고 난폭한 스페인 사람들, 교활한 원주민들, 불길한 흑인들, 그들을 교접의 도가니에 넣고 모두 섞으면, 이 모든 것이 교황의 축복과 더불어 어떤 폭발이 일어나는지 보게 될 거야. 속임수에 능하고 이기적이며, 시샘하고 게으르며, 역겹고 거짓말을 잘하며, 믿을 수 없고 도둑질을 일삼으며, 흉악하고 방화를 일삼는 인간쓰레기들이 나와. 그것이, 그러니까 문란한 난교의 결과가 바로 스페인의 작품이야. 그게 바로 그들이 금을 갖고 꺼지면서 우리에게 남겨준 거야. 그리고 성직자와 문인을 중시하는 정신, 즉 이름을 쓰고 도장을 찍은 종이의 관료적 정신과 향을 중시하는 광신적인 정신도 남겨주었어. 반역자들과 독립을 꾀한 사람들, 군주를 배신한 인간들, 나중에 이 염병할 놈들 모두가 대통령이 되려고 생각했어, 개자식들. 볼리바르의 옥좌에 앉는 순간 그들은 엉덩이가 뜨거워져 지시를 내리고 돈을 훔치기 시작해. 그래서 청부 살인자들이 그런 후보 중의 하나를 비행기 안이나 연단에서 쓰러뜨리면, 내 마음은 너무나 행복해하면서 방울 소리를 내.

그 뒤처진 인간들, 그러니까 두 발 원숭이들 사이로 팔라세 거리를 가면서 나는 알렉시스를 생각했고, 그를 위해 눈물을 흘리다가 그만 어느 젊은 애와 쾅 부딪치고 말았어. 우리는 서로 모른다고 생각하고서 인사했어. 그런데 어디서 봤더라? 시계로 가득한 아파트였나? 아니야. 그럼 텔레비전에서 봤을까? 그것도 아니었어. 그와 나는 텔레비전 프로그램에 출연한 적이 한 번도 없었거든. 그러니까 사실상 우리는 존재하지 않았어. 나는 그에게 어디로 가느냐고 물었고, 그는 내게 특별히 가는 곳은 없다고 대답했어. 나 역시 마찬가지였기에, 우리는 상대방의 계획을 방해하지 않고서 함께 갈 수 있었어. 마라카이보 거리로 무작정 걸으면서, 후닌 거리로 접어들었어. '살론 베르사예스' 앞을 지나면서 나는 며칠 동안 아무것도 먹지 않았다는 것을 떠올렸고, 그래서 그 젊은 애에게 점심을 먹었냐고 물었어. 그는 그렇다고, 하지만 그저께 먹었다고 대답했어. 그러자 나는 이틀간 금식한 애에게 점심을 먹자고 말했어. 금식한 우리 두 사람이 점심을 먹는 동안, 나는 그의 이름을 물었어. 난 분위기를 바꾸려고 혹시 타이손 알렉산더 아니냐고 물었어. 그는 아니라고 말했어. 그럼 에이손? 그것 역시 아니었어. 그렇다면 윌페르? 그것도 아니었어. 그럼 윌마르? 그는 웃으면서 말했어. 어떻게 알아맞혔어요? 하지만 그건 내가 예지력이 있기 때문이 아니었어. 그냥 그런 이름들이 그 또래의 아이들, 그러니까 아직 살아 있는 젊은 애들에게 유행했기 때문이었어. 나는 그에게 종이 냅킨에 그가 이번 삶에서 무엇을 바라는지 적어보라고 했어. 그는 삐뚤삐뚤한 글씨로, 내 볼펜으로 썼어. 리복 테니스화 몇 켤레와 파코 라반 청바지 몇 벌이었어. 그리고 오션퍼시픽 셔츠와 캘빈클라인 속옷이었어. 또

혼다 모터사이클과 마쓰다 지프, 시디 플레이어와 자기 어머니에게 줄 냉장고 하나였어. 상표가 월풀인 그 커다란 냉장고 중 하나, 가볍게 누르기만 하면 각얼음이 줄줄 나오는 냉장고를…… 나는 자비롭게 옷은 그를 더 아름답게 하는 게 아니라 오히려 그의 아름다움을 감소시킨다고 그에게 설명했어. 그리고 모터사이클은 그에게 청부 살인자의 지위를 주고, 지프는 마약 밀매상 혹은 마약 조직원 같은 더럽고 저급한 인간쓰레기라는 걸 보여줄 뿐이라고 말했어. 그리고 오디오는 왜 필요하냐고 물었어. 우리가 안에 갖고 다니는 소리만 해도 시끄러운데 뭐하러 밖의 소리까지 원하는 거지? 그리고 냉장고 안에 넣을 것도 없을 텐데, 냉장고가 왜 필요해? 거기에 공기를 넣을 참이야? 아니면 시체를? 그러니 수프나 먹고 헛된 꿈은 잊어버리라고 말했어……. 그는 웃더니 종이 냅킨 뒷면에 내가 이 삶에서 바라는 것은 무엇인지 적어보라고 말했어. 나는 '아무것도 없음'이라고 쓰려고 했지만, 내 생각과는 달리 그의 이름을 쓰고 있었어. 그걸 읽자 그는 웃었고, 어깨를 으쓱했어. 그건 모든 걸 약속하거나 아무것도 약속하지 않는 몸짓이었어. 난 그에게 윌마르라는 이름에서 '윌'을 힘주어 발음해야 하는지, 아니면 '마'를 힘주어 발음해야 하는지 물었어. 그러자 그는 아무렇게나 말해도 상관없다고, 내가 하고 싶은 대로 하라고 말했어.

"좋아, 그럼 그렇게 하지."

우리는 '살롱 베르사예스'를 나왔어. 제기랄, 거긴 붙박이 조명등조차 베르사유와는 닮은 게 하나도 없어. 우리는 후닌 거리로 들어서서 정처 없이 아래쪽으로 걸어갔는데, 갑자기 비가 내리기 시작했어. 우리는 성 안토니오 성당 앞에 있었는데, 내가 한 번도 들어가 본 적이 없는 곳이었어. 아니면 들어 갔었나? 혹시 알렉시스와 함께 꿈속에서 안개 덮인 공원묘지가 되어 버린 그 성당을 본 것은 아니었을까? 나는 알렉시스에게, 아니 미안해, 윌마르에게 들어가자고 말했어. 성당에는 두 개의 입구가 있었어. 하나는 정면의 돔 지붕 아래에 있었고, 다른 하나는 종탑 쪽에 있었어. 우리는 돔 지붕 아래의 입구로 들어갔어. 주랑 현관 계단을 올라가면, 그러니까 고딕식의 둥근 천장 아래로, 다시 말해서 성당 안으로 들어가기 전에 오른쪽으로 커다란 봉안당이 보여. 비탄에 젖은 영혼들의 속삭임이 영원한 시간의 안개를 찢고 있었어. 물론 그건 내 망상 속의 묘지야! 우리는 성당 안으로 들어갔고 나는 위를 쳐다보았어. 안에서 높은 돔 지붕을 본 건 그때가 처음이었어. 나는 메데인 중심가에 우뚝 솟은 높은 돔 지붕을 평생 밖에서만 보았거든. 모든 건 때가 되면 오는 법이야. 심지어 죽음도 그래. 무정하게 돌아가는 운명의 수레바퀴가 비를 핑계로 나를 속이면서 성 안토니오 데 파두아 성당, 그러니까 미친 자들의 성당으로 데려왔던 거야. 난 내가 미쳤다고 말하는 게 아니야, 난 내가 어디에 있는지 알거든. 나는 그들에 대해, 즉 그곳에 상주하는 사람들에 대해 말하는 거야. 그들은 미친 거지들인데, 근처의 입체 교차로 다리 아래서, 즉 바깥에서 잠을 자. 그들은 추위가 심해지면 동틀 녘에 와서 새벽 미사에 참석해 주님에게 기도해. 성 안토니오를 사랑하는 마음으로 약간의 온기를 달라고, 동정을 베풀어 달라고, 그리고 바수코를 달라고 부탁해. 성당 안에서 그리스도는 높은 돔 지붕에 걸려 있어. 인간의 비참함과 시간의 부침 위로 공중에 매달려 있어. 중세 그림의 도망친 사람들처럼 몇몇 프란치스코회 사제들이 슬그머니 성당과 그 안의 환각적 현실을 가로질렀어. 윌마르와 나는 종탑 현관으로 나갔고, 나는 우리가 안개의 바다에 가라앉을 거라고 생각했지만, 아니었어. 비로 갓 씻겨 아주 맑았어. "도무스 데이 포르타 코엘리."[30]라고 나는 탑의 정면에 있는 멈춘 시계 아래에서 읽었어. 나는 눈을 낮춰 성당 옆에 있는 사제관을 보았어. 옛날 메데인에 있었던 크고 오래된 집이었어. 처마가 있는 이층집이었지. 어제와 오늘, 그리고 영원히 비를 피하게 해줄 자비로운 처마가.

젊었을 때 미신 같은 내 믿음이 내가 성 안토니오 성당에 들어가는 날은 나의 마지막 날이 될 거라고 말해 주었어. 근데 헛소리야! 나는 여기에 아직 살아 있어. 게다가 내가 죽었다면, 미신 같은 내 믿음은 나를 나무라면서, "내가 경고했잖아, 너한테 이미 말해 주었어."라고 말할 수 없었을 거야. 죽은 사람들은 보지 못하고 듣지 못하며 이해하지 못해. 그들은 자기들에게 경고했는지 아닌지 따위는 하나도 관심 없어.

"이게 뭐예요!" 윌마르는 내 아파트를 보면서 소리쳤어.

"여기에는 텔레비전도 없고 오디오도 없어요!"

내가 음악 없이 어떻게 살 수 있었느냐고? 나는 그에게 무

---

30) '주님의 집, 천국의 문.'이라는 뜻이다.

덤과도 같은 침묵을 연습하고 있다고 설명했어.

"그럼 전화는요? 끊어졌어요?"

"그래, 맞아. 물과 전기도 끊어졌어. 일반적으로 제대로 들어오지 않거든. 내가 가장 필요로 할 때면 끊어져."

애야, 그건 머피의 법칙이었어. 가장 확실한 법은 이렇게 밝히고 있어. 이 삶에서 유일하게 확실한 건 매달 빠짐없이 전기, 수도, 전화 고지서가 오는 거라고. 그러자 윌마르는 바닥에 무릎을 꿇고서 드라이버 대신 부엌칼을 사용해서 전화기를 연결했어. 전화기를 연결하자마자 그 빌어먹을 기계가 울렸어. 나는 급히 그 괴물 같은 기계로 몸을 던졌어. 누군가가 내게 전화할 수도 있다는 사실에 놀랐던 거지. 누구였을까? 아무도 아니었어. 전화를 잘못 건 어느 바보가 여기서 피마자를 사느냐고 물었어. 나는 그렇다고 대답했어. 그러자 그는 하나에 얼마나 주느냐고 물었어. 나는 그에게 얼마에 파느냐고 물었어. 그는 묶음에 얼마라고 답했어. 나는 그 가격의 반을 제안했어. 나는 조금씩 올렸고, 그는 조금씩 내리면서, 마침내 우리는 같은 가격에 이르렀고, 나는 그에게 스무 묶음을 샀어. 그런데 그가 어디로 배달했을까? 내 창고였어. 내가 지금 통화하고 있는 보급 창고로 보내라고 했어. 그리고 모모 씨를 찾는다고 하면 된다고 했어. 나는 그에게 재무부 장관 이름을 주었어. 그는 내게 삼십 분 후에 틀림없이 트럭을 빌려 스무 묶음을 가져다주겠다고 약속했어. 그는 전화를 끊었고, 나도 끊었어. 윌마르는 무슨 영문인지 몰라서 내게 왜 피마자를 사느냐고 물었어. 난 기름을 만들기 위해서라고 대답했어. 그는 내가 피마

자기름 공장을 갖고 있다고 확신했어.

또다시 말하는데, 가난한 사람 앞에서는 절대로 돈을 세지 말아야 해. 그래서 나는 여러분에게 우리가 잠들기 전에 일어났던 일을 말하고 싶지 않아. 두 가지만 알아도 충분할 거야. 하나는 가슴에 걸고 있는 성모의 스카풀라 때문에 그의 아름다운 나체는 더욱 멋져 보였어. 그리고 그가 옷을 벗자 권총 한 자루가 떨어졌어.

"이 권총은 뭐야?" 나는 아무것도 모르는 순진한 사람인 척하면서 물었어.

무슨 일이 생길지 몰라서요. 그래, 멍청한 질문이었어. 권총은 도움이 될 수 있도록 갖고 다니는 거니까. 그리고 나는 내 수호천사를 껴안고서 잠들었어. 하지만 잠들어 그와 분리되기 전에, 나는 불길한 예감, 즉 숙명론에 사로잡혔고, 그래서 다음날 아침 신문의 선정적인 머리기사를 생각하게 되었어. '유명 문법 학자, 그의 수호천사에게 살해되다'라는 제목이 커다란 빨간 글씨로 1면에 실려 있었어. 그러고는 깊이 생각하고서 메데인에서 발행하는 두 신문은 진지하고 성실하다고, 그것은 보고타의 선정적인 싸구려 신문과 같지 않다고 혼잣말로 중얼댔어. 심지어 폭력 사건들은 최근에 1단 기사로 축소되었어. 메데인에서 살해된 희생자들에 대해 말하는 것은 억수처럼 쏟아지는 폭우에 대해 말하거나 한여름에 "더워서 시뻘겋게 익고 있어."라고 말하는 것과 같은 것일까? 너무나 당연한 걸 뉴스처럼 전하는 것은 아닐까? 아니야, 우리는 아직 약간의 품위와 체면은 갖고 있어. 그리고 난 미래를, 다른 사람의 미래를 믿었어. 그건 내 미래는 어렸을 때부터 너무나 잘 알고 있었던 것과 마찬가지로, 거기서, 그러니까 내가 성 안토니오 성당을 갔던 날 끝났기 때문이야. 이 우울하고 외롭고 낙천적인 글을 쓰고서 나는 잠들었어.

화요일이 밝았어. 나는 아직 살아 있었고, 그는 나를 꼭 껴안고 있었어. 화창한 아침이었어.

"무슨 요일이에요?"라고 물으면서 천사는 눈을 떴어.

"화요일이야." 나는 대답했어.

그러자 도움의 성모가 있는 사바네타 성당으로 가자고 제안했어.

나는 물었어. "뭣 때문에 가는 거야? 감사를 드리기 위해서야, 아니면 부탁하기 위해서야?"

그는 두 가지 모두를 원했어. 가난한 사람들은 그래. 계속 부탁할 수 있도록 감사하는 거야.

사바네타 성당에는 이상할 정도로 신자들이 없었어. 그래서 거의 활기를 잃고 김빠져 있었어. 광장은 한가했어. 버스가 붐비지도 않았고, 순례자들이 서로 밀치지도 않았어. 도움의 성모 인쇄물과 봉헌물을 파는 노점에는 손님이 한 명도 없었어. 무슨 일이 일어난 걸까? 새롭고 신기한 것만 찾아다니는 이 종족이 성모님에게서도 발길을 돌린 것일까? 축구 때문일까? 두 다리를 움직여 얻는 기적 말고는 이제 다른 기적은 믿지 않는 것일까? 우리는 성당 안으로 들어갔어. 거의 텅 비어있었어. 돈 없는 노인들 몇 명이 전부였어. 청부 살인자는 한명도 없었어. 맙소사, 이것 역시 끝났어, 모든 것처럼 말이야!

나는 성모 앞에 무릎을 꿇고 말했어.

"아, 우리의 성모님, 제가 어렸을 때부터 사랑한 도움의 성모님, 이 개자식들이 당신을 버리고 당신에게 등을 돌리고서 더는 돌아오지 않을 때, 제게 의지하소서, 제가 여기에 있나이다. 제가 살아 있는 동안에는 돌아오겠나이다."

그런데 알렉시스는, 미안, 윌마르는 성모님에게 무엇을 감사하고 있는 것일까? 무엇을 달라고 하는 것일까? 옷, 재산, 당장 갖고 싶은 것, 미니 우지일까? 나는 그날 그를 행복하게 해주겠다고, 성모님의 이름으로 그가 원하는 것을 주겠다고 다짐했어.

우리는 사바네타 성당을 나와 내가 어릴 적에 주로 다녔던 오래된 도로로 걷고, 또 걷고, 또 걸으면서, 내가 행복했던 시절처럼 즐겁게 대화했어. 윌마르는 내게 왜 공장을 갖고 있는데도 차도 없이 가난한 사람처럼 걸어 다니는 거냐고 물었어. 난 그에게 내게 최대의 모욕은 도둑맞는 거라고, 그래서 차가 없는 거라고, 차를 보살피면서 사는 것보다 그냥 걸어 다니며 사는 게 천 배는 더 좋다고 설명했어. 그리고 공장과 관련해서 말하자면, 그는 어떻게 그런 이상한 생각을 품게 된 것일까? 내가 가난한 사람들에게 일자리를 주려고 그랬다고 생각할까? 그건 절대 아니야! 그들을 낳은 어머니나 그렇게 하라고 해. 노동자는 주인을 착취하는 사람이야. 부당한 사람이며, 유한계급이고 게으름뱅이야. 그들이 원하는 건 힘든 일은 다른 사람이 하는 것이고, 그 다른 사람이 기계를 수입하고 세금을 내며, 불을 끄라는 거야. 그런 동안 착취당한 사람이라는 그들은 불알이나 긁적이거나, 파업을 선언하고 휴가를 떠나는 거야. 나는 한 번도 그 게으름뱅이들이 일하는 걸 본 적이 없어. 그들은 축구를 하거나 라디오로 축구 중계를 들으면서, 혹은 아침마다 《엘 콜롬비아노》에서 축구 소식을 읽으면서 온종일 보내. 그리고 노동조합을 만들기도 해. 그리고 그 개자식들이 피곤한 몸으로, 피로에 절어서, 직장에서 기진맥진해서 집으로 돌아오면, 그다음에 곧장 교접하러 가고, 아내들을 임신시키면서, 아이들에게는 불어 터진 국수와 공기만 먹여. 내가 가난한 사람들을 착취한다고? 그렇다고 말하면 다이너마이트로 모두 박살 내야 해! 나는 계급 투쟁을 끝내려면 이런 사회의 해충들을 훈증 소독해서 죽여야 한다고 생각해. 그게 내 방식이야. 그럼 노동자들이 나를 착취한다면? 내 얼굴이 분노로 시뻘게지기 시작했을 때, 우리는 '봄바이' 앞을 지났어. 내가 어렸을 때의 '가솔린펌프', 즉 주유소였는데 동시에 술집이기도 했지. 기억이 마치 이슬을 머금은 상쾌하고 시원한 산들바람처럼 부드럽게 내 머릿속에 감돌기 시작했고, 내 분노의 불길을 껐어. '봄바이', 정말로 끝내주는 곳이었어! 밖은 소박한 주유소였고 안은 술집이었어. 하지만 멋진 술집이었어! 하루살이와 나방이 날아다니는 시끄럽고 떠들썩한 밤이면, 그곳에서는 콜맨 램프의 불빛을 받고 아과르디엔테와 정치적 열정으로 흥분한 보수당원들과 자유당원들이 마체테로 서로서로 죽였어. 사상 차이로 그렇게 했지만, 그게 무슨 사상이었는지 나는 결코 알지 못했어. 하지만 정말 멋졌어! 그리고 지나간 것에 대한 향수, 내가 경험하고 꿈꿔온 것에 대한 향수가 내 험

상긋은 얼굴을 누그러뜨렸어. 현재 '봄바이'의 폐허 위로, 과거의 건물 위로 떠다니다가 솜털 구름 속에서 안개 낀 하늘을 찢으면서 나는 어린 시절로 뒷걸음질 쳤고, 마침내 다시 아이로 돌아갔고, 다시 해가 떴고, 어느 날 오후 그 도로 아래에서 내 형제들과 뛰어다니는 내 모습을 보았어. 행복한 모습으로 아무 걱정 없이 우리 인생의 즐거운 시간을 허비했고, 우리는 풍등을 쫓아가면서 '봄바이' 앞을 지나갔어. 술집 축음기의 두꺼운 바늘 아래로 직직거리며 레코드가 돌아가고 있었어. "나를 떠나간 사랑, 나를 잊은 또 다른 사랑, 난 괴로워하며 세상을 돌아다니네. 내 사랑이여, 누가 당신에게 달콤한 말을 속삭일까, 자기 둥지를 잃어버린 불쌍한 내 사랑, 쉴 곳을 못 찾고 아주 외롭게 홀로 가네. 걷고 또 걷네. 이제 어둠이 내리기 시작하고 오후는 모습을 감추기 시작하네……." 그리고 눈은 눈물로 축축하게 적셔지면서, 나는 '봄바이'를 영원히 뒤로 남겨두었고, 상처 난 내 마음에는 다시 그 「사랑의 오솔길」이란 노래가 힘차게 울리기 시작했어. 어린 시절의 그날 오후에 그 술집에서 처음으로 들은 노래였어. 그런데 바로 그 도로로 알렉시스와 함께 돌아왔고, 절망 속에서 순간순간 우리의 불가능한 사랑을 써 버린 게 언제였는지 생각하면서……. 윌마르는 이해할 수 없었고, 믿을 수도 없었어. 시간이 흘러가서 누군가가 울 수도 있다는 것을……. 나는 눈물을 닦으며 속으로 생각했어. "봄바이 주유소와 기억은 이제 꺼져! 이제 향수는 그만! 뭐든지 오려면 와, 그게 무엇이든 상관없어, 그게 현재의 살육이라도 괜찮아. 과거로 돌아가는 것만 아니면 돼!"

그렇게 몇 블록을 걸은 다음, 우리는 산타 아니타 앞을 지났어. 내가 어린 시절을 보냈던 우리 할아버지 농장인데, 하나도 남아 있지 않았어. 전혀, 정말 아무것도 남아 있지 않았어. 집도 없었고, 그곳이 있던 골짜기도 사라지고 없었어. 그 골짜기 윗부분을 잘라냈고, 그 분지에 '기적'이라고 불리는 주택 단지를 건설했거든. 조그만 집들이 수없이 세워져 있었어. 그 가난한 개자식들을 위해, 그리고 그 자식들이 더 많이 애를 낳도록.

메데인으로 돌아오는 길에 나는 윌마르에게 유명한 테니스화, 그리고 섹스 심벌이 되는 데 필요한 모든 걸 사 주었어. 청바지, 셔츠, 티셔츠, 야구 모자, 양말, 팬티, 심지어 열대의 차가운 날씨에 입도록 스웨터와 재킷도 샀어. 바지를 사고 또 사려고, 셔츠를 사고 또 사려고, 우리는 이 가게 저 가게를 돌아다니면서 체념과 인내(나의 체념과 그의 인내)를 가지고 쇼핑센터 전체를 둘러보았어. 그러면서 우리는 그가 원하는 것을, 정확하게 그가 원하는 것들을 하나씩 하나씩 찾았어. 남자애들은 여자들처럼 허영심이 강하고 옷은 사고 또 사도 만족하지 않아. 그런데 언제부터인지는 몰라도 요즘에 그 애들은 한쪽 귓불에(오른쪽인지 왼쪽인지는 모르겠어) 귀걸이가 하나를 하고 다니고 싶어 해. 그런데 왜 내 것은 사지 않느냐고 그 애가 물었어. 나는 원칙의 문제라고, 나는 내가 입을 옷에 돈을 마구 쓰지 않는다고, 이제 난 어떤 옷을 입어도 근사하지 않다고 대답했어. 그리고 옷장에 잘 다림질해서 넣어 둔 검은색 정장만 있어도 나는 충분히 장례를 치를 수 있다고 말했지. 그는 내 말을 듣지도 않았어. 마치 너무 좋아서 정신 나간 사람처럼 이쪽 복도 저쪽 복도를 오가면서 옷더미 속에서 자기가 원하는 옷을 찾았어. 마술 상자 속을 뒤적거리고 찾으면서 깜짝 선물 속에서 갈수록 행복해 하는 고양이를 상상하도록 해. 여기에 대통령과 정부에게 전하고 싶은 게 있어. 국가는 조금 더 깨닫고 자각해서 젊은 애들에게 옷을 사주라는 거야. 그래야 생식이나 살인을 생각하지 않게 되거든. 축구장으로는 충분치 않아.

월마르에게 사준 새 옷으로 내 초라한 세 개의 옷장은 꽉 채워져 터질 지경이 되었어. 그리고 내 불쌍한 검은 옷은 한쪽 구석에서 구겨졌고 짓눌렸으며, 너무나 화사한 색깔의 옷들로 가려져 어디에 있는지 제대로 보이지도 않았어. 즉시 월마르는 시내로 나가 그 옷을 자랑하고 싶어 했어. 나한테는 나가지 않는 편이, 그리고 태어나지 않는 편이 더 나았을 거야. 우리는 알렉시스의 이야기를 그대로 반복했거든. 내 뒤로 어떤 사람이 휘파람을 불며 후닌 거리를 걸어오고 있었어. 나는 그걸 싫어해. 정말이지 사람들이 휘파람 부는 걸 증오해. 도저히 참을 수가 없거든. 나는 그걸 나에 대한 모욕이라고, 택시 운전사가 트는 소란한 라디오보다 더 큰 모욕이라고 여겨. 더럽고 추잡한 인간이 휘파람을 부는 건 새의 성스러운 언어를 강탈하는 것 아닐까? 난 절대로 참지 못해. 나는 동물권 수호자거든. 나는 월마르에게 그 말을 하고는 걷는 속도를 줄여서 그 남자가 우리를 추월해서 지나가게 했어. 그런데 누가 내게 입을 열도록 한 것이었을까? 그 말을 하지 말아야 했어! 월마르는 그 역겨운 자식을 따라잡더니, 권총을 꺼내 그의 심장에 총알을 박아 넣었어. 그 인간 돼지는 새가 되려는 소망을 갖고서 마지막 휘파람을 불며 바닥에 쓰러져 축 늘어졌어. 그런 동안 월마르는 사람들 사이로 사라졌어. 죽은 사람이 쓰러지면서 그의 셔츠가 열렸고, 불뚝 나온 배가 바닥에 눌렸어. 그래서 나는 그의 허리띠에서 권총을 볼 수 있었어. 맙소사! 아마 그 권총은 그의 돼지 같은 발이 걸어 다니는 동안 사후의 또 다른 삶에서 여러 사람을 죽이는 데 아주 유용할 거야. 죽은 사람은 더는 죽이지 못하고 걷지도 못해. 그들은 매끈매끈하고 평탄한 돌처럼 자유롭게 지옥을 향해 낙하하지. 나는 미사에 가는 사람처럼 차분한 마음으로 내가 가던 길을 계속 갔지만, 그를 알고 있다는 의심을 떨쳐버릴 수 없었어. 어디서 봤을까? 도대체 누구일까? 그때 바로 내 머릿속에서 불이 밝혀졌어. 그는 몇 달 전에 산 후안 거리에서 도둑질하는 걸 보았던 바로 그 사람, 차를 훔치려고 그 청년을 죽였던 바로 그 사람이었어! 사탄이여, 축복받으소서, 이 세상의 일을 걱정하지 않으시는 주님이 없는 틈에 당신이 이 세상의 잘못을 바로잡기 위해 오셨나이다. 나는 돌아가서 죽은 사람의 신원을 확인해 보려고 했지만, 그곳에 가는 건 불가능했어. 구경꾼들이 환호하면서 둥글게 에워쌌고, 그래서 시체를 처리하러 왔던 검찰청 요원조차 들어올 틈이 없었어. 몇 블록 더 가서 나는 월마르와 만났는데 그는 기쁨에 넘쳐 환한 표정이었고, 행복하고 만족스럽게 웃고 있었어. 그의 초록색 눈에는 행복의 불꽃이 번쩍거렸어. 내 아이는 하느님이 손쓸 수 없는 이 세상에서 질서를 잡으려고 온 사탄의 특사였어. 프랑켄슈타인 박사와 그의 괴물처럼, 인간은 하느님의 손에서 빠져나와 하느님이 손쓸 수 없는 존재들이야.

여기에는 죄 없는 사람이 없어. 모두가 죄 많은 사람이야. 무지와 가난, 이런 걸 이해하려고 해야 하지만…… 그런데 이해할 수 있는 게 하나도 없어. 모든 게 나름대로 설명할 수 있고, 합리화할 수 있다면, 그렇게 우리는 범죄에 영합하게 되는 거야. 그럼 인권은? 인권은 무슨 인권, 그런 건 생각해 볼 가치도 없어! 그건 영합이며 방탕이고 방종이야. 자, 그럼 잘 생각해 보자고. 만일 여기 아래에 죄지은 사람들이 없다면, 그게 뭐지? 그건 범죄가 스스로 이루어진다는 게 아닐까? 범죄가 스스로 저질러지지 않고, 여기 아래에는 죄지은 사람이 없다면, 죄 있는 장본인은 저 위에 계신 분이야. 이런 범죄자들에게 자유 의지를 주신 무책임한 분이셔. 그런데 누가 그분을 벌주지? 당신이 벌주나? 이봐, 파르세로, 나한테 쓸데없는 거짓말 하지 마. 난 이제 그런 건 이해하고 싶지 않으니까. 내가 지금까지 경험했고 보았던 것으로 판단하건대, 당신이 멋지게 말하는 것처럼 '결국에는' 내 마음에 상처를 입히며 끝나게 돼. 나한테 인권 따위는 입에 올리지도 마! 즉결 재판과 벽 앞에 세워 총살하기, 그리고 그 벽에서 쓰레기장으로 던지면 돼. 국가는 탄압하고 총을 쏘기 위해 있는 거야. 나머지는 국민 선동, 그게 민주주의야. 더는 말할 자유, 생각할 자유, 일할 자유, 이쪽에서 저쪽으로 가면서 버스를 만원으로 가득 채우는 자유는 없어. 그건 모두 개소리야!

우리는 정오의 지옥 같은 열기 속에서 만원 버스를 타고 시끄럽게 울리는 바예나토 음악을 들으며 가고 있었어. 그 더위와 라디오 소음도 부족하다는 듯이, 어느 부인이 두 아이와 방종이라는 범죄를 저지르고 있었어. 한 아이는 젖을 물고서 몹시 화를 내고 있었어. 글자 그대로 분노하고 있었어. 그리고 동생은 팔짝팔짝 뛰어다니며 사람들과 이리저리 부딪치면서 짜증나게 하고 있었어. 그럼 엄마는? 아무 일도 없는 것처럼 멍한 얼굴로 모나리자의 미소를 짓고 있었어. 부도덕하고 재수 없는 미소였어. 모성은 성스럽다고 확신하면서, 두 아이에게 규칙을 따르게 하지 않았어. 나머지 승객들에게 너무 경솔했다고 생각하지 않아? 그건 기독교의 자비가 진정으로 부족한 행동이 아닐까? 부인, 아이가 왜 고함치는 거죠? 살아 있기 때문인가요? 나도 살아 있는데, 난 그걸 참고 있어야 해. 그런데 그것도 어느 정도야. 이런 삶에서는 죄 없는 순진한 사람의 인내를 악용하는 게 사실이지만, 그래도 찻잔을 가득 채우는 마지막 방울이 항상 있다는 것도 사실이야. 완전히 끝까지 가득 찬 찻잔에 한 방울이라도 더 떨어뜨리면 넘쳐 버려. 바로 이런 상태에서 윌마르는 헤롯 왕처럼 행동하기로 한 거야. 이 거룩한 왕은 자기 쇳덩이를 꺼내서 세 번 굉음을 울렸어. 탕! 탕! 탕! 한 발은 엄마에게, 그리고 두 발은 그녀의 두 개구쟁이에게 쏜 거야. 한 발은 모성애로 가득한 어머니의 심장에, 두 발은 부드럽고 여린 두 천사의 심장에 박혔어. 그 사기꾼은 2000년 전에 거룩한 왕을 피해 이집트로 도망쳤지만, 이들은 그렇지 않았어. 이번에 그 거룩한 왕은 속지 않았거든.

"이 개새끼들아, 움직이지 말고 쳐다보지도 마. 아니면 죽여 버릴 거야!"

얼마 전에 권총 강도 때 들었던 것과 같은 말, 하나도 다르지 않고 아주 똑같은 말이었어. 그래서 이번에는 아무도 버스에서 말하지 말아야 했고, 그의 말은 혼자 공중에 떠다니고 있었어. 운전사는 몇 초 지나서 상황을 파악하고는 우리에게 문을 열어 주었어. 그런데 문을 열어 주자마자 그 역시 도망쳤어, 영원히. 이런 일을 마음에 들어 하지 않는 사람을 위해 총알 두 발이 권총 안에 남아 있었던 거야! 주인 없는 라디오는 주인을 기리면서 바예나토를 계속 노래했어. 여기서 그 노래는 죽은 자들의 음악이 되고 있어.

이 관대하고 남 이야기나 해대는 사회는 아이들에게 자기들이 세상의 왕이며 왕이 누릴 모든 권리를 갖고 태어났다고 생각하게 했어. 그건 엄청난 실수야. 이미 앞에서 말한 왕 말고는 그 어떤 왕도 없으며, 아무도 그런 권리를 갖고 태어나지 않아. 존재할 수 있는 완전한 권리는 단지 늙은이들만 가질 수 있어. 먼저 아이들은 그럴 권리를 가질 자격이 있는지 증명해야 해. 살아남는 것을 통해 말이야.

사람들 말에 따르면, 내가 메데인으로 돌아오기 얼마 전에 어느 미친 사람이 이 나사 풀린 도시를 지나갔고, 버스에서 눈에 띄는 음란한 임산부와 그녀의 아이들에게 청산가리를 주사했어. 미친놈이라고? 당신은 그 성인을 '미친놈'이라고 부르는 거야? 당신들은 불행하여라! 내가 그를 만나게 해줘. 그러면 더 많이 칭송하고, 그를 '거룩한 왕의 종단'의 현 회원으로 인정하는 회원증을 수여할 테니까. 아, 그리고 상당한 양의 일회용 주사기도 줄 거야. 그래야 환자들이 감염되지 않을 테니까.

그럼 경찰은? 이렇게 사건들로 가득한 나라에 경찰이 없을까? 물론 경찰은 있어. 그들은 '순경', '순사', '짭새', '권력의 지팡이', '범죄 사냥꾼', '초록 제복의 개새끼'야. 그들은 투명 인간이야. 정작 필요할 때는 보이지 않거든. 유리컵보다 더 투명한 존재들이지. 그런데 그들이 모습을 드러내는 날이면, 그들의 초록색 육체에 빛이 반사될 때면 어서 도망쳐야 해, 파르세로. 그렇지 않으면 그들이 당신을 습격하고 두들겨 패서 다른 세상으로 보내버리거든. 콜롬비아를 산업화 하겠다고 온 어느 일본인은 그렇게 죽을 수 있으리라고 믿지 못했지만, 결국 그렇게 죽고 말았어.

버스에서 죽은 사람이 또 하나 있어. 시비 걸기 좋아하던 거지였어. 국제 사면 위원회, 가톨릭교회와 공산주의뿐만 아니라 인권 위원회 사람들이 부추긴 마약 중독자 중의 하나였어. 그러니까 온종일 바수코를 피워 대면서 손에 막대기를 들고서 구걸하거나 강요하는 인간이었어.

"사장님, 뭐라도 좋으니 좀 주세요, 오늘 아침을 못 먹었어요. 배가 고파요."

나는 그런 인간들에게 이렇게 대답해. "당신을 낳은 어머니한테 먹여 달라고 해." 혹은 가난과 인간쓰레기의 번식을 목청껏 변호하는 교황에게 그렇게 말하라고 해.

거지들, 기독교인의 자비, 그따위 말은 그만! 부자들을 증오하는 것, 그건 옳아. 그러나 계속 가난하게 살면서 더 많이 낳으려고 고집하는 건…… 왜 당신들은 주식 시장은 생각하지 않는 거지, 이 상상력 없는 불행한 인간들아! 아니면 금융 회사를 세운 다음 스위스로 가서 저금하고 리비에라로 가서 돈을 쓰지 않는 거지? 아니면 뭐야! 당신들은 세상이 메데인에서 끝났다고, 모든 게 뒤죽박죽이라고 생각하는 거야? 멍청이들, 세상은 계속되고, 계속 돌아가고, 당신은 대척점을 향해 빙 돌아가면서, 개인 제트기나 일등석에 앉아 오렌지 아랫부분 방향으로 길을 떠나 코트다쥐르에 도착해. 그곳에는 연어와 철갑상어 알과 푸아그라, 그리고 500달러짜리 창녀들이 있어. 가난하게 산 당신들은 냄새조차 맡아보지 못한 것들이지. 그래, 더는 빙빙 돌리지 말고 본론으로 들어가겠어. 이런 더럽고 역겨운 작자 중의 하나가 막대기를 들고 버스에 올라타서 네 블록을 가는 동안 일장 연설을 하면서 우리에게 이렇게 알려 주었어. 그는 너무 착한 기독교인인데 일거리가 없어서 도둑질하거나 살인하는 것보다는 구걸하는 걸 택한다고 말했어. 그러고는 자리를 돌아다니기 시작하면서 거만하게 막대기를 휘두르고 '요금'을 징수했어. 그가 우리에게 오자, 그가 말한 것처럼 되도록, 그러니까 착하고 훌륭한 기독교인으로 끝나도록, 월마르는 어둠 속에서 총의 노리쇠를 풀더니 동냥으로 그의 심장에 영원한 탄알을 박아 넣었어. 이 작자가 전혀 생각하지도 않은 날에 상처를 입히고, 우리를 훔치고 죽일 생각을 하지 못하도록……. 바수코와 가난에서 치료되어, 그리고 군인들의 손에서 자유롭게, 아무런 이의도 없이, 최소한의 악행만 저지르고서 그 가난하고 불쌍한 인간은 침묵의 왕국으로 들어갔어. 가장 설득력 있는 존재인 죽음의 여신 파르카이가 다스리는 곳인데, 그 여신은 스페인어나 라틴어로도 말하지 않고, 그 어떤 언어로도 말하지 않아. 바수코 흡연자, 버스 승객들, 거지들, 경찰들, 도둑들, 의사들과 변호사들, 개신교도들과 가톨릭신자들, 남자아이들과 여자아이들, 남자들과 여자들, 창녀들과 아내들, 천사는 그들 모두를 맛보았고, 모두가 축복받은 그의 손에, 그리고 그의 불 뿜는 칼에 쓰러져 죽었어. 심지어 멸종 위기에 처한 신부들도 그랬다고 나는 여러분들에게 말하고 싶어. 그는 계속해서 대통령도 처단하려고 생각했지만······.

"이봐, 이 멍청한 아이야, 생각 좀 해봐, 이 재미없는 수다쟁이는 그 누구보다도, 여왕벌도 비교가 안 될 정도로 철저하게 보호받고 있다는 걸 몰라? 그냥 싸다니게 놔둬."

이 세상의 가난한 사람들이여, 주님의 이름으로, 성모님의 이름으로, 기독교 자비의 이름으로 눈을 떠서 잘 생각해봐. 난쟁이 커플이 섹스하면, 어떤 일이 생길까? 그들의 아이들이 그들처럼 키가 120센티미터 정도 되는 난쟁이가 될 확률은 50퍼센트야. 두 아이 중의 하나는 연골무형성증 유전자, 즉 난쟁이 유전자를 갖고 있다는 거야! 그래서 나는 여러분들에게 하나만 말해주고자 해, 불행한 사람들아. 가난의 유전자는 그것보다 더 심해, 더 지독해. 10000명 중에서 9999명이 확실하게 자기 아이들에게 전해져. 여러분은 그런 나쁜 유전자가 여러분의 아이들에게 유전되는 것에 동의해? 유전적 이유로 본다면, 가난한 사람은 번식할 권리가 없어. 세상의 부자들이여, 뭉쳐! 지금보다 더 단합해야 해. 아니면 가난이 밀어닥쳐 여러분을 휩쓸어 버릴 거야.

거기서부터, 그러니까 버스에서 내려 우리는 보스톤 동네 쪽으로 갔고, 그렇게 월마르는 내가 태어난 집을 보게 되었어. 집은 그대로였고 동네도 그대로였어. 내가 수십 년 전에 떠났을 때와 하나도 다르지 않았어. 마치 기적의 손이 유리 종 아래에 있는 그것들을 크로노스의 파괴 행위에서 지켜준 것 같았어. 바뀌지 않는 건 죽어 있는 것뿐……

"이봐, 내 아이야, 이 집에서, 거리를 내다보는 이 창문이 있는 이 방에서, 맑고 별이 총총 떠 있으며 미래가 유망하고 동시에 사기성이 농후한 어느 밤에 내가 태어났어."

바로 거기서 나는 죽어서 내 비문(碑文)을 완성하고 싶어. 그건 라틴어 대문자로 내 이름과 동격으로, 그리고 문 이쪽으로 이렇게 말해야만 해. "유명 인사, 훌륭한 문법 학자, 뛰어난 문헌 학자, 신심이 돈독하고 자비로우며, 정중하고 공손하며, 우애 깊고 유순하며, 하나이고 같은 사람이며, 많은 사람 중의 하나이고, 지극히 올바른 이 사람은(Vir clarisimus, grammaticus conspicuus, philologus illustrisimus, quoque pius, placatus, politus, plagosus, fraternus, placidus, unum et idem e pluribus unum, summum jus, hic natus atque mortuus est. Anno Domini tal……)……." 그리고 거기에 비명을 세운 해를 적어 놓고, 내가 태어나고 죽은 해는 적지 말아야 해. 영원성이란 두 날짜 사이에 억지로 집어넣지 말아야 해. 구속복을 입히지 말아야 해. 나는 그걸 굳게 믿는 사람이

거든. 그러니 적지 마. 그냥 아무 제약도 없이 지나가도록 놔
둬. 그건 자기도 모른 채 스스로 지나가게 되는 거야. 알려진
모든 은하계, 은하수, 태양계, 지구, 콜롬비아 공화국, 안티오키
아주, 메데인시, 보스턴 동네, 페루 거리에 있는 이 집. 이곳은
내가 내 뜻과 상관없이 태어났지만, 내 손으로 죽겠다고 생각
하는 장소야.

그러고서 나는 윌마르를 수프라히오의 살레시오 수도회 성
당으로 데려갔어. 그곳은 내가 세례를 받은 곳인데, 세례용 물
통을 제외하면 모든 게 그대로였어. 바뀐 게 하나도 없었어.
이유는 모르겠지만, 세례용 물통은 치워져 있었어. 시멘트벽
뒤에 놓고 막아버린 것이었어. 차라리 잘된 것 같아. 누군가가
그곳으로 다가가면, 차갑고 음산한 바람 같은 영원의 돌풍이
불어왔거든. 그러고서 나는 종교에 대해서는 일자무식인 윌마
르에게 지붕에 그려진 구약 성서와 신약 성서의 장면들을 설
명해 주었어. 그리고 눈을 낮추면서 말했어.

"저기서 웃고 있는 성인, 끔찍할 정도로 거짓된 미소를 짓는
저 성인이 보이지? 그가 바로 아동 성범죄자인 요한 보스코야.
나는 그가 어떻게 지금에 이르게 되었는지 아주 잘 알고 있어."

그러고서 그에게 석상이 어떻게 설치되었는지 설명하면서
현재의 석상은 옛날 석상을 대체한 것이라고 말해 주었어. 옛
날 석상은 목이 잘려버렸는데, 그때 우리는 행렬을 하고서 마
차를 타고 돌아오고 있었어. 이 이야기는 오로지 나만 알고
있어. 나를 제외한 이 세상의 그 누구도 몰라. 우리는 출발점
인 수프라히오 성당으로 돌아오고 있었지. 그런데 그 멍청한

마부가 마차를 전속력으로 몰았고, 갑자기 쾅 소리가 났어. 석상은 전깃줄에 뒤엉켰고, 받침대가 떨어져 나가면서 내 머리 위를 스치며 날아가는 바람에 나는 거의 죽을 뻔했어. 그리고 석상은 자유 낙하하면서 도로 바닥과 부딪쳤고 두 동강이 나고 말았어. 그렇게 성인은 가엽고 딱한 상태에 있게 되었어. 어느 나사렛 사람이 성인 달력에서 그의 이름을 없애 버리려고 (자기 자신도 보호하지 못하는 성인일 텐데, 그런 성인이 어떻게 우리를 지켜 주겠어!) 목을 잘라 두 동강 낸 것 같았어. 그날 아침 우리는 성체 성혈 대축일 행사를 치르면서 메데인 시내로 줄지어 걸어갔어. 천천히 신중하게, 마차 바퀴를 엄숙하게 굴리면서, 우리 수레는 기뻐 찬미하면서도 의심을 거두지 않는 군중 사이로 나아갔어. 자기들 눈이 보는 것을, 그러니까 이 세상에서 그토록 대단한 권위와 위엄을 보여줄 수 있다는 사실을 믿지 않으려고 하던 사람들이었어. 우리가 재현하던 경건한 장면에서, 가축들은 움직이지 않았지만 공기처럼 구름 사이로 미끄러지고 있었어. 마치 인간의 머리들이 이루는 바다 위로 항해하는 것 같았는데, 거기서 나는 살레시오 수도회 선교사를 맡았어. 여러분들은 내가 여덟 살 때 그렇게 거짓말하는 모습을 상상할 수 있어? 그때부터 오랜 세월이 흘렀지만, 아직도 나는 무뢰한 요한 보스코가 나를 죽이려고 했던 날을 잊을 수 없어. 그래, 머리가 잘렸고 코가 뭉개졌어도, 어쨌건 성인은 지금 그의 자리에, 그의 제단에 바쳐진 석상, 그러니까 코끝이 뾰족한 그리스인의 매부리코에 위선적이고 배신적이며 동성애자 같은 미소를 띠는 지금의 석상보다는 그나마 더 낫다고 인정해. 월마르와 성당에서 나오면서, 코를 생각하자 나는 후닌 거리를 돌아다니면서 동성애자들을 괴롭히며 학대했던 그 괘씸한 형사, 사람들이 '납작코'라고 부른 그를 떠올렸어. 그가 죽은 지 오랜 세월이 흘렀어! 그 역시 살해되었지! 마라카이보 거리와 오늘날 오리엔탈 대로가 만나는 사거리에서 모터사이클을 탄 작자의 총에 맞아서…….

"이봐, 월마르, 이제 잘 봐, 우리가 곧 석상에 도착할 텐데, 받침돌에, 그러니까 사자상 사이의 대리석에 금이 가 있을 거야."

실제로 보스턴 공원의 코르도바[31] 석상의 받침돌 대리석에서 내가 지적했던 부분은 오래전부터, 아니 영원히 계속 금이 가 있었어. 그건 쪼개진 대리석은 본래 상태로 붙지 않기 때문이야. 프라이한 달걀을 껍데기 안으로 되돌릴 수 없는 것처럼 말이야.

"그 대리석, 내가 돌을 던져서 부순 거였어." 우리는 돌팔매질을 하며 못된 짓을 하며 돌아다녔는데, 그 어떤 집의 창문 유리도 그걸 견뎌내지 못해 성한 게 없었어. 어린 시절은 가난과 같아. 해롭고 나빠. 그때, 그러니까 우리가 이런 심오한 문제를 생각하고 있는데 갑자기 우리 앞에 누가 나타났어. 누군지 알아? 바로 '죽은 자'였어!

"'죽은 자', 네가 여기 웬일이야? 정말 뜻밖이야! 무슨 일로

---

31) 호세 마리아 코르도바 무뇨스(José María Córdova Muñoz, 1799~1829). 안티오키아 지방 출신의 콜롬비아 군인으로 콜롬비아, 페루와 볼리비아 독립전쟁에 참여했다. 페루 독립에 결정적인 역할을 했던 아야쿠초 전투의 영웅으로 알려져 있다.

네 영토 밖인 내 보스턴 동네에 온 거야? 난 네가 이미 죽었다고 생각했어."

그러자 그는 아니라고, 라코스타에서 휴가를 보내고 있었다고 말했어. 그러면서 그날 아침에 죽은 사람은 '납작코'였다고 덧붙였어.

"어떤 납작코?"

그러자 그는 마라카이보 거리와 오리엔탈 대로가 만나는 사거리에서 모터사이클을 탄 청부 살인자들이 그의 숨을 끊어버렸다고 이야기했어.

"그럴 리가!" 나는 너무나 놀라 소리쳤어. "납작코가 살해된 건 맞아, 그리고 거기서, 바로 그 지점에서. 하지만 그건 삼십 년 전의 일이야, 오리엔탈 대로가 개통되기 전인데, 당시는 그 길이 좁은 길에 불과했어. 그것뿐만 아니라, 그는 모터사이클을 타고 총을 쏘는 방식을 선보인 사람 중의 하나였어. 그러니까 선구자였어."

그러자 그는 아니라고, 그 사람은 다른 사람일 거라고, 자기가 말하는 사람은 자기가 말했던 곳에서 방금 살해되었다고, 오늘 아침에 죽었다고 말했어. 나보고 장례식에 가면 자기 말이 맞는지 확인할 수 있을 거라고 덧붙였어. 그러면서 내게 집 주소를 주고는, 거기서 밤새 조문을 받을 거라고 말했어. 나는 그에게 오후에 가려고 생각했는데, 그 문제는 그렇다 치고서 다른 문제는 없느냐고 물었어. 모터사이클 탄 작자들이 즉시 우리를 찾으러 오지 않을까? 그는 아니라고, 오늘은 걱정하지 않아도 된다고 말했어. 나는 '죽은 자'의 말에 기운을 얻고서 그와 작별했지만, 동시에 '납작코'를, 그리고 사람을(사악한 행위로 판단하건대, 의심할 것 없이 그는 그래도 마땅한 사람이었어.) 두 번 죽일 수 있다는 음험한 생각에 마음이 복잡했어. 그게 가능한 일일까? 이런 걱정으로 나는 '죽은 자'에게 라코스타에서 휴가를 어떻게 보냈느냐고 묻는 걸 잊고 말았어. 그런데 어떤 휴가였을까?

때때로 나는 나조차 알아볼 수 없을 정도로 멋지게 옷을 입고 나타나는 걸 좋아해. 그렇게 나는 그날 오후 윌마르와 함께 펠리페 왕처럼 발끝까지 완전히 검은색 옷을 입고서 아파트를 나섰어. 윌마르는 자기 눈을 믿지 못하는 것 같았어. 자기와 함께 다니는 봉사자이자 신하인 나에 대해 그토록 자랑스럽게 생각한 적이 없었거든. 그럼 거지들은? 그들은 동냥 달라고 하지도 못했어. 부채꼴 모양으로 흩어지면서 우리에게 길을 터주었어. 대단한 계급처럼 보였던 것 같아. 내가 여러분에게 해 줄 말이 있는데, 우리가 택시에 오르자, 택시 운전사는 본능적으로 라디오를 껐어. 그러고는 "선생님, 어디로 모실까요?"라고 물었어. 나는 '죽은 자'가 내게 준 주소를 알려주었어. 동쪽 만리케 동네의 '치맛자락'이었어. 이 멍청한 도시에서는 오르막 경사면, 그러니까 경사가 급한 길을 '치맛자락'이라고 불러. 그들이 헛소리하는 건지 아닌지 내게 말 좀 해봐! 내가 알고 있는 한에서, 치마는 짧건 길건, 길건 짧건 간에 여자들이 입는 거야. 그런데 오르막 경사면이라니? 어쨌건 우리는 만리케로 가는데, 그곳은 오르막길의 동네로 마치 똑바로 서 있는 벽들처럼 가파른 곳이야. 우리는 여러 치맛자락 속에서 앞서 말한 치맛자락을 찾았어. 만리케 동네는(나는 이 글을 읽을 일본과 세르비아, 그리고 크로아티아 독자들을 위해 이 말을 하는 거야.) 메데인이 끝나고 코무나가 시작하는 곳 혹은 코무나가 끝나면서 메데인이 시작하는 곳에 있어. 그건 지옥의 문이라고 말하면서도 그게 입구인지 출구인지, 올라가는 방향에서 지옥이 저쪽에 있는 건지 아니면 이쪽에 있는 건지, 아니면 내려가는 방향에서 그런 건지 잘 알지 못하는 것과 똑같은 이치야. 올라가거나 내려가거나 상관없이 내 대모인 죽음의 여신은 그 치맛자락들을 배회하면서 자기 일에 열중하고, 아무에게도 멸시하는 표정을 짓지 않아. 그녀는 대자인 나, 거리낌 없이 마구 말하는 나와 같아. 그래서 모든 사람이 나를 좋아해.

우리는 '납작코'의 집에 도착했어. 문이 열려 있어서 초인종을 누르지 않고 들어갔어. 관은 복도에 안치되어 있어서 문상객들이 마당으로 흩어져 이런저런 이야기를 나눌 수 있었어. 그 검은 상자는 커다란 초 사이에 있었는데, 십자고상이 정면에 있었어. 작게 두런대는 기도 소리가 눋은 초의 심지 냄새와 함께 우리를 맞이했어. 초가 거의 다 타고 있었는데, 그건 영원의 허무한 서곡이었지. 죽은 사람의 두 자매가 조문을 받고 있었어. 품위 있고 훌륭한 늙은 미혼 여자들이었어. 바로 이것때문에 나는 누가 죽었는지에 대해 전혀 의심하지 않았을 거야. 그래, 여기서 '죽었다'라는 말은 별로 마음에 들지 않아. 나는 그 말을 취소하고 대신 '살해되었다'로 바꾸겠어. 일반적으로 예상하듯이 모두가 놀라는 표정을 지었어. 나는 가까이 다가가서 위로의 말을 전했어. 모두가 마음속으로 이렇게 묻고 있었어. "도대체 검은 양복을 입은 저 멋진 신사, 저 훌륭한 태도와 저 근엄한 모습의 신사가 누구일까?" 그건 나, 바로 나였어. 그리고 '나'라고 말한 사람은 이렇게 말했어.

"숙녀 여러분, 우리는 보잘것없는 사람들입니다. 허리케인 속의 잎사귀이자 잿불, 창조주의 손에 있는 아프리카 나래새, 그러니까 일종의 마른 풀 한 줄기에 불과합니다. 모든 것을 할 수 있는 전지전능하신 하느님이 당신의 오빠를 품 안에 맞아들였기를 바랍니다."

그들은 매우 점잖고 근엄하게, 전혀 호들갑을 떨지 않고 장황한 설명을 늘어놓지도 않으면서 내게 감사를 표했어. 그러자 나는 살아서 고인과 우정을 나눈 사람이며, 이제는 그가 너무나 애틋하니(거짓말, 거짓말, 거짓말), 마지막으로 그를 보게 해달라고 부탁했어. 그들은 고개를 조금 숙이면서 동의했고, 나는 관으로 다가갔어. 관을 열었어. 그런데 정말로 '납작코', 바로 그 개자식이었어. 눈밑에 처진 살, 납작코, 히틀러 스타일의 콧수염…… 똑같았어. 바로 그였기 때문이지. 그런데 삼십 년이나 지났는데, 어떻게 계속 똑같을 수 있었을까? 난 이 문제를 여러분들에게 맡길 테니, 여러분이 알아서 생각하도록 해.

죽은 사람에게서 내 머리를 들고 가볍게 관에서 몇 발짝 물러나자, 횃대에 있던 두 앵무새가 그를 보았어. 그러더니 이렇게 소리치면서 떠들었어.

"개새끼! 염병할 놈! 호모!"

그리고 그 천한 말을 여러 번 반복했어. 그건 일련의 욕이었고 호된 꾸짖음이었지만, 너무나 천하고 품위 없는 말이라서 나는 정숙한 언어를 지키기 위해 여기서 그 말을 그대로 반복할 수는 없어. 그때 그 늙은 숙녀 중의 한 사람이 관으로 다가갔고, 조심스럽게 관 뚜껑을 내렸어. 그러자 즉각적인 효과를 발휘했어. 앵무새들은 더는 그를 보지 못했고, 그러자 소나기처럼 퍼붓던 욕설은 멈추었어.

나는 윌마르와 함께 그 집에서 나왔어. 내 마음은 혼란스러웠어. 그건 둘 중의 하나였어. 내 눈앞에 있던 사람이 내가 알던 '납작코'가 아니었거나, 죽음의 여신이 할 일이 없어서 자기가 죽인 사람을 또다시 죽였던 거야. 그러나 내가 젊었을 때 보았던 '납작코'가 아니었다면, 어떻게 그때와 똑같을 수가 있을까? 왜 똑같은 방식으로 똑같은 장소에서 똑같은 시간에 죽인 것일까? 메데인의 현실이 미쳐버렸고, 그래서 반복되었던 것이 아닐까? 그건 그렇고, 내 앞에 있던 '납작코'가 내가 알던 '납작코'라면, 앵무새들은 어떻게 그런 호모 혐오자에게 '호모'라고 말할 수 있었을까? 앵무새들이 증오해서 그런 게 아닐까? 죽은 이후의 비난과 비방이 아닐까? 아니야, 동물들은 거짓말하지도 않고 증오하지도 않아. 그들은 증오나 거짓말을 몰라. 그건 라디오나 텔레비전처럼 오로지 인간들의 발명품이야. 실제로 고인은 여자를 결코 알지 못했어. 그래서 아이들도 없고, 손자도 없는 거야. 불쌍한 '납작코'! 호모로 태어나 살고 죽었지만, 결코 호모가 될 수 없었던…… 정해진 이 삶에서 그토록 불행하게 산 사람은 얼마 되지 않아.

이제 참으로 이상한 일을 들려줄게. '치맛자락'으로 영구차와 두 대의 모터사이클이 내려오면서 마구 총을 난사했고, '납작코' 집의 정면에 기관총을 갈겼어. 그런데 그 집의 정면은 널빤지로 만든 게 아니라 시멘트로 만든 건데, 왜 총을 갈겼을까? 총탄은 안에 있는 고인의 가족 쪽으로 뚫고 들어갈 수 없는데⋯⋯ 아니야, 그건 총탄이 뚫고 들어가라고 쏜 게 아니라, 상징적 가치를 지니기 때문이야. 일종의 긍정적인 의사 표시였어. 그런데 공교롭게도 그 총알 세례에 우리는 목숨을 잃을 뻔했어. 정말 머리카락 한 올 차이로 우리를 빗나갔어. 영구차와 모터사이클을 탄 작자들은 미친듯이 내려가면서 우리를 저세상으로 끌고 가려고 했어. 그런데 이 사건에서 가장 걱정스러운 것은, 여기에서는 우리가 전혀 생각하지 못했던 곳에서도 우리에게 총을 쏜다는 거야. 심지어 영구차에서도!

오, 만리케, 유서 깊은 동네, 사랑스러운 동네여! 난 너를 알지 못했다고 말할 수 있어. 아래서부터, 그리고 내가 어렸을 때부터 나는 너를 보았어. 장난감 같은 네 동네의 집들과 네 동네의 고딕 성당을. 회색의 높고 홀쭉한 성당이었어. 환각을 일으킬 정도로 믿기지 않는 고딕 건물로, 뾰족한 두 개의 탑은 하늘에 닿으려는 듯이 쭉 올라가 있었어. 시커먼 먹구름이 지나갔고, 지나가면서 피뢰침에 찔려 비를 쏟았어. 엄청난 소나기였어! 메데인의 비는 실질적으로 만리케 동네에서 생긴다고 말할 수 있어. 그 동네는 오늘날 코무나가 시작되지만 내가 어렸을 때는 도시의 끝자락이었어. 그 너머로는 아무것도 없었거든. 단지 산과 언덕, 그리고 골짜기와 또 다른 골짜기들만 있었고, 거머리가 사방에 흩어져 놀던 아이들의 피를 빨아

먹었어. 저기 만리케 동네에 우리 할아버지는 집을 한 채 갖고 있었어. 나는 그 집을 아주 잘 알고 있었지만, 이제는 아무것도 기억나지 않아. 아, 그래, 한 가지 기억나. 붉은색 타일이 깔린 바닥이야. 나는 그 타일을 따라 똑바로 걷곤 했어. 그 선을 따라서 똑바로, 두 줄로 늘어선 타일 사이에 난 선을 따라서 걸었어. 나중에 내가 자라면, 내 나머지 평생을 똑같이 살라고, 곧고 바르게, 착한 사람처럼 항상 올바르게 살고, 바른 길에서 벗어나지 않도록 그랬던 거야. 아, 할아버지, 할아버지……!

내가 이야기한 '납작코'의 이야기는 내가 월마르와 함께 마지막으로 경험했던 아름다운 것이었어. 그 후 운명은 그 영구차와 모터사이클처럼 우리를 덮쳐 비참하게 깔아뭉개고 말았어.

그날 밤은 불길했어. 정신을 잃은 하늘이 쉬지 않고 밤새 비를 내렸어. 메데인 강은 넘쳐흘렀고, 그러자 180개의 개천도 넘쳐흘렀어. 이들 중 몇 개는 복개천이었어. 우리는 수많은 땀을 흘리고 수많은 돈을 횡령하면서 그 개울을 거리 아래에 묻었는데, 그것들이 성난 듯이 그들의 구속복을 찢어버리고서 아스팔트를 부수고는 옷을 제대로 입지 않는 미친 여자처럼 발광하고 실성하여 느닷없이 튀어나와 자동차들을 휩쓸면서 도시 전체를 엉망으로 만들었어. 다른 개울들, 그러니까 그들의 해방된 자매들은, 다시 말해서 제정신일 때는 온화한 비둘기처럼 상냥하고 쾌활했던 개울들이 이제 악마에 홀린 듯이 포효하고 소용돌이치며 산에서 격렬하게 흘러 내려와서, 우리를 덮쳤고 범람했으며 물에 빠뜨렸고, 나를 열병으로 헛소리하게 만들었어. 하늘은 속을 드러내고 강은 범람하고 개울은 발광하면서 하수관은 멋대로 거칠어져서 넘쳐흘렀어. 콸콸 세차게 흘러나왔고, 그 거대한 똥물의 바다가 우리 집 발코니로 올라오고 또 올라왔어. 내 말을 믿어. 난 이미 예고했어. 우리는 이 똥물로 끝나게 될 거라고.

그건 그렇다 치고, 다음날은 정상적으로, 그러니까 무시무시하게 밝아왔어. 폭풍이 몰아친 밤의 흔적조차 찾아볼 수 없었어. 새날의 햇빛은 아무것도 모르는 표정을 지었어. 위선적이고 거짓으로 가득 찬 표정이었지. 우리는 윌마르의 어머니에게 줄 냉장고를 사러 갔는데, 갑자기 돌아오는 길에 '살론 베르사예스'에 들러야겠다는 생각이 들었어. 케이크를 사려고 했던 거야. '글로리아'라고 불리는 그 조그만 케이크, 우리 할머니가 만들어 주던 그 케이크는 정작 베르사유에서는 먹지도 않는 거야. 그건 이렇게 만들어. 전날 밤에 층을 지은 과자용 반죽을 별이 총총 뜬 하늘 아래에서 이슬로 부풀게 하고, 다음날 구아바 잼으로 속을 채워 오븐에 넣는 거야. 그리 오래 굽지는 않아. 우리 할머니가 말했던 것처럼 '잼이 너무 달게' 되거든. 우리는 공원을 지나 후닌 거리로 갔고, 그렇게 '살론 베르사예스'에 도착했어. 그런데 이곳 입구에서 우리는 '종결자'와 마주쳤어. 나는 큰 소리로 말했어.

"어이 종결자, 이렇게 보게 되어 반가워! 난 네가 이미 죽었다고 생각했는데……."

그러자 그는 아니라고, 아직 아니라고, 계속 행운이 따른다고 말했어.

"네 아이는?"

그러자 그는 곧 태어날 것이라고, 며칠 사이로 태어날 것이라고, 이미 아홉 달이 되었다고 말했어.

"그렇게 오래 걸려? 정말 시간 낭비야! 아홉 달이면 내가 오페라 대본을 쓰고도 남을 시간인데……."

윌마르는 케이크를 사러 안으로 들어갔고, 나는 '종결자'와 밖에서 대화를 나누었어. 그때 그는 왜 알렉시스를 죽인 사람과 함께 다니냐면서 나를 몹시 나무랐어. 난 대답했어.

"무슨 소리 하는 거야, 이 바보야. 나는 윌마르와 다니고, 알렉시스를 죽인 놈은 '블루 라군'이란 걸 몰라?"

그러자 그가 대답했어. "윌마르가 블루 라군이야."

잠시 내 심장이 멎었어. 심장이 다시 뛰기 시작했을 때 이미 나는 내가 그를 죽여야 한다는 걸 알고 있었어. 틀림없이 그였어, 확실해, 그래 난 그를 본 적이 있었어, 우리가 팔라세에서, 마리카이보 거리 근처의 저기 아래서 만난 첫 순간부터 그걸 느꼈어. 그런데 왜 그를 그렇게, 그 황당한 별명으로 부르는 거지? 나는 그냥 묻기 위해, 무언가라도 말하기 위해, 생각하지 않고 계속 말하기 위해 물었어. 그러자 그는 그 영화에 나오는 청년과 비슷하기 때문이라고 대답했어. 그래서 나는 중얼거렸어.

"아, 그렇구나……. 난 그 영화를 보지 않았어. 몇 년 전부터 영화관에 가지 않아."

그때 우리가 말하고 있던 사람이 케이크를 들고 나왔고, 나는 '종결자'와 작별했어. 우리는 후닌 거리를 잡고 플라야 대로 쪽으로 갔어. 바로 그 대로에서 이것과 같은 어느 날 오후에 내 아이가 살해되었고, 더불어 나를 슬픔에 젖게 했어. 그는 종이봉투에서 조각 케이크 하나를 꺼내 내게 주었지만, 나는 받고 싶지 않았어. 그는 아무것도 의심하지 않고 종이봉투에서 케이크를 하나씩 꺼내 먹으면서 걸었어.

"그 사람이 누군지 알고 있었어?" 나는 우리가 뒤에 놔두고 왔던 '종결자'를 언급하면서 물었어.

"응." 그는 입에 케이크를 가득 넣고서 대답했어.

"같은 동네 사람이라서 그런 거야?"

"응." 그는 다시 대답하면서 고개를 끄덕였고, 계속해서 케이크를 먹었어.

난 그에게 칸델라리아 성당에 가서 십자가에서 내려진 그리스도에게 부탁할 게 있다고 말했지만, 그게 무엇인지는 말하지 않았어. 난 그 성당에 가서 모든 걸 아시고 모든 걸 이해하시고 모든 걸 할 수 있으신 주님에게 이 개자식을 죽이도록 도와달라고 기도해야만 했어.

나는 그에게 밖에서 기다리라고 말하고서 혼자 성당으로 들어갔어. 십자가에서 내려진 그리스도의 촛불은 열심히 탁탁 타면서, 그들의 기도를, 그리고 내 간절한 소망을, 어떻게 해야 하는지 빛을 비춰달라는 내 기도를 하늘로 올려 보내고 있었어. 성당에서 나왔을 때 나는 이미 그걸 알고 있었어. 앞마당에서, 그러니까 복권 판매대와 거지들 사이에서 그는 계속 나를 기다리고 있었어. 그는 내게 왔어. 나는 그날 밤 교외의 아무 모텔에나 가서 자자고 말했어. 그는 그 이유를 물었고 나는 미신적인 이유라고, 그날 밤 집에 있으면 살해될 것 같기 때문이라고 대답했어. 그런 느낌은 메데인의 어느 곳에서든, 어느 순간이든, 누구든 가질 수 있기에, 그는 내 말을 알아들었어. 나는 그에게 논쟁의 여지가 없고 부정할 수 없는 이유를 댄 것이었어. 우리는 공원을 지났고, 석상 옆을 지날 때 비둘기 떼가 후다닥 날아올랐고, 그러자 기억이 생생히 떠올랐어. 나는 이 성당으로 돌아가 나를 위해 기도하고 그를 위해, 내 아이 알렉시스, 내 유일한 아이를 위해 눈물 흘린 그 날 오후를 떠올렸어. 비둘기는 조금도 개의치 않고, 그리고 그 어떤 것에도 관심을 두지 않았어. 인간의 비참함 너머로 페드로 후스토 베리오는 동상 받침돌 위에 그대로 있었어. 그는 안티오키아를 사 년이라는 생각조차 할 수 없는 기간 동안 다스리면서 기네스북 기록을 세운 주지사였어. 여기서는 일상적으로 그 직책이 몇 달만 지속되거든. 서로가 관료주의의 탐욕에 사로잡혀 빼앗고 공격하면서 상대방을 쓰러뜨리기 때문이야. 독립 영웅 동상 앞에는 멍청할 정도로 거대한 규모의 고가 철도가 세워져 있어. 사람들은 그게 아직 완성되지 않은 지하철이라고 말하는데, 윗부분은 공사가 중단되어 있고, 아랫부분은 거지와 도둑의 소굴이 되어 있었어. 그걸 완성할 수가 없었어. 벌써 몇 년째 고가 철도 공사가 멈춰 있거든. 그걸 만드느라 안티오키아는 채무의 늪으로 빠져들었고, 돈은 도둑맞았어. 그건 잘한 일이었어. 그들이 훔치지 않았다면, 다른 사람들이 훔쳤을 테니까. 그리고 무처벌의 공기가 마음에 들지 않는 사람은 그걸 들이마시지 말라고 해. 그냥 코를 막고 주변을 쳐다

보지 말고 그의 길을 가라고 해. 어떤 사람들은 훔치고, 또 다른 사람들은 그들을 훔치지. 몇몇 사람들은 죽이고, 다른 사람들은 그 사람들을 죽여. 그런 모든 건 지극히 정상적인 정상 상태 안에 있었고, 메데인에서 삶은 그런 흐름을 따라갔어. 언젠가 미완성된 공사는 마무리될 것이고, 고가 철도는 내 도시 위를 가로지르면서 잘 기름칠해서 반들반들한 철로로 마치 날아가듯이 미끄러져 나아갈 거야. 그렇게 갈수록 많은 사람을 실어 나르겠지. 난 이미 늙어서 그들에게 이렇게 질문할 수 없을 거야. 그토록 급하게 어디로 가는 거야, 이 인간 쥐새끼들아? 당신들은 뭐가 되었다고 생각하는 거지? 새가 되었다고 믿는 거야?

우리는 숙박부에 기재하지 않고 모텔에 들어갔어. 그건 여기서는 일반적인 일이야. 여기는 유럽과 달라. 거기서는 때를 가리지 않고 인권을 위반하며, 우리가 호텔에 가면 뻔뻔스럽게도 신분증을 요구하면서, 추측하지 말아야 할 것, 즉 인간은 범죄자라고 추정해. 여기는 그렇지 않아. 여기서 대중의 신뢰는 그 정도로 더럽혀지지 않았어. 게다가 여기서 모텔은 창녀들이 있는 곳이고, 창녀들과 함께 가는 사람들과 그 창녀들은 정체가 없어. 그래서 투명 인간처럼 정체 없이 우리는 접수대를 지나서 방으로 들어갔고, 옷을 벗고서 침대로 갔어. 그는 잠들었고, 나는 자지 않고서 유럽의 인권 유린에 대해, 그리고 교황의 영원한 침묵에 대해 명상을 했어…… 권총, 그의 권총, 그는 평소처럼 자기 옷 위에 놓았어. 그게 그의 습관이었어. 나에 대해 말하자면, 십자가에서 내려진 주님이 충고

한 대로 그저 팔을 뻗어서 권총을 잡고, 그의 머리 위에 베개를 놓고 발사하면 모든 게 끝나는 거였어. 그러고서 그를 낳은 염병할 엄마가 총소리를 들었는지 확인해보면 되는 거야. 그러고서 나는 들어올 때의 바로 그 발로 차분하게 나갈 작정이었는데…… 나는 가만히 있었고, 그는 잠들어 있었어. 그렇게 시간은 흐르기 시작했고, 권총은 스스로 공중으로 날아서 내게 오지 않았고, 내 팔 역시 권총을 잡기 위해 뻗지 않았어. 그때서야 나는 내가 알지 못하고 있던 걸 깨달았어. 그건 내가 한량없이 피곤해 있으며, 명예 따위는 눈곱만큼도 중요하지 않고, 나한테는 무처벌이나 처벌이 똑같은 것이며, 복수는 내 나이에 하기에 너무나 큰 짐이라는 사실이었어.

창문으로 햇살이 들어오기 시작했을 때, 그는 살며시 눈을 떴어. 그러자 나는 그에게 물었어.

"왜 알렉시스를 죽였어?"

"우리 형을 죽였기 때문이야." 그는 대답하면서, 눈을 비비고 잠에서 깼어.

"아, 그래……." 나는 바보 멍청이처럼 중얼댔어.

우리는 침대에서 일어나 샤워를 하고 옷을 입고 나왔어. 접수구에 숙박료를 계산하자, 우리에게 커피 한 잔을 주었어. 이 황당한 나라에서 '틴토'라고 부르는 블랙커피야.

간선 도로로 빈 택시가 지나가길 기다리는 동안, 그가 알렉시스를 죽인 그날 오후 나는 알렉시스와 함께 있었다고 말했어. 그러자 그는 그렇다고, 자기는 이미 알고 있었다고, 바로 그날 오후부터 내가 누구인지 알아보고 있었다고 말했어.

"그럼 내가 아파트에서 너와 함께 보낸 첫날 밤부터, 넌 나를 죽일 수도 있었지 않아?"

그는 웃더니, 이 세상에서 자기가 죽일 수 없는 사람이 있는데, 그게 바로 나였다고 말했어. 그러자 나는 그가 나와 같은 부류라고, 그냥 놔두는 너그러운 사람이라고, 우리는 똑같다고, 건방지고 허세 부리는 사람이라고 생각했어. 나는 그가 알렉시스에게 총을 쐈을 때 모터사이클을 몰았던 사람이 누구냐고 물었고, 그는 내게 그 사람은 다음 날 살해되었다고 대답했어. 나는 누가, 왜 죽였느냐고 물었어. 그는 자기도 모른다고, 모든 게 불확실하다고 말했어……

우리가 처음 만났을 때 알렉시스가 알고 있던 (그에게 앎이라는 게 있는지 모르지만) 죽은 사람들에 대해서 나는 아무 책임이 없어. 이 아이가 죽인 사람들, 그러니까 이 아이의 손에 죽은 사람들에 대해서도 마찬가지야. 저기서 죽은 사람들은 그들의 문제이고, 여기 우리와 관련된 사람들에 대해서는 여러분들이 증인이야. 나는 윌마르에게 메데인에 계속 있는 건 이제 아무 의미가 없다고, 이 도시는 더는 줄 게 없다고, 그러니 떠나자고 말했어. 그는 그럼 어디로 가느냐고 물었고, 나는 아무 곳이나, 라고 대답했어. 세상은 여기가 전부가 아니라 아주 크다고 했지. 사람들의 속성에 대해 말하자면, 어디에서든 똑같을 것이라고, 똑같이 엿 같을 거라고, 하지만 다르다고 말했어. 그는 수락했어. 그러면서 자기 동네로 가서 어머니에게 작별 인사를 하고, 정말로 냉장고가 배송되었는지 확인하고서 내 아파트로 가서 옷을 꺼내 오겠다고 했어. 나는 옷과 냉장고는 생각하지 말고 즉시 떠나자고 부탁했어. 그리고 어머니와는 편지로 작별하라고, 우편물은 너무나 기적처럼 바로 그 프란시아 동네까지 도착한다고 말했지. 그러자 그는 자기 어머니가 사는 동네는 프란시아가 아니라 산타 크루스라고 설명하면서, 프란시아 동네건 산타 크루스 동네건 집배원들은 다니지 않는다고, 집배원들이 한 블록만 가도 그들이 가진 건 모두 '처리'되고 그들의 목숨도 끝난다고 했어. 난 그걸 아주 잘 알고 있었어. 코무나의 동네에서 자유롭게 돌아다니는 유일한 존재는 죽음밖에 없거든. 우리는 헤어졌어. 나는 내 아파트로 가서 그를 기다리기로 했고, 그는 코무나 방향으로 출발했어. 그러나 그건 영원한 작별이었어. 살아서 우리는 다시 만날 수 없었거든. 새벽 무렵에 전화가 울렸어. 원형 극장이었는데, 내 전화번호를 가지고 있던 사람이 죽었으니 신원을 확인하러 오라고 말했어.

여기서는 시체 안치소를 '원형 극장'이라고 불러. 메데인에서 그곳이 어디에 있는지 모르는 택시 운전사나 선량한 시민은 한 명도 없어. 살아 있는 우리는 여기서 죽은 사람들을 찾으려면 어디로 가야만 하는지 잘 알고 있거든. 그건 북쪽 간선도로가 시작하는 도시 경계, 그러니까 버스 터미널 앞에 있어.

시체 안치소 밖으로 많은 사람이 몰려들고 있었어. 그곳을 에워싼 닭장용 철망에 기대어 들어갈 순서를 기다리고 있었어. 나는 입구의 경비실을 쳐다보지도 않고 지나가면서, 내 본질을 되찾았어. 다시 말해서 내 본래의 상태, 즉 투명 인간으로 되돌아간 거야. 나는 대기실로 곧장 향했어. 살아 있는 사람들의 흐느낌과 죽은 사람들의 침묵 위로 타자기의 집요한 자판 소리가 들렸어. 그게 바로 콜롬비아, 관료주의적 광기에 사로잡힌 콜롬비아야. 관료주의적 문서 업무, 형식적인 서류 작성, 부검 공식 보고서 작성, 시체 입고와 출고 서류, 세월이 흘러도 전혀 줄어들지 않은 서기의 영혼을 지니고 열심히, 부지런히 그리고 근면하게 일하는 콜롬비아야. 내 투명 인간의 눈은 어느 책상에 놓인 시신 처리 서류의 '소견'이란 글자 위에 멈추었어. 이렇게 적고 있었어. "아마도 살해 동기는 희생자의 테니스화 강탈인 것 같음. 그러나 실제 사실과 범인에 대해서는 아무것도 알 수 없음." 그러고는 대정맥에 상처를 입었고, 날카로운 무기에 찔린 상처로 저혈량성 쇼크가 발생했으며 이후 심폐 기능이 정지했다고 말하고 있었어. 나는 그 언어에 매료되었어. 정확한 단어 사용과 자신 있는 문체가…… 콜롬비아 최고의 작가들은 판사들과 법원 서기들이야. 그리고 법원 판결문보다 더 훌륭한 소설은 없어.

거리에서 그곳으로 들어오는 사람들에게는 시체가 아직 식지 않았을 때 찍고 현상한 컬러 사진 앨범을 보여 주었어. 마치 할리우드 영화처럼 클로즈업한 사진들이야. 만일 이 사진 중에서 어떤 것이 살아 있을 때 실종된 사람과 비슷하면, 다음 문을 통해 다음 방으로 가서 죽어서 발견된 사람의 신원을 확인하게 돼. 투명 인간은 그 문을 지나갔어. 그곳은 높고 널찍했어. 부검실로, 서른 개 정도의 해부 테이블이 있었는데, 마지막 교대 담당자들이 부검하느라 빈 곳이 하나도 없었어. 모든 테이블, 정말 모든 테이블에 누워 있는 사람들은 남자였고, 거의 모두가 젊었어. 다시 말하면 젊었었지만, 이제는 시체, 즉 비활성 물질이었어. 마치 도축된 소처럼 벌거벗은 채 길게 잘려 있었고, 그들의 창자는 뽑혀서 분석되고 있었으며, 구더기가 먹을 만한 그 어떤 것도 남아 있지 않았어. 투명 인간은 모든 심장과 간, 그리고 신장과 폐와 내장은 공동묘지로 가서 묻히게 될 것임을 알았어. 거기에 남겨둔 것은 가족이나 친척이 확인하고 위로하기 위해, 그리고 장례 사업을 촉진하기 위해서인데, 그건 죽은 사람의 껍데기, 그러니까 거칠고 조악한 솜씨로 꿰매져 마치 지퍼로 채워진 것 같은 가슴과 배뿐이야. 몇몇은 발아래에 시체 처리와 관련된 서류가 있었지만, 모두가 그런 건 아니었어. 콜롬비아는 일을 처리하는 데 아주 규칙적인 경우는 절대 없거든. 오히려 불규칙적이고 믿을 수 없으며, 예측할 수 없고 일관성이 없으며, 무질서하고 비체계적이며, 멍청하고 미치광이 같지……. 투명 인간은 죽은 사람들을 하나씩 살펴보았어. 특히 증오를 다시 느낄 수 있을 심장이 빠져버린 벌거벗은 그 시체들에서 세 가지가 관심을 끌었어. 뇌와 원한의 감정이 빠진 머리(몇몇 사람의 머리는 머리카락이 곤두서서 뒤엉켜 있었어.), 쓸모없고 멍청하며 음란하지만, 이제는 생식 기능도 없고 더는 나쁜 짓도 못 하는 성기, 그리고 이제는 그 누구도 그 어디로도 데려갈 수 없는 발이었어. 그때 그는 그 시체 중 한 사람의 발에 아주 조그만 다른 발이 수직 방향으로, 마치 십자가의 팔처럼 90도로 놓여 있는 것을 눈여겨보았어. 그건 방금 내장을 적출한 갓난아기의 발이었어. 순간적으로 투명 인간은 그 어른의 시체가 여자의 시체, 즉 어머니의 시체이며, 그녀의 배가 잘려져 있었기에 제왕 절개 수술을 받다가 죽었을 거라고 상상했어. 하지만 아니었어. 그는 남자였어. 또 다른 남자였는데, 조그만 아기 시체를 놓을 빈 테이블이 없어서 그냥 그 위에 올려놓았던 거야. 투명 인간은 마술적인 오브제의 조합, 즉 초현실주의자들이 꿈꾸었던 그 이상한 조합을 떠올렸어. 예를 들어 해부 테이블 위에 놓은 우산 같은 거야. 멍청한 초현실주의자들! 아무것도, 정말 아무것도 이해하지 못한 채, 삶이나 초현실주의도 이해하지 못한 채, 이 순수하고 순결한 세상을 통과했던 거야. 그 가련한 초현실주의는 콜롬비아의 현실과 부딪치면 산산조각이 나고 말아.

바로 그때 나는 그 테이블 중의 하나에서 그를 보았어. 힘없이 축 늘어진 그 시체, 즉 돌이킬 수 없이 파멸한 또 하나의 사람이었어. 윌마르, 내 아이, 내 하나뿐인 아이는 거기 있었어. 나는 가까이 갔어. 그는 눈을 뜨고 있었어. 나는 무지 노력했지만, 그의 눈을 감겨줄 수 없었어. 감겨주면 다시 눈을 떴거든. 마치 볼 수 없는 눈으로 영원을 응시하는 것 같았어. 나는 잠시 그 초록색 눈을 들여다보았고, 거기에, 텅 비어 있는 깊은 곳에, 주님의 거대하고 헤아릴 수 없이 소름 끼치는 악이 반영되고 있는 걸 보았어.

그의 발에는 시체 처리 서류가 있었어. 난 급히 그걸 읽었어. 특별한 것은 없었어. 만원 버스를 타고 있었는데, 모터사이클에서 누군가가 창문으로 총을 쐈다고 적고 있었어. 그리고 검찰청 수사관이 시체를 치우려고 멈춰 있던 버스에 도착했을 때는 이미 운전사를 제외하고는 아무도 없었어. 모두가 축구 중계를 듣거나 식사를 하거나 섹스를 하거나 더 많은 아이를 낳으려고 자기 집으로 돌아간 다음이었어. 운전사에 대해 말하자면, 그는 아무것도 듣지 못했고 보지도 못했어. 그는 운전하면서 요금을 받고 잔돈을 거슬러주면서 자기 일에 온 신경을 쓰고 있었기 때문이야. 소견란에는 의문의 시체가 바지 주머니에 의문의 전화번호, 즉 내 전화번호를 소지하고 있었으며, 그 연락처로 연락했다고 적혀 있었어. 그들이 거짓 단서에 걸려들어 일을 처리하지 못하도록, 그를 죽일 수 없었고 죽이라고 지시할 수도 없는 사람이 있다면 바로 나였기 때문에, 그리고 그를 사랑한 사람이었기 때문에, 나는 볼펜을 꺼내 내 전화번호에 스무 번이나 마구 선을 그어 지웠어. 콜롬비아의 법의학이 스무 번이나 선을 그은 것을 읽을 수 있을 정도로 능력 있는지 한번 지켜보자고.

처음에, 그러니까 최초에 투명 인간은 부검실에 있는 시체들이 반투명한 색깔을 띠고 있어서 냉동되었다고 생각했지만, 나중에 그렇지 않다는 것을 알았어. 아니었어. 그건 죽음의 투명한 색으로, 여러 색으로 칠한 나무에 그려진 식민지 시대의 성인들처럼 우리 모두를 보이게 만들어. 하지만 오팔 색부터 설화석고 색 사이의 은은하고 엷으며 창백한 색깔을 띠게 해. 정말로 냉동된 시체들은 성명 불상자들, 즉 신원 미상자들이야. 그들은 벌거벗은 몸으로 아이스박스나 냉동고로 보내져서 소 옆구리살처럼 갈고리에 걸려 석 달을 있게 돼. 그 기간이 끝났는데도 아무도 시체를 찾으러 오지 않으면, 국가가 비용을 부담해서 매장해. 다시 말해서, 이 경우 국가인 콜롬비아가 자선을 베푸는 것이지. 투명 인간이 나왔을 때, 그는 이미 이 모든 것의 전문가가 되어 있었어. 그가 마지막으로 보았던 것은 테이블에 엎드린 시체였는데, 머리에서 바닥으로 피가 줄줄 흐르고 있었고, 바로 그 바닥의 한쪽 구석에 옷이 떨어져 있었어. 바지와 셔츠, 그리고 신발이었어. 금파리 한 마리가 윙윙거리고 지나가면서, 신선한 죽음의 향내를 휘저었어.

나는 살아 있지만 죽은 사람들 사이로 나왔어. 그들은 그때까지도 밖에서 기다리고 있었어. 나오자마자 나는 복음서의 한 구절이 갑자기 떠올랐어. 나는 늙었지만, 그때까지도 그 말의 뜻을 헤아리지 못하고 있었어. "죽은 이들의 장사는 죽은 이들이 지내도록 내버려 두어라."라는 말이었어. 살아 있는 죽은 사람들 사이로 나와서 나는 목적지도 없이 정처 없이 걸었고, 아무 생각 없이 생각했으며, 간선 도로 방향을 잡았어. 살아 있는 죽은 사람들은 중얼거리면서 내 옆을 지나갔고, 뭐가 뭔지 알 수 없는 말을 했어. 육교가 간선 도로를 가로지르고 있었어. 나는 그곳으로 올라갔어. 아래로 자동차들이 성난 듯이 달리면서 거칠게 차선을 바꾸었어. 짐승 같은 놈들이 운전하면서, 자기들은 살아 있다고 믿고 있었지만, 나는 그렇지 않다는 걸 알고 있었지. 위에서는 메다요의 왕인 독수리들이 날아다니면서 도시 위의 청명한 하늘로 커다란 원을 그리며 활공했어. 그러면서 점점 작게 그리고 점점 낮게 원을 그리며 비행했어. 독수리들이 착륙하는 방식이 그래. 아주 정교하게, 그리고 아주 멋지게 자기들에게 주어진 먹이 위로 내려앉지만, 성질 못되고 멍청한 사람, 그러니까 묘지 매장꾼은 그

먹이를 주지 않으려고 해. 그걸 벌레들에게 주려는 거야! 나는
질식해서 죽는 벌레보다는 훤히 트인 하늘을 가르는 멋지고
화려한 새처럼 죽는 게 낫다고 생각해. 그래, 나는 이렇게 말
하는데…… 나는 육교를 내려가서 거대한 건물로 들어갔는데,
처음 가보는 곳이었어. 거긴 살아 있는 죽은 사람들이 빽빽이
들어찬 그 유명한 시외버스 터미널이었어. 살아 있는 죽은 사
람들, 내 고향 사람들은 허둥지둥 종종걸음으로 초조하게 이
리저리 발걸음을 옮기고 있었어. 마치 대통령이나 장관과 급
한 회의가 있거나 할 일이 많은 것처럼 보였어. 버스에 올라타
기도 했고, 버스에서 내리기도 했는데, 아이와 꾸러미를 들고
서 어디로 가야 하는지, 어디에서 오는지 알고 있다고 확신하
고 있었어. 하지만 난 아니었어. 난 모르고 있었어. 난 내가 어
디로 가는지 몰랐고, 짐도 들고 있지 않았어. 불쌍하고 가련
한 순진한 사람들, 아무것도 없는 곳에서 아무 이유도 없이
뽑혀서 시간의 소용돌이로 내던져진 사람들이야. 어리석고 멍
청하며 미친 순간을 살기 위해서일 뿐…… 그래, 파르세로, 여
기서 우리는 헤어지는 게 좋겠어. 당신은 여기까지만 함께 있
어 주면 돼. 동행해주어서 정말 고마워, 그리고 이제부터는 당
신의 길을 가도록 해. 나는 아무 버스나 타고서 어디든지 아
무 곳이나 갈 테니.

그럼 잘 가,
차에 치이길,
혹은 기차에 두 동강 나길.

청부 살인 소설이 현대 사회에 주는 의미

1 작가 페르난도 바예호는 누구인가

가르시아 마르케스와 카를로스 푸엔테스가 이끌었던 20세기 중후반의 '붐 세대' 이후 현대 라틴 아메리카의 문단을 이끄는 작가들은 누구일까? 페르난도 바예호(1942~, 콜롬비아)는 로베르토 볼라뇨(1953~2003, 칠레)와 함께 이 질문에 대한 대답이 될 수 있는 작가이다.

페르난도 바예호는 1942년 콜롬비아의 메데인에서 태어나 그곳에서 어린 시절을 보냈다. 그는 보고타에 있는 콜롬비아 국립대학교와 로스 안데스 대학교에서 철학과 문학을 일 년 공부하고서, 하베리아나 대학교로 옮겨 생물학을 공부했다. 이후 유럽으로 건너가 이탈리아에서 영화를 공부했고, 이후 미국에서도 생활했다. 1971년에 멕시코로 이주했으며, 그곳에서 작품 대부분을 썼다. 2018년 함께 살던 멕시코의 유명한 무대 감독인 다비드 안톤이 죽자, 사십칠 년 동안의 자발적 망명 생활에 종지부를 찍고 고향 메데인으로 돌아왔다.

바예호는 비건이며 동물권 보호에 적극적으로 활동한 작가로 유명하다. 또한 그는 가톨릭교회에 매우 비판적이며, 콜롬비아 정치계의 거짓 도덕심과 형식주의도 신랄하게 고발한다. 또한 동성애자이자 무신론자임을 공개적으로 밝혔으며, 반출산주의자라서 아이는 없다.

페르난도 바예호의 명성은 주로 그의 소설에서 비롯된다. '시간의 강' 시리즈의 첫 번째 작품인 『푸른 나날들』(1985)은 할아버지의 별장과 메데인의 전통적 동네인 보스톤을 무대로 작가의 어린 시절에 관한 여러 일화를 반영하고 있으며, 『비밀의 불』(1987)은 사춘기 시절에 겪은 메데인과 보고타에서의 동성애와 마약을 다룬다. 그다음 작품들인 『로마로 가는 길』(1988)과 『인내의 세월』(1989)은 각각 유럽과 뉴욕의 경험을 서술한다. '시간의 강' 시리즈의 마지막 작품인 『유령들 속에서』(1993)는 1971년부터 거주하고 있는 멕시코시티의 시절을 이야기한다.

1994년에 그는 '시간의 강' 시리즈를 벗어나 『청부 살인자의 성모』를 출간한다. 세계 최대의 메데인 카르텔 마약 조직, 그리고 메데인과 그 주변에 만연한 폭력을 다룬 이 작품은 비평가와 독자들의 관심을 동시에 끌었고, 바르베 슈뢰더 감독에 의해 영화화된다. 2003년에는 라틴 아메리카에서 가장 유명한 문학상인 로물로 가예고스 상을 수상한다. 수상작인 『나락』(2001)은 바예호의 삶을 언급하면서 적나라한 필체로 에이즈, 일상의 폭력, 가족의 위기, 악의 근원으로서의 가톨릭 교회를 다룬다.

한편 『나란한 람블라스』(2002)에서는 자기 자신의 죽음을 이야기한다. 작가는 콜롬비아가 주빈국으로 참여한 바르셀로나 도서 전시회에 자기 책을 소개하기 위해 여행하고, 더위로 질식할 것 같은 그곳을 미친 듯이 쏘다닌다. 여기서 화자의 목소리는 메데인과 멕시코를 혼동하고, 분노와 향수로 가득한 문체로 과거와 현재와 미래를 하나로 합친다. 그리고 『시장 내 동생』(2004)은 자기 동생에게서 영감을 받아 남아메리카의 선거를 냉소적이면서도 축제의 어조로 묘사한다.

이런 소설들 이외에도 바예호는 시학의 문제에 관한 독창적 관점으로 『로고이: 문학 언어의 문법』(1983)을 썼으며, 『다윈의 동어반복』(1998)과 『물리 사기학 개론』(2005)을 통해 다윈의 종의 기원론을 반박하고 물리학 역시 사기의 한 종류임을 밝힌다. 또한 콜롬비아의 시인인 바르바 하콥의 전기 『전령(傳令)』(1984, 1991)과 호세 아순시온 실바의 전기 『검은 나비』(1995), 그리고 콜롬비아의 대표적인 언어학자인 루피노 호세 쿠에르보에 관한 『하얀 까마귀』(2012)를 쓰기도 했다. 또한 영화인으로 콜롬비아 폭력에 관한 영화 「붉은 연대기」(1979)와 「폭풍 속에서」(1980), 「챔피언의 동네」(1982)의 시나리오를 쓰고 감독했다.

2『청부 살인자의 성모』와 콜롬비아의 사회정치적 상황

『청부 살인자의 성모』는 콜롬비아가 지난 칠십 년 동안 겪은 내전의 기록이다. 하지만 이 기간에 이루어진 계속된 살인과 사회 부정의 실제 기록이 아니라, 이런 행위에 대한 상징적 접근이다. 이 작품은 일인칭 화자의 관점에서 '청부 살인자'의 언어인 '파를라체(parlache)'를 사용하면서 그런 위기의 상황을 그린다. 하지만 정부의 공식 관점이 아니라, 오랜 시간이 지난 후 귀국하여 자기 나라가 망가진 것을 발견하고 혐오하는 일반인의 관점에서 이루어진다. 이런 사회적, 정치적 변화를 보면서 화자-작중인물은 자기 비판적으로 되고, 스스로 목숨을 끊으려고 한다. 이렇게 자기를 제거하려는 생각을 통해 이 소설의 주제인 폭력은 조금씩 드러난다.

문학 비평가 대부분은 페르난도 바예호의『청부 살인자의 성모』를 '청부 살인 소설' 혹은 '마약 범죄 사실주의'의 대표작으로 꼽는다. 이것은 1980년대 말부터 콜롬비아에서 유행한 장르로, 주로 마약 밀매 조직이 일으킨 폭력을 서술한다. '청부 살인자(sicario)'는 이런 소설 혹은 영화에서 거의 빠짐없이 등장하는 핵심 인물이다. 이 장르에 속하는 또 다른 중요한 작품으로는 가르시아 마르케스의『납치 일기』(1995)와 호르헤 프랑코의『로사리오 티헤라스』(1996) 등이 있다. 이 장르의 중심 주제는 1980년대와 1990년대 콜롬비아를 뒤흔든 마약 카르텔의 사회적, 역사적 폭력이다.

『청부 살인자의 성모』의 내용 역시 이 주제에서 많이 벗어나지 않는다. 이 소설은 문법 학자 페르난도의 이야기이다. 그는 삼십 년 넘게 조국을 떠나 있다가 자기가 태어난 도시로 돌아온다. 그곳에서 알렉시스라는 청부 살인자를 소개받아 사랑하게 되고, 그와 함께 메데인의 여러 장소를 돌아다닌다. '죽음의 천사'라는 별명의 알렉시스는 마음에 들지 않는 사람에게 총을 쏴서 사살한다. 나중에, 그러니까 알렉시스가 살해된 다음, 페르난도는 윌마르가 알렉시스를 죽인 장본인이라는 사실을 모른 채, 그와 관계를 시작한다. 그리고 윌마르 역시 일종의 '해묵은 원한' 청산의 희생자가 된다. 소설이 진행되면서 주인공이자 화자는 일종의 안내자 역할을 맡으면서, 청부 살인자들의 습관과 믿음, 그리고 그들의 말인 '파를라체'를 설명한다. 그러면서 애인들과 메데인의 폭력과 마약 밀매 조직의 중심지를 돌아다닌다.

이 소설의 시간적, 공간적 배경은 1990년대 초 콜롬비아의 메데인이다. 당시는 악명 높은 파블로 에스코바르 가비리아(Pablo Escobar Gaviria)가 '메데인 카르텔'이라는 세계적인 마약 조직을 이끌면서 콜롬비아 정부에 테러 전쟁을 선포했던 시기였다. 바예호는 이 작품에서 마약 문제로 생긴 '청부 살인자'라는 새로운 사회 집단을 보여 준다. 그들은 마약 조직의 권력에 도전하거나 마약 밀매 사업을 위험에 빠뜨리려는 사람들을 제거하는 어리거나 젊은 소년들이었다. 그리고 역설적으로 이들은 '도움의 성모 마리아'를 굳게 믿으며, 성모님에게 도움과 보호를 요청하면서 기도한다.

1993년 12월 2일 파블로 에스코바르가 군에게 살해된 후,

메데인 카르텔은 위기를 겪으며 빠르게 와해되었다. 그러자 청부 살인자들은 코무나의 '동네'('코무나'는 여러 동네로 이루어져 있다.)에서 범죄 조직을 결성하고, 그 조직들은 영역 싸움을 벌이기 시작한다. 그리고 시골에서 활동하던 콜롬비아 게릴라들이 도시로 침투하면서 상황은 더욱 악화된다. 페르난도, 알렉시스, 윌마르의 이야기는 파블로 에스코바르가 죽은 후 일어난다. 두 시카리오는 마약 조직의 두목에게 고용되지 않은 '청부 살인자'들이다. 일거리가 없는 이들은 도시를 배회하며 자기의 안전을 위협한다고 생각하는 사람들을 무차별적으로 죽인다. 그리고 매춘도 서슴지 않는다.

3 '시카리오'와 성모에 관해

페르난도 바예호의 소설 『청부 살인자의 성모』는 제목부터 아주 중요한 두 주제를 드러낸다. 우선 '시카리오'라고 불리는 청부 살인자이다. 실제로 '시카리오'라는 말은 청부 살인자, 특히 마약 밀매 조직의 두목들이 고용한 젊은 살인자를 지칭한다. 즉 살인을 직업으로 삼으며, 경제적 보상을 대가로 살인하는 젊은이다. 그들의 범죄는 세상을 이해하는 일부가 되고, 그들의 행동 범위는 '직업'과 다른 이유로 살인하는 것도 포함한다.

페르난도 바예호는 시카리오를 작품 속에서 이렇게 설명한다.

할아버지, 혹시라도 영원의 또 다른 끝에서 내 말을 들을 수 있다면, 나는 청부 살인자가 누구인지, 어떤 사람인지 말해 주겠어요. 그건 위탁받아 살인하는 아주 젊은 청년이에요. 심지어 어린아이일 때도 있어요. 그럼 다 큰 남자들은 아닐까? 그래. 청부 살인자들은 일반적으로 어른 남자들이 아니야. 여기서 청부 살인자들은 십 대 아이이거나 아주 젊은 청년이야. 열두 살, 열다섯 살, 아무리 많아도 열일곱 살을 넘지는 않아. 나의 유일한 사랑인 알렉시스처럼 말이야. (11쪽)

여러 사회 그룹이 시카리오를 이용 혹은 애용했지만, 그들의 주 고용주는 마약 카르텔이었다. 이 카르텔이 세력을 확장하고, 그들 사이에서 충돌이 일어나거나 콜롬비아 정부와 맞서 싸우면서 이런 청부 살인자에 대한 수요는 갈수록 늘어났다. 심지어 마약 밀매 조직은 콜롬비아에 시카리오 교육과 훈련을 담당하는 학교를 세워 재정 지원을 하기도 했다. 그리고 몇몇 시카리오는 마약 밀매 조직의 주요 우두머리가 되기도 했다. 그래서 마약 밀매 조직과 시카리오와는 밀접한 관계를 맺고 있다. 하지만 마약 조직의 범죄 행위는 시카리오의 폭력에 그치지 않는다. 시카리오는 주로 도시에서 활동하면서 마약 카르텔의 걸림돌이 되는 사람을 제거하는 목적을 띠고 있었지만, 마약 카르텔의 대규모 불법 행위는 콜롬비아 사회에 더 커다란 물리적 폭력을 낳는다.

소년 살인자는 가난한 가정 출신이며, 소외된 계층이고, 겉모습에 치중한다. 이 작품에서도 지적하듯이, 이런 피상성은 그들의 이름에서 잘 나타난다. 이 아이들은 죽음과 떼려야 뗄 수가 없다. 부탁을 받아 죽이지 않으면, 해결되지 않은 '해묵은 원한' 청산 때문에 그들이 죽게 되기 때문이다. 시카리오들 사이에서는 지켜야만 할 원칙이 있다. 예를 들어 세월이 흐르더라도 사랑하는 사람의 복수를 반드시 해야 한다는 것이다. 이런 원한 청산에는 만기일이 없으며, 가족 구성원이 죽으면 반드시 피로 갚아야 한다.

일반적으로 시카리오는 비겁하게 뒤에서 죽이지 않는다. 희생자가 누가 그를 죽이고 있는지 알게 하려는 것이다. 파렴치한 적의 운명과 용감하게 맞서는 게 그들의 법이다. 그들은 마약 조직의 청탁에 따라 살인하는 사람들이지만, 이 작품에서는 그렇게 청탁받은 살인자들의 이야기가 거의 등장하지 않는다. 파블로 에스코바르가 살해되자, 마약 조직이 청부 살인자들을 찾지 않고, 그래서 그들은 일을 구하지 못하고 최악의 순간을 보내게 되기 때문이다. 그러나 개인적인 원한을 청산하는 행위는 계속된다. 살인을 하게 되면, 시카리오는 자기가 다시 살인할 것임을 알면서도, 사제에게 그 사실을 고백한다. 그러면 사제는 기계적으로 죄를 사해준다.

사회적 분위기가 폭력적이고, 살인해도 처벌받지 않기에, 알렉시스는 아무나 죽이고자 한다. 심지어 콜롬비아 대통령을 박살 내겠다고 한다. 그의 생각은 죽이면서 문제를 해결하는 것 너머로 나아가지는 못한다. 청부 살인자는 몰락하는 당시 콜롬비아 체제의 상징인데, 그것은 불처벌과 부정을 보여주는 예이기 때문이다. 이들은 진화하면서 이내 폭력 조직이 되고, 그렇게 돈 때문에 죽일 뿐 아니라, 죽이고 싶어서 죽이기도 하면서, 그들이 세운 원래의 법칙을 위반한다.

한편 성모는 청부 살인자들의 종교성과 관련된다. 이 작품은 시작부터 주민들의 독실한 신앙심을 언급한다. 어릴 때는 페르난도조차도 '예수님의 성심'을 가졌었다. 이 소설이 매우 폭력적인 사건들을 다루고 있음을 고려한다면, 성스럽고 종교적인 주제는 공포를 희석하는 역할을 한다고 말할 수 있다. 그리고 폭력과 죽음이라는 상황에서 믿음은 절대적으로 맹목적일 수밖에 없다. 그건 힘든 상황에서 구원의 방법과도 같기 때문이다. 이 맹목적인 믿음은 청부 살인자에게 잘 반영되어 있는데, 살인을 일삼는 이 젊은이들이 누구보다도 독실하다는 것은 역설적이지 않을 수 없다.

알렉시스는 이런 젊은이들 모두의 본보기이다. 그는 순례하면서 자기 영혼을 정화하고자 하며, 무엇보다도 보호 받기를 바란다. 페르난도는 그를 동행해서 청부 살인자들의 성모가 있는 사바네타로 가지만, 그곳에서 자기가 보냈던 어린 시절의 마을과 오늘날의 마을을 비교한다. 그가 어렸을 때 그곳의 성모는 카르멜산의 성모였지만, 이제는 도움의 성모 마리아라고 불린다. 이러한 변화는 교회의 정책과 전략을 중심으로 성모의 이름도 바뀐다는 것을 보여 준다.

페르난도는 젊은이들의 열렬한 믿음을 목격한다. 성당은 성모님의 위안과 보호를 구하는 젊은이들로 가득 차 있다. 모든 청부 살인자는 여러 교회를 순례하면서, 총을 쏘는 순간 목표물에 정확히 명중하게 해달라고, 그리고 거래가 잘 끝나게 해달라고 성모님에게 기도한다. 아마도 그런 이유로 성당은 그런 청소년들로 가득 차 있을 것이다. 여기서 관심을 끄는 것은 그들이 스카풀라를 착용하고서 기도하며 성모님에게 의탁한다는 사실이다. 알렉시스는 이 스카풀라의 효과를 입증한다. 그것이 없었더라면 그는 오래전에 죽었을 것이기 때문이다.

이런 청부 살인자의 행위는 단순히 살해하는 걸 넘어 물질적 필요성에 기인한다. 그들은 극도로 궁핍한 삶을 버리겠다는 강한 욕망을 느끼고, 명품 옷을 입고 명품 신발을 신는 등 피상적인 삶을 살고자 한다. 삶의 가치를 헤아리지 않고 오로지 돈을 버는 것만 중요하게 여긴다. 돈을 벌기 위해서라면 죽여야 하는 것도, 죽는 것도 마다하지 않는 것이다. 그런데 그들 사이는 끊을 수 없이 끈끈한 관계 혹은 의리로 연결되어 있고, 그래서 자기 동료나 형제가 살해되면, 가장 가까운 사람이 반드시 죽인 사람에게 복수한다. 그렇게 '뱀'(해묵은 원한)은 개인적이자 직접적인 방식으로 해결된다.

4 콜롬비아 사회와 폭력의 기원으로서 코무나

이 소설의 화자 페르난도는 현재의 관점에서 과거를 회상하고, 이런 그의 기억 속에는 조용하고 평화로운 어린 시절의 사바네타가 있다. 화자는 이제 기억에 불과한 어린 시절의 마을과 오늘날의 사바네타의 차이를 말한다. 그 당시 사바네타는 작은 마을에 불과했고, 모두가 이름과 성을 아는 곳이었다. 그는 향수를 느끼며 행복한 어린 시절을 기억하고, 부모님과 할아버지와 함께 보낸 평화로운 분위기를 떠올린다. 그러나 기억 속의 모든 것은 현재와 모순된다. 이제 콜롬비아는 더는 그가 꿈꾸었던 나라가 아니다.

화자는 콜롬비아를 오랫동안 떠나 있었고, 그래서 너무나 많은 부조리한 것의 이유를 이해하지 못한다. 어린 시절의 경험과 그 순간을 비교하면서, 그는 너무나 놀라고 도저히 그 차이를 설명할 수 없다. 그래서 그는 비관적인 관점으로 세상을 보면서, 콜롬비아는 가능성이 없다고, 그리고 해결책도 없다면서 "콜롬비아도 우리 손으로 통제할 수 없는 나라가 되어 있었어."라고 생각하고, 콜롬비아를 "지구상에서 가장 범죄가 많은 나라"로, 메데인을 "증오와 원한의 수도"로 여긴다.

메데인을 돌아다니면서 페르난도는 콜롬비아 국민이 계속해서 과거보다 더 못한 삶을 살고 있다는 사실을 확인한다. 아무런 희망이 없는 이런 부패한 사회의 민낯을 알게 되면서 그는 통렬하게 비판적인 사람이 되고, 몰락하는 사회를 계속 관찰하는 것보다 자살을 택하려고 한다. 그리고 실제로 몇 번에 걸쳐 자살을 시도한다. 그것은 더는 이 세상에 그의 관심을 사로잡을 것이 없고, 타락한 사회는 나락으로 곤두박질치고 있는데도 아무도 눈치채지 못하기 때문이다.

이 작품에서 화자가 지난 삼십 년 동안 어디에 있었는지는 언급되지 않지만, 그는 콜롬비아를 다른 관점에서 판단하는 경향이 있고, 그래서 환멸의 시선으로 몰락하는 사회를 바라본다. 그는 자기의 수동적 태도가 절대로 긍정적인 결과로 이

어지지 않을 것임을 알고 있다. 그리고 있는 그대로의 진실을 알면서 조급해하고 괴로워하면서 이렇게 말한다. "만약 누군가가 그대로 드러난 진실을 본다면, 아마도 자기 머리에 총을 쏴 버릴 거야." 그는 여러 차례 스스로 목숨을 끊으려고 하는데, 그가 사는 메데인에서는 더 나은 세상을 위해 계속 싸우는 것이 더는 의미가 없으며, 어린 시절의 나라는 이미 사라졌기 때문이다.

화자는 현실을 있는 그대로 보게 되고, 그 갈등과 충돌의 세계 속에서 사람들이 이기심과 개인주의에 사로잡혀 있다는 것을 깨닫는다. 그런 사회는 항상 불안하고 위험하며, 그래서 무사히 집으로 돌아오는 것조차 우연과 행운에 달려 있다. 범죄가 너무나 만연해 있어서, 죽이고 싶다는 욕망 이외의 다른 이유 없이 사람을 죽일 수 있고, 그래서 언제 어디서 죽을지 모르기 때문이다. 그런 사회는 적개심으로 가득하고, 강자의 법에 지배된다. 그래서 항상 스스로 자기 목숨을 지킬 수 있도록 준비하고 다녀야 하며, 행동해야 할 순간에는 한 치의 의심이나 두려움도 없어야 한다. 조금이라도 망설이거나 주저하면 목숨을 잃을 수도 있기 때문이다.

그래서 화자는 이런 폭력에 분노하면서 이렇게 결론 내린다. "이곳 시민들은 선천적이고 만성적인 비열함을 앓고 있어. 이들은 악랄하고 파렴치하며, 시기심과 증오로 가득하고 사기성이 농후하며, 거짓말과 도둑질을 일삼는 인종이야. 가장 비열한 버러지들이지." 이런 무자비하고 신랄한 관점이 그와 동시대를 사는 사람들에 대한 그의 생각이다. 그러면서 그런 사회를 해결하는 유일한 방법은 어렸을 때 박멸하는 것이라는 급진적이고 부조리한 주장을 펼친다.

메데인에는 모두 열여섯 개의 '코무나'가 있는데, 이 작품에서는 메데인 북쪽에 있는 산타 크루스, 포풀라르, 아란후에스 코무나가 주로 언급된다. 화자 페르난도는 '코무나'의 출현이 콜롬비아 사회를 바꾸는 데 일조했다고 지적하고, 그것이 도시로 옮겨오면서 현대적인 모든 것을 파괴하는 역병과도 같았다고 설명한다. 메데인은 '저주받은 도시'이며, 가난과 부정 속에서 발생한 코무나들은 콜롬비아 사회의 어두운 상징이 된다. 그곳에서 돈을 벌거나 가족의 복수를 하기 위해 누군가를 죽일 청부 살인자들이 탄생하기 때문이다. 그들은 대낮에 모든 사람이 보는 앞에서 살인하고 범죄를 저지른다. 화자는 그렇게 많은 범죄는 '코무나'에서 비롯되며, 죽음과 파괴에 대한 갈증 역시 '코무나'에서 유래한다고 단언한다.

화자는 주저하지 않고 코무나가 지옥 그 자체라고 말하면서, 그곳이 어떻게 생겨났는지 근원을 파헤친다. 그러면서 농민들과 관련이 있다고, 그들이 악의 창시자라고 주장하는데, 그것은 마체테로 모든 문제를 해결했기 때문이다. 이것은 농민들이 모든 법과 규정을 무시하고, 코무나에서 그들이 법을 만들었다는 것을 의미한다. 그러자 페르난도는 구원의 수단으로 모두를 총살해야 한다면서, 길 잃은 아이들부터 시작하자고 제안하는데, 그것은 아이들이 이내 사회가 두려워하는 골칫거리가 될 것이기 때문이라고 말한다.

5 『청부 살인자의 성모』,
지금 우리에게 무엇을 의미하는가

　『청부 살인자의 성모』는 마약과 폭력으로 얼룩진 1980년대와 1990년대 초의 콜롬비아 현실을 상징적으로 보여 준다. 이 소설은 위대한 정치적 인물이 아니라, '청부 살인자'라는 사회 하층민의 폭력적인 삶을 다룬다. 그들은 바로 사회적 잉여 인간이자 잉여 육체이며, 소비 사회에 내재하는 사회적, 정치적, 경제적 폭력으로 생겨난 잉여적 존재들이다. 또한 합법적 담론은 마약 밀매나 청부 암살의 불법성을 지적하면서 처벌을 합리화하는 데 치중하지만, 그것에 관여된 사람들의 현실에 대해서는 거의 이야기하지 않고 있다는 점에서, 실제 그런 현실을 보여주는 이 소설은 큰 의미가 있다.

　그런데 이런 마약과 폭력과 청부 살인은 콜롬비아에만 해당하는 주제일까? 이제 청부 살인이란 단어는 콜롬비아에 한정된 게 아니라, 멕시코와 페루를 비롯하여 베네수엘라와 브라질, 에콰도르로 확산했으며, 미국에서 제작된 영화 제목에서 자주 보인다. 마약 카르텔은 라틴 아메리카의 정치, 사회, 경제 질서를 바꾸었고, 이 지역의 문화적 상상력에도 일련의 변화를 가져왔다. 이것은 이 작품의 현실이 콜롬비아에만 한정되는 것이 아니라 라틴 아메리카 전체의 현실로 넓어질 수 있다는 것을 의미한다. 그런데 왜 마약과 청부 살인은 라틴 아메리카 전체가 아닌 콜롬비아의 국가 브랜드가 되었을까?

　자크 데리다(Jacques Derrida)는 오늘날 우리 시대를 생각하는 것이 무엇을 의미하는지 설명하면서, '국가적'인 것에 대해 간략하게 설명한다. 데리다는 오늘날 '현재성'은 인위적으로 구성되어 있다는 것을 확인한다. 즉 '현재성'은 "주어진 것이 아니라, 허구적이거나 인위적이고 계급적이며 선택적인 장치로 능동적으로 생산되었고 선별되었으며 부여되었고 해석된 것"이라고 지적한다. 이런 허구적 제작은 주로 정보와 매체라는 장치를 통해서 이루어진다.

콜롬비아의 브랜드가 청부 살인과 마약과 폭력이라는 것은 매체에 의해 조작된 것일 수도 있지만, 어느 정도 현실에 바탕을 두고 있음을 부인할 수 없다. 2000년대 중반에 들면서 콜롬비아는 마약 국가라는 오명을 씻기 위해 '콜롬비아, 정열의 나라'라는 브랜드를 알리려고 노력한다. 그 목적으로 2005년에 아르헨티나의 유명한 가수인 찰리 가르시아(Charly García)를 콜롬비아에 초대하지만, 그는 "안녕하십니까, 코칼롬비아(Cocalombia)."라고 인사하여 콜롬비아 전역을 시끄럽게 했다. 이후 콜롬비아의 식당 화장실에는 "콜롬비아에 관해 나쁘게 말하는 것은 저질이고 매우 추한 짓이다."라는 스티커가 붙게 된다.

그러나 이런 현상은 콜롬비아가 코카인의 국가이며 마약 밀매국이라는 것을 인정한다는 소리와 다름없다고 해석될 수 있다. 그것은 세계 최대의 코카인 수출국이라는 오명뿐만 아니라 그들의 행동 양식 때문이기도 하다. 콜롬비아에서 마약 밀매와 청부 살인은 미학이 되고 일종의 사고방식으로 확장된다. 즉 과도한 것을 좋아하는 취향이며 허세의 문화이고, 모든 걸 단시간에 결정해야 한다는 윤리로 자리 잡는다. 가난을 벗어나기 위해서는 무엇이든 가리지 않고, 과시하거나 빛내지 않으려면 부자가 될 이유도 없다는 걸 공개적으로 천명하는 문화로 발전한다.

마약과 청부 살인의 문화는 위장된 현실이자 권총의 윤리, 마피아의 취향으로 이루어져 있고, 그것은 전형적인 소비 시대와 자본주의의 산물이라고 볼 수 있다. 그것은 과장된 표현이자 감정의 문화이며, 과도한 시각적 세계이자 눈에는 눈으로 대응하는 윤리이고, 죄를 용서하지만 남에게 잘못을 돌리고 복수하는 신앙심이다. 그럼 이런 취향을 무시하고 경멸해야 할까? 아니면 이것을 또 다른 미학이자 문화로 수용해야 할까? 현대의 젊은이들이 이런 취향을 자신들의 문화로 인식한다면, 그것 역시 마약과 청부 암살 문화와 연결되지 않을까? 『청부 살인자의 성모』는 이런 질문을 던지면서 콜롬비아 혹은 라틴 아메리카라는 국경을 넘어 오늘날의 소비 지향적인 삶과 문화까지 되돌아볼 수 있게 만드는 작품이다.

작가 연보

1942년   10월 24일 메데인의 보스톤 동네에서 아니발 바예호
         알바레스(Aníbal Vallejo Álvarez)와 리아 렌돈 피사노
         (Lía Rendón Pizano)의 아홉 아이 중 첫째로 태어났다.
         이후 어린 시절을 보스톤의 부모님 집과 엔비가도-사
         바네타 도로변에 있던 외조부의 별장 '산타 아니타'에
         서 보냈다.

1949년   수녀들이 설립하고 관리하던 부에노스아이레스 동네
         의 남자보통학교에서 초등학교 일 년을 다녔다.

1950년   나머지 초등학교 기간과 중학교를 보스톤 동네에 있
         는 수프라히오 살레시오 학교(Colegio Salesiano de
         Sufragio)에서 마쳤다.

1951년   메데인 예술학교(Instituto de Bellas Artes de Medellín)

에서 음악을 공부했다.

1956년   종교 교육기관이 아닌 콜롬비아 교육학교(Instituto Colombiano de Educación)에서 중학교 3학년과 고등학교 1학년 과정을 마쳤다.

1958년   안티오키아 대학 부속학교에서 고등학교 2~3학년 과정을 마쳤다.

1959년   안티오키아 대학교 대강당에서 고등학교를 졸업했다.

1960년   메데인 대학교(Universidad de Medellín) 법과 대학에 입학하여 몇 달을 다니다가 보고타로 갔다.

1961년   콜롬비아 국립대학교(Universidad Nacional de Colombia)에서 철학과 문학을 일 년 공부했다.

1962년   로스 안데스 대학교(Universidad de Los Andes)에서 철학과 문학을 한 학기 공부하고 메데인으로 돌아가 볼리바리아나 대학교(Universidad Bolivariana)에서 같은 과정을 공부했다.

1964년   부모와 함께 처음으로 미국을 여행하면서 마이애미를 방문했다.

1965년   3월 24일 로마의 '영화 실험 센터'에서 영화 연출을 공부하기 위해 여행을 시작했다. 일 년 사 개월 동안 이탈리아, 스페인, 프랑스에 체류했다.

1966년   7월 9일 향수를 이기지 못해 메데인으로 돌아왔다.

1968년   1월부터 4월까지 그의 동생 다리오가 준 돈으로 보고타에서 호르헤 엘리에세르 가이탄(Jorge Eliécer Gaitán)에 관한 기록 영화「한 남자와 한 민족(Un hombre y un pueblo)」을 촬영했다.

1970년 5월 2일 뉴욕으로 여행하여 동생 다리오와 열 달을 함께 살면서 허드렛일을 했다.

1971년 2월 26일 뉴욕에서 멕시코시티로 갔다.

1972년 멕시코에서 극작품 「미친 여자들의 의사(El médico de las locas)」를 쓰지만 상연되지 못했다. 그리고 장편 영화 시나리오 「뉴욕, 뉴욕(Nueva York, Nueva York)」을 쓰지만 촬영되지 못했다.

1979년 12월 아메리카 스튜디오에서 그의 첫 번째 장편 영화 「붉은 연대기(Crónica roja)」를 촬영했다. 1950년대 군사독재 시대에 무차별적으로 사살된 두 형제의 이야기를 다루는 이 작품은 다음해 멕시코의 아리엘 영화상을 받지만, 콜롬비아에서는 상영이 금지되었다.

1980년 아메리카 스튜디오에서 그의 두 번째 영화 「폭풍 속에서(En la tormenta)」를 촬영했다. 콜롬비아 보수당과 자유당이 20세기 중반에 벌인 내전을 다루는 이 영화 역시 콜롬비아에서 상영이 금지되었다.

1983년 첫 번째 책 『로고이, 문학 언어의 문법(Logoi, Una gramática del lenguaje literario)』 출간. 바예호는 이 책을 쓰면서 글쓰는 법을 배웠다고 전했다.

1985년 첫 번째 소설 『푸른 나날들(Los días azules)』 출간. 메데인에서 보낸 어린 시절을 회상하는 이 작품은 '시간의 강' 5부작의 첫 번째 작품이 되었다.

1987년 메데인에서 보낸 젊은 시절을 다루는 『비밀의 불(El

fuego secreto)』출간.

1988년   젊은 시절에 유럽에 체류했던 경험을 다루는 『로마로
         가는 길(Los caminos a Roma)』출간.

1989년   뉴욕에서 보낸 시절을 다루는 『인내의 세월(Años de
         indulgencia)』출간.

1991년   콜롬비아의 시인 바르바 하콥(Barba Jacob)의 전기 『전
         령(El mensajero)』출간. 출판사는 "세 번이나 자살한 남
         자의 소설"이라는 부제를 달았지만, 이 책은 전기이지
         소설이 아니었기에, '전령'이라는 제목으로 남게 되었다.

1993년   '시간의 강' 5부작의 마지막 작품이자 작가의 멕시코
         생활을 다루는 『유령들 속에서(Entre fantasmas)』출간.

1994년   『청부 살인자의 성모(La virgen de los sicarios)』가 출간
         되면서 바예호는 스페인어권 전역에 널리 알려졌다.

1995년   콜롬비아의 대표 시인인 호세 아순시온 실바(José
         Asunción Silva)의 전기 『검은 나비(Chapolas negras)』
         출간.

1999년   과학 에세이집 『다윈의 동어반복(La tautología darwin-
         ista)』출간.

2000년   9월 20일 그가 시나리오를 쓰고 바르베 슈뢰더가 감독
         한 영화 「청부 살인자의 성모」가 개봉했다.

2001년   아버지와 동생 다리오의 죽음을 다룬 자전 소설 『나락
         (Desbarrancadero)』출간.

2002년   『나란한 람블라스(La Rambla paralela)』출간.

2003년   『나락』으로 로물로 가예고스 상을 수상했다. 상금을

베네수엘라 동물보호재단에 기부했다. 콜롬비아 영화감독 루이스 오스피나가 90분짜리 장편 기록영화 「최고의 불쾌감: 페르난도 바예호의 끝없는 초상(La desazón suprema: retrato incesante de Fernando Vallejo」을 제작했다.

2004년   『시장 내 동생(Mi hermano alcalde)』 출간.

2005년   바예호의 두 번째 과학 에세이집 『물리 사기학 개론(Manualito de imposturología física)』 출간. 그해 초부터 보고타에서 발행되는 잡지 《소호(Soho)》에 매달 글을 쓰기 시작하는데, 7월 호에 복음서의 모순과 황당함에 관한 글을 발표하면서 가톨릭교회의 분노를 사고, 콜롬비아 평신도 전통주의 그룹이 종교를 모독했다는 이유를 그를 고발했다.

2007년   기독교가 인류 역사를 통해 저지른 커다란 범죄에 관한 요약서인 『바빌로니아의 창녀(La puta de Babilonia)』 출간. 2005년에 고발된 사건으로 유죄를 선고받자, 삼십육 년간 살아온 멕시코에 시민권을 신청하고, 4월에 시민권을 받으며, 콜롬비아 국적을 포기했다.

2009년   콜롬비아 국립대학교에서 명예 박사 학위를 수여했다.

2010년   죽음의 축복을 다룬 『인생의 선물(El don de la vida)』 출간. 벨기에 출신의 라틴 아메리카 문학 전문가 자크 조세(Jacques Joset)의 평론집 『죽음과 문법: 페르난도 바예호의 경로(La muerte y la gramática: los derroteros de Fernando Vallejo)』 출간.

2011년   과달라하라 도서전에서 로망스어 FIL 문학상을 수상
         했다. 상금을 멕시코의 두 동물보호단체에 기부했다.

2012년   세 번째 전기 『하얀 까마귀(Cuervo blanco)』 출간.

2013년   신문 칼럼을 모은 『장광설(Peroratas)』과 표류하는 집
         을 통해 표류하는 메데인을 그린 『미녀 카사블랑카
         (Casablanca la bella)』 출간.

2015년   외조부의 별장 '산타 아니타'를 무대로 삼는 『아이들이
         왔어!(¡Llegaron!)』 출간.

2016년   소설과 에세이의 장르를 융합하고 파괴하는 『캐번디시
         의 공(Las bolas de Cavendish)』 출간.

2018년   평생의 동반자였던 다비드 안톤(David Antón)이 죽자,
         사십칠 년의 멕시코 생활을 청산하고 콜롬비아로 귀국
         했다.

2019년   콜롬비아를 여러 해 동안 통치한 독재자가 퇴임한 후
         메데인에 정착하여 통치 시절을 회상하는 소설 『개자
         식의 기억(Memorias de un hijueputa)』 출간.

2021년   2018년 사별한 다비드 안톤의 죽음에 대한 소설 『부스
         러기(Escombros)』를 썼다.

세계문학전집 405

청부 살인자의 성모

1판 1쇄 펴냄 2022년 5월 30일
1판 3쇄 펴냄 2024년 1월 22일

지은이 페르난도 바예호
옮긴이 송병선
발행인 박근섭, 박상준
펴낸곳 (주)민음사

출판등록   1966. 5. 19. (제 16-490호)
서울특별시 강남구 도산대로1길 62(신사동) 강남출판문화센터 5층 (우편번호 06027)
대표전화 02-515-2000 팩시밀리 02-515-2007
www.minumsa.com

한국어 판 ⓒ (주)민음사, 2022. Printed in Seoul, Korea

ISBN 978-89-374-6405-8 04800
ISBN 978-89-374-6000-5 (세트)

세계문학전집 목록

세계문학전집은 계속 간행됩니다.